KB007698

ADRIFT

어드리프트

초판 1쇄 인쇄 2020년 4월 29일
초판 1쇄 발행 2020년 5월 6일

지은이 태미 올드햄 애쉬크래프트
옮긴이 신솔잎

책임편집 유재희
디자인 Aleph design

펴낸이 최현준·김소영
펴낸곳 빌리버튼
출판등록 제 2016-000166호
주소 서울시 마포구 양화로 15안길 3 201호(윤현빌딩)
전화 02-338-9271 ㅣ **팩스** 02-338-9272
메일 contents@billybutton.co.kr

ISBN 979-11-88545-83-4 03840

· 이 책은 저작권법에 따라 보호를 받는 저작물이므로 무단전재와 무단복제를 금합니다.
· 이 책의 내용을 사용하려면 반드시 저작권자와 빌리버튼의 서면 동의를 받아야 합니다.
· 책값은 뒤표지에 있습니다. 파본은 구입하신 서점에서 교환해 드립니다.
· 빌리버튼은 여러분의 소중한 이야기를 기다리고 있습니다.
  아이디어나 원고가 있으시면 언제든지 메일(contents@billybutton.co.kr)로 보내주세요.

이 도서의 국립중앙도서관 출판예정도서목록(CIP)은 서지정보유통지원시스템 홈페이지(http://seoji.nl.go.kr)와
국가자료공동목록시스템(http://www.nl.go.kr/kolisnet)에서 이용하실 수 있습니다.(CIP제어번호:CIP2020013037)

어드리프트

41일간의 표류, 태평양 한가운데서 살아남은 강인한 여성의 이야기

태미 올드햄 애쉬크래프트 지음

신솔잎 옮김

인생의 단단한 기반이 되어준 할아버지

월리 J. 올드햄,

그리고 내 마음속에서 언제나 함께할

리처드 샤프를 기리며

1.
우리가 할 수 있는 것은 기도뿐이다

닻이 덜커덕거리며 앵커 롤러에 부딪히는 소리가 들렸고 나는 리처드를 바라봤다. 리처드는 나를 향해 손을 크게 흔들었다.

"이제 출발하자!"

전진 기어를 넣은 상태에서 천천히 가속장치 스로틀을 밀자 요트 하자나는 점차 속력을 높이며 타히티의 파페에테항을 벗어나기 시작했다. 1983년 9월 22일 13시 30분이었다. 한 달 후면 우리는 캘리포니아주 샌디에이고에 도착할 터였다. 조금 더 신나는 마음이 들면 좋으련만. 사실 남태평양을 떠나고 싶지 않았다. 가족과 친구들이 보고 싶지 않은 것은 아니었지만, 돌아가기에는 너무 일렀다. 캘리포니아를 떠나온 지 고작 6개월밖에 되지 않았고, 계획대로라면 미국으로 돌아가기 전에 배를 몰고 남태평양의 여러 섬과 뉴질랜드를 항해할 예정이었다. 틀어진 계획 때문에 혼란스러웠다. 그렇지만 리처드의 말처럼 이번 요트 배달은 포기하기에는 너무도 좋은 기회였다.

해변에서 뭐라고 외치는 소리가 들렸다. 소리가 나는 쪽으로 고개를 돌려 보니 친구들이 손을 흔들며 인사했다. 나는 조종석을 밟고 일어나 왼쪽 발을 타륜에 올린 채 배를 운전하며 두 팔을 높이 뻗어 손을 흔들었다. 엄지발가락에 따끔해 바라보니, 리처드가 한 팔로 나 대신 타륜을 잡고 다른 한 팔로는 내 허리를 감싸 안았다. 그의 푸른색 눈을 내려다보았다. 두 눈에는 기쁨이 가득했다. 리처드는 나를 꼭 끌어안고 파레오(남태평양 섬 지역 사람들이 장방형 목면을 휘감아 입는 하의 - 옮긴이)를 두른 허리 어디쯤에 입을 맞추었다. 잔뜩 신난 어린아이 같은 리처드를 보니 웃음이 나왔다.

"닻을 올리고, 태미."

"응, 닻을 올리자!"

나는 리처드의 말을 따라했다. 어느새 부둣가의 가로등 기둥과 분간할 수 없을 정도로 멀어진 친구들을 향해 마지막으로 손을 흔들면서 눈물을 주체할 수가 없었다. 매번 느끼지만 떠나는 것이 얼마나 힘든 일인지, 이 친구들을 다시는 보지 못할 거라는 생각에 울컥 목이 메었다. 우리는 다시 돌아오겠지만 그때가 되면 친구들은 없을 것이다. 뱃사람들은 한곳에 오래 머무르지 않고 여행을 계속하니까.

리처드가 메인세일(주돛)을 높이 올리는 동안 나는 타륜을 잡았다. 숨을 깊이 들이마시며 수평선을 살폈다. 북서쪽으로 무레아섬이 있었다. 아, 바다를 어찌 사랑하지 않을 수 있을까! 나는 바람이 불어오는 방향으로 배를 돌렸고, 리처드가 트랙을 따라 돛의 캔버스를 올리자 바람을 맞은 메인세일이 웅장한 소리를 냈다. 뒤에서 바람을 받기 시작하자 롤러 펄링 지브세일(세일을 자동으로 감는 장치가 달린 돛대 전방의 삼각형 돛)이 유리에 미끄러지는 빗방울처럼 매끄럽게 펼쳐졌다. 하자나의 선체가 편안하게 기울어졌다. 정말 멋진 트린텔라 요트야. 약 13.5미터의 정밀한 예술품. 우리 보트인 마얄루가에 비해 모든 것이 고급스러웠다.

하자나의 돛을 조절하는 리처드를 보며 그가 마얄루가와 헤어지는 것이 얼마나 힘들었을지 새삼 생각했다. 리처드가 남아프리카에서 직접 배를 만들어 스와지족 언어로 '수평선을 넘는 자 Mayaluga'라고 이름을 붙였다. 리처드는 몇 년 동안이나 마얄루기를 안식처 삼아 지구의 반 바퀴를 항해했다. 총 10미터 크기에, 강철 그물코에 시멘트를 압착한 페로시멘트로 만들었다. 소형 쾌속정의 맵시 있는 선체는 보기 좋았고, 마호가니 합판에 광택제로 겹겹이 칠한 갑판보는 벨벳처럼 빛났으며, 티크나무와 호랑가시나무로 만든 바닥은 배를 제작하는 사람이라면 누구나 꿈꿀 만큼 멋진 작품이었다.

타히티를 떠나는 아쉬움을 되도록 잊기 위해 우리는 마얄루가에서의 마지막 며칠을 일부러 바쁘게 보냈다. 나는 남반구에서 북반구로 향하는 항해 일정과 이후 예정된 여행까지 총 넉 달간 필요한 옷과 물품들을 정리해 짐을 싸는 데 몰두했다. 샌디에이고의 가을 날씨에 필요한 티셔츠, 영국에서 크리스마스를 보내기 위한 외투, 이후 초겨울의 샌디에이고에서 입을 운동복 여러 벌, 1월 말 타히티로 돌아와 입을 파레오와 반바지를 챙겼다. 리처드는 우리 없이 몇 달을 혼자 견뎌야 할 마얄루가를 채비하느라 바빴다.

마얄루가는 마타이에아만에서 잘 지낼 것이다. 아내 앙투아네트와 세 아이들과 함께 살고 있는 친구 하이패드가 일주일에 한 번씩 마얄루가의 엔진을 켜주기로 약속했다. 타히티의 습한 공기가 선내에서 잘 순환되도록 쿠션과 각종 판자들도 꼼꼼하게 세워놓았다. 강렬한 자외선에 선체 표면이 상하지 않도록 커다란 차양을 드리웠고, 해치(갑판으로 난 창)도 열어두었다.

마알루가를 떠날 때, 나는 마알루가를 등진 채 해안가를 향해 노를 젓는 리처드를 바라봤다. 선글라스로 가려져 있었지만, 그의 눈이 촉촉해진 것을 눈치챘다.

"하이패드가 잘 돌봐줄 거야."

나는 리처드를 안심시켰다.

"응, 그럴 거야. 완벽하게 안전한 만이기도 하고."

"그리고, 금방 다시 올 테니까. 그렇지?"

"그렇지."

자신의 영국 말투를 따라하는 나를 향해 리처드가 미소 지었다.

바람이 바뀌어 나는 하자나의 항로를 10도 변경했다. 그가 내 앞에 몸을 숙인 채 서 있는 통에 시야가 가로막혔다.

"리처드, 괜찮지?"

"그럼."

리처드는 내 뒤쪽으로 돌아 나가, 로프 고정장치 클리트에서 핼야드(돛을 조정하는 로프)를 풀어 미즌세일(선미의 미즌마스트에 설치하는 크기가 작은 돛)을 높이 펼쳤다.

"징밀 밋지지 않아?"

마얄루가에서 리처드와 나

굉장했다. 아름다운 날씨, 환상적인 바다, 그리고 완벽한 동반자. 그의 낙천주의는 전염성이 있었다. 이거야말로 항해의 본질이 아닐까? 모험. 모험에 나를 내던지는 것. 이번 항해는 시간이 아주 빨리 흐를 것 같다.

첫날의 항해 기록.

완벽한 날씨. 정우현에 테티아로아섬. 보름달. 운항속도 5노트(1노트 당 시속 1,852킬로미터). 모든 돛을 전개하고 잔잔한 바다를 항해 중.

둘째 날, 메인세일과 두 개의 헤드세일(선수 부분의 작은 돛)을 펼치고 6노트로 항해했다. 북북동풍에 맞서기 위해 시트(돛을 조종하는 줄 - 옮긴이)를 팽팽히 당겼다.

셋째 날, 여전히 바람에 시달렸다. 하자나가 잘 버텨주고 있었지만, 우리는 상당히 지쳐 있었다. 오후에는 35노트의 돌풍이 불었다. 제노아 지브(큰 삼각형의 미풍용 지브세일)를 감고 메인세일을 내린 후 스테이세일(지브와 메인세일 사이의 삼각형 돛 - 옮긴이)과 미즌세일로 항해했다.

하자나의 좌측 선수에 부딪친 파도에 깜짝 놀랐다. 튀어 오른 바닷물을 피하기 위해 나는 머리를 숙였다. 약속대로 하자나를 목적지까지 데려가려면 시트를 느슨하게 풀어 바람을 흘려보내야 하는데 도저히 방법이 없었다. 샌디에이고에 무사히 도착하느냐 죽느냐의 문제였다.

어두운 암청색이 청록빛 바다를 삼키고 있었나. 샌디에이고냐

트린텔라 44 요트 하자나

죽느냐, 중얼거렸다. 나는 언제나 따뜻한 고향 샌디에이고로 돌아간다. 건강식품 판매점에서 일하며 포인트 로마 고등학교 졸업을 앞두던 때가 까마득했다. 고등학교 졸업장을 손에 쥔 후, 내 인생과 연관된 모든 것을 버리고 떠났다. 당시 내 머릿속에는 멕시코에 가서 아름다운 파도를 타고 싶다는 생각밖에 없었다. 그때는 멕시코냐, 죽느냐의 문제였다. 혼자 자유롭게 사는 삶이 얼마나 간절했던가 생각하니 미소가 번졌다. 나는 1969 폭스바겐 버스를 사서 '부엘라'라는 이름을 붙이고는 친구 미셸에게 같이 떠나자고 졸랐다. 우리는 버스 위에 서프보드를 싣고 국경을 넘어 서핑에 완벽한 파도와 모험을 찾아 토도스 산토스로 향했다. 때는 1978년 가을이었다.

미셸과 나는 몇몇 미국 서퍼들과 함께 토도스 산토스의 해변에서 캠핑을 했다. 한 달 내내 우리가 한 일이라고는 서핑을 하고, 밥을 먹고, 파티를 하고, 잠을 자는 것이었다. 하지만 자신에게 주어진 의무를 더는 모른 척할 수 없었던 미셸은 아쉬운 마음을 뒤로한 채 미국으로 향하는 차를 얻어 타고 떠났다.

나는 그곳에 사는 히메네스 가족과 친구가 되었다. 이들은 내게 생활 스페인어를 가르쳤고, 나는 다섯 아이들에게 영어를 가르쳐주었다. 임대한 방을 일구며 살아가는 기쁨이었다. 나는 토마토와 고수 수확을 도와주는 대신 무른 토마토를 공짜로 얻어와 해변에서 미국인 관광객들에게 살사 소스를 만들어 팔았다. 생활비는 충분히 충당할 수 있을 정도로 장사가 잘된 덕분에 저축한 돈을 쓰지 않아도 되었다.

수많은 미국인들이 오가는 곳이라 외로움을 느낀 적도, 혼자인 것이 두려웠던 적도 없었다. 매주 카보산루카스나 라파스로 차를 몰고 나가 필요한 물건을 구매했다. 카보에는 멋진 멕시코식 아침 식사를 저렴하게 파는 허름한 식당이 있었다. 배에서 내린 미국인들이 그곳으로 모여들고는 했다. 콘크리트 건물에 포장 주문용 작은 창이 나 있는 식당이었다. 창문 옆에는 메뉴판이 붙어 있었고, 그 옆에는 합판으로 된 종이 한 장 크기의 게시판이 있었다. 온갖 메시지와 소식이 잔뜩 붙었다.

어느 날 아침, 게시판에 붙은 한 광고 전단이 내 시선을 사로잡았다.

선원 모집. 항해 경력 무관. 요리 필수. 이달 말 프랑스령 폴리네시아로 출발 예정.

프랑스령 폴리네시아가 어디에 있는지도 몰랐지만 이름이 마음에 들었다.

연락처 프레드 S/V 탕가로아

"저기, 있잖아."

알고 지내던 선원인 드류를 향해 목소리를 높였다.

"S 슬래시 V가 무슨 뜻이야?"

"S 슬래시 V? 범선sailing vessel이야."

"고마워."

아, '탕가로아'는 범선 이름이었다. 탕가로아와 교신할 VHF 무전기가 없었던 나는 바닷가로 곧장 걸어가 정박 중인 수많은 범선의 이름을 하나씩 확인했다. 파도에 출렁이는 배의 이름을 읽어나가던 나는 금방 탕가로아를 찾아냈다. 소형 보트가 선미에 연결되어 있으니 배 안에 주인이 있다는 뜻이었다. 나는 따뜻한 모래에서 잠시 휴식을 취하며 누군가가 해안가로 노를 저어 오기를 기다렸다. 얼마나 시간이 지났을까. 나이가 조금 있어 보이는 한 남자가 소형 보트를 타고 해안으로 들어오는 것이 보였다.

남자가 해변에 소형 보트를 정박시키고 난 뒤 나는 그에게 다가갔다.

"혹시 프레드인가요?"

"네, 맞습니다."

그는 빠르게 나를 훑어보았다.

"선원 모집 공고를 봤는데, 제기 헤보고 싶어서요."

그는 내게 무이 함브레 카바나에서 시원한 맥주를 한잔하자고 했다. 맥주를 마시는 동안 나는 그에게 예전에 샌디에이고만에서 아버지의 레저용 소형 요트 호비 캣을 타본 게 다일 뿐, 외국 항구까지 배를 타고 나가본 적은 한 번도 없고 따라서 항해에 대해서는 아는 게 없다고 말했다. 프레드는 자신의 보트는 특별 주문 제작한 드레드노트 32라고 했다. 우리는 배에서 주로 요리와 불침번을 내가 맡기로 이야기했다. 나는 그에게 만약 '파트너'를 찾는 거라면 내가 적임자는 아니라고 분명히 했다. 그는 지난했던 이혼 절차가 마무리된 지 얼마 되지 않았고, 파트너를 필요치도 원하지도 않는다고 말했다. 내가 해야 하는 일은 오로지 요리와 불침번이었다.

솔직한 대화 끝에 내가 배에 잘 적응할 수 있을지 짧은 시험 항해를 해보자는 말이 나왔다. 우리는 약 274킬로미터 떨어진 라파스로 향했다.

이틀간의 여행은 완벽했다. 프레드는 약속했던 것처럼 신사처럼 행동했고, 바다에 나간 나는 물 만난 고기 같았다. 나는 탕가로아에 승선하기로 결정했다. 푸른 바다로 모험을 떠나겠다는 내 결정에 아빠보다 엄마가 불안한 심기를 내비쳤지만 9개월 전 멕시코로 떠난 것처럼 나를 말릴 수 없다는 것 역시 잘 알고 있었다.

토도스 산토스로 돌아온 내게 히메네스 가족은 내 버스 부엘라를 집에 두고 가도 괜찮을지 물었다. 몇 년이 지난 후에 나는 내 버스가 가축 사료 배급용으로 쓰였다는 사실을 알게 되었다. 선루프에 실은 사료를 옆문으로 쏟아 돼지에게 편리하게 공급했던 것이다.

1979년 3월 프레드와 나는 카보를 떠났다. 마르키즈로 향하는 동안 나는 많은 것을 배웠다. 오랜 시간 타륜을 잡고 미지의 바다에서 배를 모는 감각을 익혔다. 한 가지 실망스러운 거라면 프레드와 나는 물과 기름처럼 너무도 달랐다는 점이었다. 50대 중반의 그는 클래식을 좋아했고, 열아홉 살의 나는 로큰롤에 빠져 있었다. 그는 고급 요리를 좋아했고, 나는 채식주의자였다. 규칙적인 생활과 계획을 중시했던 그와 달리 나는 느긋한 타입이었다. 그는 완벽한 성격에 완벽한 몸매, 태닝한 피부까지 완벽한 멋진 남자였다. 하지만 내게는 너무도 완벽했다.

어느 날, 수평선 너머로 화산섬이 보였다. 32일간 푸른 바다와 푸른 하늘만 보고 지냈던 나는 섬을 본 순간 숨이 막힐 것 같았다. 우뚝 솟은 봉우리들이 단조로운 수평선에 균열을 일으켰다. 신비로운 광경에 눈물이 차올랐다. 치음 대륙을 발견했을 당시

크리스토퍼 콜럼버스가 이런 기분이었을까. 나와 프레드는 거의 대화를 나누지 않는 지경에 이르렀다. 항해와 탐험을 향한 열망이 막 피어올랐음에도 하루 빨리 탕가로아에서 벗어나고 싶었다.

프레드는 프랑스령 폴리네시아의 마르키즈제도 누쿠히바섬에 입항하기 위해서는 예치금 850달러를 내야 한다고 말했다. 초보 여행자인 나는 마르키즈에서 멕시코 페소를 화폐로 인정하지 않을 줄은 상상조차 하지 못했다. 프레드가 내 몫의 보증금까지 지불했고 다시 말해 그와 계속 여행을 함께하며 요리를 해줘야 한다는 의미이기도 했다. 전화로 엄마에게 사정을 설명하자 내가 갖고 있는 페소를 전부 샌디에이고에 있는 엄마에게 부치면 엄마가 미국 달러로 환전해 타히티 파페에테의 우체국으로 유치우편(발신인이 지정 우체국에 유치하면 수취인이 직접 받아가는 우편 - 옮긴이)을 보내기로 했다.

누쿠히바에서 나처럼 요트로 항해 중인 달라와 조이를 만났다. 우리는 금세 가까워졌다. 비슷한 나이의 선원들이 순식간에 친해지자 각 배의 선장들은 우리가 혹시 다른 마음이라도 먹을까 싶어 마르키즈제도를 함께 여행하기로 결정했다.

프레드와 내가 탄 배가 선발대로 마르키즈를 떠나 투아모투제도로 향했다. 사흘 예정으로 계획해 보름달이 뜨는 날 돌아오기로 한 데에는 예상보다 늦어질 때를 대비한 것이었다. 수많은 환초섬 사이를 무사히 항해하기 위해서는 달이 가장 밝게 비추는 날이 안전했다. 환초섬은 가운데 라군(석호, 산호초로 형성된 지형으로 바다 한가운데 형성된 호수 - 옮긴이)이 자리하고 산호초로 둘러싸인 고리 모양의 낮은 섬이다. 눈에 잘 띄지 않고 수중 산호초로 둘러싸여 있어 선원에게는 위협적인 존재였다. 산호초에 배가 좌초되면 선체 아랫면에 큰 손상이 가고 단 몇 분 만에 배는 물속으로 가라앉는다. 환초섬에서 가장 높은 것은 무역풍에 흔들리는 13미터의 야자나무다. 지구의 만곡과 바다 위에서 흔들리는 보트에서 바라볼 때 발생하는 착시로 인해 4층짜리 건물 높이인 13미터 정도도 분명하게 알아보기는 어렵다. 그럼에도 야자나무는 육지가 있다는 가장 뚜렷한 증거다.

프레드와 내가 앞장서 산호초에 좌초된 배와 보트를 살피고, 오랫동안 잠들어 있는 난파선을 기준 삼아 항해 계획을 세우는 것이 좋겠다는 이야기가 나왔다. 산호초 근처의 여러 난파선을 지나는 동안 뱃사람이라면 변수를 인지하고 위험 지역을 항해하는 법을 아는 것이 중요하다는 것을 가슴 깊이 깨달았다. 프레드는 잘 알고 있으리라 여겼던 것이 내 불찰이었다.

첫 번째 기항지는 마니히였나. 프레드의 계산으로는 이른 오전에 마니히에 도착할 예정이라 밝은 태양 아래에서 배가 들어 갈 라군의 입구를 찾을 시간이 충분하다고 예상했다. 하지만 늦은 아침 시간이 되고도 아무것도 발견하지 못했고 나는 조금씩 걱정이 되기 시작했다. 오후 1시가 되어 저 멀리 야자나무 머리가 흔들리는 것이 보이자 비로소 안도의 한숨을 내쉴 수 있었다. 이윽고 섬에 가까이 근접한 우리는 해도상에 표시된 입구를 찾으려고 했다. 거친 바다가 잠잠해지기를 기다렸지만 큰 파도가 길게 이어졌다. 라군의 수로 양쪽으로 파도가 부서져 지형을 알기 어렵다고 프레드가 설명했다.

우리는 번갈아 쌍안경을 들고 해안가에 몰아치는 사나운 파도를 부지런히 관찰했다. 나는 마스트를 타고 올라가 받침대 스프레더를 밟고 두 다리와 한 팔로 마스트를 단단히 잡은 후 쌍안경으로 눈앞의 열대 섬을 살폈다. 산호초가 끊어진 부분 없이 계속 이어졌다. 환초섬을 따라 배를 타고 한 바퀴 둘러봤지만 입구를 찾을 수 없었다. 나는 신경이 곤두서기 시작했고, 프레드는 우리가 길을 잃었다는 사실을 인정하지 못했다. 해는 빠르게 지고 있었다.

날이 선 말들이 오간 뒤에야 우리가 항해 중 서쪽으로 밀려나 마니히가 아닌 아헤에 도착했다는 것을 깨달았다. 우리는 밤 동안 배를 타고 랑기로아로 향하자는 데 의견을 모았다.

그날 밤에는 둘 다 예민해져 있었다. 잠 한숨 자지 않고 바다를 바라보며 혹시나 암초에 부딪히는 파도 소리가 들릴까 귀를 기울였고 주변을 경계했다. 두려움 속에 떨었던 그날 밤, 나는 다시는 이런 무력함을 느끼지 않겠다고 다짐했다. 항해하는 법을 배워야 했다.

동이 틀 무렵 목적지가 보였다. 야자나무의 손짓이 더욱 특별하게 느껴졌다. 오전이 되자 섬의 입구를 찾을 수 있었다. 거친 파도가 점차 잦아들다가 거세게 휘몰아치는 지점이 한눈에 보였다. 해안선을 따라 물 색깔이 확연히 구분되어 수로를 분간하기가 쉬웠다. 작은 선착장에 미국 국기를 펄럭이는 요트가 정박 중이었다. 또 다른 보트에 탄 커플의 도움을 받아 선착장에 보트를 정박시켰다. 부두로 폴짝 뛰어내린 후 나는 피로에 지친 목소리로 도움을 준 여성에게 말했다.

"와⋯⋯ 랑기로아에 드디어 도착했네요."

"랑기로아라뇨? 여기는 랑기로아가 아니에요. 아파타키에 왔잖아요!"

충격이었다. 탕가로아에 다시 오른 나는 선실로 내려가 해도를 살폈다. 배는 남동쪽으로 160킬로미터 넘게 이탈했다. 우리가 처음 아헤라고 생각했던 곳은 사실 입구가 없는 환초섬 가운데 하나인 타카포토였다.

프레드를 향한 신뢰가 산산이 부서졌다. 그를 향한 분노를 간신히 참으며 이후 5일간 타히티로 향하는 여정을 견뎠다. 타히티에 도착하기 이틀 전에 이미 짐을 모두 챙기기까지 했다. 한시라도 빨리 탕가로아에서 벗어나고 싶었다.

타히티 노천카페에 앉아 있는 친구 조이가 보였다. 조이는 스쿠너(두 개 이상의 돛대에 세로돛을 단 범선)인 '소피아'에 조리사로 승선하기로 했다는 소식을 전했다. 그에게 소피아에 대해 물었다. 호화 여객선은 결코 아니지만 1921년에 만들어진 굉장히 멋진 배라고 했다. 37여 미터 마스트가 세 개인 톱세일(선수에 제일 가까운 포어마스트 상부의 가로돛) 스쿠너로 조합원 공동 소유의 배였다. 선실 또한 굉장히 견고하게 제작되었다고 덧붙였다. 화장실만 해도 변기 아래 금속 재질의 탱크가 선미 갑판 쪽으로 나 있어 오물을 바다로 배출하기에 용이했다. 조리실에는 등유버너 네 개와 디젤 스토브가 있고, 해수만 나오는 싱크대가 마련되어 있었다. 청수는 식수와 요리용으로만 사용하고, 바닷물로 설거지한 그릇을 다시 헹구는 등의 용도로는 사용할 수 없었다.

선원 조합 가입비는 3,000달러였다. 조리사는 1,500달러만 내면 되었다. 조이가 소피아에서 파트타임 조리사를 찾고 있다고 알려주었다. 다음 날 나는 스쿠너에 방문해 조리사 자리에 지원했고 정식 선원으로 채용되었다.

소피아는 낡고 구식이었지만 나름의 매력이 있었다. 이 배에는 열에서 열여섯 명의 선원이 탈 수 있었다. 선체의 늑골(선체의 기본 축이 되는 용골에서 갈비뼈처럼 배의 모양을 잡아주는 프레임 - 옮긴이)은 오랜 역사와 수많은 모험 이야기를 들려주듯 삐거덕거렸다. 남태평양제도를 거쳐 뉴질랜드로 향하는 배였다. 소피아에서 보낸 시간은 꿈만 같았다. 눈부시게 아름다운 태양 아래서 가로돛을 올린 범선으로 파랗게 빛나는 바다를 마음껏 항해하며 느끼는 자유는 마법과도 같았다. 같은 배를 탄 선원들은 끈끈한 동지애를 나누었다. 나는 요리는 물론 갑판 업무와 항해의 기본을 익혔고, 배 안에서 사람들을 알맞게 배치하고 필요한 일을 가르치는 법도 배웠다. 서던 캘리포니아에 있는 명문 대학 중 하나, 소피아—U.S.'Sea'(서던 캘리포니아 대학university of southern california를 줄여 USC라고 부르는 데서 차용한 언어유희 - 옮긴이)에 다니고 있는 셈이었다.

뉴질랜드에 도착한 후 우리는 쿡해협의 남섬에 자리한 작은 마을, 넬슨으로 향했다.

넬슨에 정박한 소피아를 정비하는 동안 나는 '판도라'라는 ㅂ

트에서 낚시 일을 제안받았다. 전직 소피아의 선원인 보트의 주인은 판도라의 선원을 구하기 위해 잠시 머물고 있었다. 날개다랑어 어획철 한 시즌만 일하기로 했지만 결과적으로는 날개다랑어 두 시즌과 그루퍼(농어과 어류) 한 시즌까지 이어졌다. 수입도 좋았고, 수면 위로 팝콘이 튀어 오르듯 반짝이는 물고기가 줄마다 걸려드는 낚시의 묘미와 도전 정신에 푹 빠졌다.

낚시 일을 하는 동안 소피아는 영화 출현 제안을 받았고, 촬영을 위해 오클랜드로 이동해야 했다. 나는 날개다랑어 어획철을 마무리 짓고 오클랜드에서 합류할 계획으로 사진, 편지, 옷 등 대부분의 짐을 소피아에 남겨두었다.

그러나 소피아는 오클랜드까지 가지 못했다. 뉴질랜드 북섬의 최북단 레잉가곶에서 거대한 폭풍을 맞아 침몰하고 말았다. 사고로 한 여성이 목숨을 잃었다. 열여섯 명의 생존자들은 구명보트 두 개를 나눠 타고 바다에서 5일간 버텼다. 마지막 남은 조난 신호탄 덕분에 다행히도 근처를 지나가던 러시아의 화물선이 이들을 구조했다.

나는 소피아의 침몰 소식을 바다낚시를 하던 중에 들었다. 낚싯배가 나를 해안가로 데려다주었고, 나는 소피아 선원들을 만나기 위해 비행기를 타고 웰링턴으로 향했다. 아무 잘못 없는 한 젊은 여성과 아름다운 배 한 척과 함께 내 모든 계획도 한순간에 침몰하고 말았다. 앞으로 뭘 어떻게 해야 할지 막막했다. 소피아 선원들과 마찬가지로 내 비자는 이미 만료된 상황이었다. 낚시 일을 할 때 챙겼던 옷 몇 벌과 몇몇 잡동사니를 제외하고는 아무 것도 가진 게 없었다. 샌디에이고를 떠나온 지 겨우 6개월이 지난 지금과 달리, 당시에는 3년이 넘었을 때라 집으로 돌아가고 싶은 생각만 간절했다.

갑자기 아래쪽에서 리처드의 고개가 불쑥 나타났다.

"30일 후 도착 예정, 태미."

나는 활짝 미소 지었다. 선원으로 불길했던 시작을 떠올리며 동요하던 마음에 리처드가 주는 신뢰감이 큰 위안이 되었다. 거친 바다 한가운데라도 리처드만 있으면 충분했다.

타히티를 떠난 지 5일째, 하자나는 제노아와 미즌세일을 펼치고 6노트로 바다를 헤치고 나아갔다. 갑판 위에 설치된 각종 의장품들의 이음쇠가 헐거워졌고, SSB 무전기가 바닷물에 젖어 합선되었다. 북동풍이 내내 배를 흔들어 둘 다 한숨도 잘 수 없었다. 갑판 위 온갖 장비가 달그락거리고, 돛은 요란하게 펄럭이고 배가 거칠게 움직여 몸은 내내 긴장 상태였다.

다음 날에는 유예 시간이 주어졌다. 바람이 선체의 지가으로 불어와 우리가 바라던 대로 동쪽으로 배를 밀어냈다. 리처드는 로그 북에 '행복한 날'이라고 적었다. 우리는 돛을 열어 바람을 타고 항해했다.

별을 쬐며 나는 손에 낀 반지를 돌렸다. 리처드가 만들어준 반지였다. 조종석을 바라보며 리처드의 멋진 몸을 마음껏 감상했다. 바다 물결처럼 굽이치는 짧은 황금빛 머리카락, 풍성한 수염과 구릿빛 피부까지 모든 것이 아름다웠다.

다음 날 하자나의 로그 북에 리처드는 이렇게 적었다.

남동 무역풍이 동풍보다 나을 거라는 환상은 사라진 지 오래다. 미즌세일은 완전히 접은 채 2단으로 축범(돛을 줄이는 것)한 메인세일과 스테이세일, 반만 편 제노아세일로 6노트로 항해 중.

8일째 브룩스 앤드 게이트하우스 사의 풍향풍속 지시기가 멈췄다.

"망할 장비가 더는 고장 나지 않았으면 좋겠는데."

리처드가 소리쳤다.

"부식되거나 뭐 그런 걸까?"

"빌어먹을 부식이지. 최첨단 장비라는 게 말이야. 앞으로 화창한 날이 얼마나 될지 모르겠지만 그래도 해가 제대로 뜨는 날에는 우리가 어디쯤 있는지 알 수 있을 거야."

"이 망할 최첨단 장비!"

나는 장난스럽게 좌석 보관함을 손바닥으로 내리쳤다.

사흘간 하자나는 빠르게 물살을 헤치고 나아갔다. 활짝 펼쳐진 돛에 연어 빛깔 태양이 반사되었고, 우리는 책을 읽고 휴식을 취하며 부족했던 잠을 충분히 잤다.

* * *

하자나에서 11일째인 10월 2일 일요일은 우리 두 사람에게 특별한 날이었다. 해가 지기 시작하자 터키색 바다가 푸르게 빛났다. 우리는 와인 한 병을 따고 적도를 넘어 북반구에 진입한 것을 자축했다.

눈앞에 은빛과 반투명한 초록의 물보라가 일었다. 둥근머리돌고래 떼가 하자나 선체 주변을 맴돌며 유영했다. 우리는 후미에 설치된 윈드 베인(바람에 따라 선체의 방향을 유지시켜주는 조향장치 - 옮긴이)을 조종간에 연결해 자동조타를 설정했다. 그리고 뱃머리로 나가 돌고래가 높이 뛰어오르며 고음으로 인사하는 노랫소리를 들었다. 스테인리스 난간을 붙잡은 내 등 뒤로 리처드가 몸을 기대며 덥수룩한 뺨이 내 볼이 닿았디. 눈앞에 펼쳐진 돌고래가 연

초록빛 띠를 만들며 유영하는 아름다운 광경을 지켜봤다.

"돌고래가 너무 예쁘지 않아, 태미?"

리처드는 감동한 듯 내게 물었다.

"수면 위로 뛰어올랐다가 다시 물속으로 다이빙하는 모습 좀 봐."

등 뒤편에서 리처드가 천천히 몸을 움직이는 게 느껴졌다. 하자나가 너울을 타며 선체가 들리자 리처드가 내 귀에 속삭였다.

"뛰어오르고…… 다이브."

뱃머리가 아래를 향했다.

"당신도 돌고래가 될 수 있겠는데."

내가 장난스럽게 말했다.

"나도 돌고래야, 태미. 자 봐봐. 이렇게 뛰어올랐다가."

그는 내 몸을 앞으로 슬쩍 밀었다. 돌고래의 움직임이 그를 흥분시킨 것 같았다.

"이제 다이빙할 차례네."

배가 출렁 내려가자 리처드는 무릎 안에 나를 가두고 손을 뻗어 파레오를 벗겼다. 그는 파레오를 난간에 묶고 따뜻한 손으로 내 가슴을 감쌌다. 하자나의 뱃머리 여신상이 된 듯 나는 난간에서 손을 떼고 두 팔을 넓게 벌렸다.

"음……."

나는 나지막이 소리를 냈다.

"태미, 네게 다이빙하고 싶어."

리처드가 귓가에 속삭였다.

"돌고래처럼 높이 뛰어올랐다가 깊이 다이빙하고 싶어."

나는 손을 뒤로 뻗어 리처드의 반바지를 벗겼다. 바지가 티크 목 갑판에 떨어졌다.

신과 천국, 하늘 아래서 우리는 돌고래처럼 거칠고 자유롭게 수면 위로 뛰어올랐다 깊이 다이빙하며 움직임을 더했다. 돌고 래의 여왕 하자나는 우리 두 사람의 몸짓에 맞춰 규칙적으로 흔 들렸다.

나는 로그 북에 이렇게 적었다. **행복한 날!**

* * *

12일째 : 우리는 다목적용 가벼운 세일인 MPS^{multi purpose spinnaker} 를 올리고, 남동 무역풍을 타고 4노트 속력으로 항해하고 있다. 바람은 며칠 동안 우리 배를 동쪽으로 밀어냈다. 고래는 자주 만났고, 지금도 돌고래가 나타나 그 귀여운 얼굴을 보여주고 있다.

* * *

10월 8일 새벽은 잿빛 하늘과 비로 끔찍했다. 바람을 예상하기가 어려웠다. 남동에서 불어오던 돌풍이 어느새 남서풍, 다시 북풍으로 종잡을 수 없이 강하게 불어왔다. 잠에서 깨어 뱃머리 가까이에서 갑판 설비를 살피는데 작은 육지 새 한 마리가 앞 갑판으로 추락했다. 가엾게도 가느다란 두 다리를 휘청거리며 헐떡였다. 리처드는 수건을 가져와 새를 덮어주었다. 조심스럽게 새를 감싸 안고 비와 바람을 피해 조종석으로 데려왔다. 윈드스크린(바람과 바닷물이 튀는 것을 막는 유리 가림막) 안쪽에 몸을 말고 앉은 새는 젖은 털을 부산하게 털며 체온을 높였다. 작은 빵 조각을 건넸지만 놀란 탓인지 먹지 않았다. 끔찍한 바람이 이 작은 새를 먼바다까지 날려 보냈다. 리처드는 로그 북에 휘갈겨 썼다.

사이클론(뱅골만과 아라비아해에서 발생하는 열대성 저기압. 성질은 태풍과 같으며 때때로 해일을 일으킨다 -옮긴이)일까?

'사이클론일까?'라고 적힌 로그 북을 읽은 후 그가 어떤 의미로 이 글을 썼을지 의아했다. 현재 우리가 끔찍한 회오리바람을 통과하는 중인 걸까? 그게 가능이나 한 일인가? 작은 새는 시계 방향으로 부는 회오리바람에 갇혀 미처 빠져나오지 못하고 휩쓸린 것이었을까? 리처드는 우리도 같은 처지가 될 것을 염려하고 있는 걸까? 예전에도 시계 방향으로 부는 바람을 몇 차례 경험했지만 사이클론이라고 생각해본 적은 없었다. 리처드가 크게 걱정하는 것 같지는 않아 나도 신경 쓰지 않기로 했다.

다음 날 기상 채널 WWV에서는 중앙아메리카 해안에서부터 관측되던 폭풍이 열대성 저기압 소니아로 판명되었다는 소식을 전해주었다. 소니아는 북위 13도, 서경 136도에서 발생해 7노트의 속도로 서쪽으로 이동 중이었다. 우리 배에서 서쪽으로 1,160킬로미터 이상 떨어진 곳이었다.

WWV는 중앙아메리카 해안에서 새로운 열대성 폭풍이 형성되고 있다고 전했다. 이름은 '레이먼드'라고 했다. 북위 11도, 서경 129도에서 북북동으로 향하고 있는 우리 배의 경로와 북위 12도 서경 107도, 12노트로 서쪽을 향해 전진하는 레이먼드의 경로를 확인한 리처드는 로그 북에 적었다.

이번 폭풍은 주의할 것.

'주의할 것'? 폭풍이란 생기고 사라지기를 반복하다가 결국에는 점차 소멸한다. 뉴질랜드에서 낚싯배를 타며 배웠다. 리처드는 이렇게 기록을 하며 상황을 정리하는 편이었으니 나는 크게 동요하지 않고 요리, 청소, 조종, 독서 등 일상에 매진했다. 조종석에 앉아 타히티 친구들에게 편지를 쓰는 시간이 가장 즐거웠다. 이 편지는 샌디에이고에서 부칠 예정이었다.

자정이 가까워지자 바람이 약해졌다. 그리고 동북동으로 방향을 바꾼 바람은 레이먼드의 몸집을 불렸다. 우리는 돌풍과 강한 비를 맞닥드렸다.

*　*　*

10월 10일 월요일, 바람이 갑자기 북쪽으로 진로를 틀었다. 새벽 5시 우리는 속력을 내기 위해 북북서로 경로를 전환했다. 목표는 레이먼드에서 가능한 한 멀리 떨어진 북쪽에 닿는 것이었다.

풍속 1, 2노트로 바람이 죽어 모터를 가동해 네 시간을 항해했다. 정오가 되자 바람이 거세져 엔진을 끄고 메인세일을 2단으로 축범했다. 돛을 완전히 내릴 수는 없기에 어느 정도의 속력을 얻기 위해서 최소한으로 돛의 면적을 줄인 것이다. 제노아세일도 줄였고 스테이세일만 올린 상태였다. 5노트로 북북서를 향해 나아갔다. 북위 12도 서경 111도에 있는 열대성 폭풍 레이먼드는 정서방으로 똑바로 나아가고 있었다. 작은 새는 사라지고 없었다. 도망친 지 오래였다.

다가오는 폭풍을 피해 북쪽으로 달아나고자 더 많은 돛을 달기로 결정했다. 잭 라인으로도 부르는 토트 라인이 배 양쪽과 선수와 선미까지 설치되어 있었다. 갑판에서 일하는 동안 잭 라인에 구명조끼를 연결했다. 우리는 하자나의 속도를 최고로 높였다. 달리 방법이 없었다. 이 폭풍의 경로에서 최대한 멀어져야 했다. 리처드를 만나기 전 태평양에서 겪었던 강력한 폭풍 두 개를 훨씬 뛰어넘었다. 리처드는 샌디에이고로 올 당시 멕시코 테우안테펙만을 건너며 끔찍한 폭풍을 경험했다. 하지만 이번 폭풍은 빠른 속도로 최악으로 치달으며 우리가 겪었던 그 어느 때보다 참담한 상황이 펼쳐지고 있었다.

기상 상황이 더욱 안 좋아질 것을 대비해 우리는 갑판을 치웠다. 무거운 장비가 바람에 휩쓸리는 위험한 상황은 피하고 싶었다. 여분의 19리터짜리 디젤 통 몇 개를 아래층까지 밀어 화장실로 옮겼다. 무겁기도 했고, 풍랑이 거세어 옮기는 작업은 쉽지 않았다.

다음 날 새벽 2시, 제노아세일이 망가졌다. 찢어진 천이 바람에 무섭게 휘날렸다. 짧고 날카롭게 울리는 소리에 귀가 먹먹했다. 엔진을 켜고 자동조타 장치를 가동한 후 리처드와 나는 구명조끼를 잭 라인에 연결한 채 조심스럽게 움직이며 제일 큰 돛대인 메인마스트로 향했다.

"헬야드를……."

"뭐라고?"

나는 웅웅대는 바람 속에서 외쳤다.

"내가 올라가면 헬야드를 풀라고. 그럼 내가 돛을 내릴게."

"알았어."

나는 큰 소리로 대답을 하고 헬야드를 풀었다.

리처드는 선수까지 힘겹게 나아갔다. 몸을 낮추고 손으로 땅을 짚으며 나아가는 모습은 지켜보기만 해도 두려웠다. 뱃머리로 리처드를 집어삼킬 듯이 차가운 바닷물이 쏟아져 나까지 흠뻑 젖었다. 큰 너울을 타고 하자나가 높이 치솟았다. 찢어진 돛이 바람에 무섭고도 위험하게 펄럭였다.

리처드는 돛을 내릴 수 없었다. 결국 그는 내가 있는 곳으로 돌아왔다.

"꼼짝도 안 해. 클리트에서 헬야드를 완전히 풀고, 같이 올라가서 당기는 걸 좀 도와줘."

나는 그가 말한 대로 했다. 바닷물이 쏟아질 때마다 고개를 숙이고 네 발로 천천히 기어가듯 나아갔다. 우리는 강한 바람 속에서 거세게 저항하는 돛을 끌어내렸다. 손에 물집이 잡힐 정도로 잡아당긴 후에야 돛은 큰 소리를 내며 내려왔고, 우리는 돛에 반쯤 묻히고 말았다. 바삐 돛을 모아 대충 갈무리했다. 1번 지브세일(돛 면적에 따라 번호를 붙여 세일을 구분하는데 번호가 작을수록 크기가 크다 - 옮긴이)을 끼워 넣고 로프로 아래를 단단히 고정시켰다. 갑판 위에 엉키거나 널브러져 있는 줄이 있는지 주의하며 조종석으로 돌아왔다.

리처드는 메인마스트의 헬야드를 윈치(돛을 올리거나 내리는 도르래)에 감고 최대한 높게 돛을 올렸다. 리처드가 윈치를 돌리는 동안 나는 메인마스트로 올라가 돛이 끝까지 올라가도록 줄을 당겼다. 돛은 한여름에 내린 소나기를 맞은 세탁물처럼 매섭게 펄럭였다. 이 돛도 찢어질까 겁이 났다. 돛을 모두 올린 후 나는 빠르게 기어서 조종석으로 돌아왔고 리처드는 헬야드를 단단히 고정했다. 나는 있는 힘껏 윈치를 돌려 돛의 각도를 조정했다. 리처드도 조종석으로 와 돛을 조종하는 데 힘을 보탰다. 돛을 바꾸는 데 두 시간가량 걸린 셈이었다. 온몸이 다 젖은 채로 잔뜩 지친 우리는 뭔가를 좀 먹어야 할 것 같았다. 쏟아지는 바닷물을 피하기 위해 한 차례 큰 너울이 지나가고 다음 너울이 오기 전에 재빨리 승강구 문을 열어 선실로 내려갔다.

문이 모두 닫혀 있던 선실 내 공기가 후끈했다. 배는 급류를 타는 고무보트처럼 움직였다. 간단하게 준비할 만한 게 뭐가 있을까, 고민했다. 인스턴트 치킨 수프가 좋을까? 냄비에 물을 채워 프로판 스토브 위에 올린 후 클램프로 냄비를 고정시켰다. 물이 뚝뚝 떨어지는 악천후용 옷을 벗은 후 지친 몸으로 침상 위에 앉았다.

* * *

전쟁과도 같았던 돛 변경 이후 일곱 시간이 지났지만 레이먼드는 여전히 북위 12도에서 서쪽으로 이동 중이었다. 리처드는 로그 북에 '우리는 괜찮다'라고 휘갈겨 썼다. 북쪽으로 항해한 덕분에 레이먼드의 서쪽 경로에서 멀어져 위험은 피한 듯했다.

이후 바람의 강도와 너울의 크기가 점차 커졌다. 거친 바다가 파도의 흰 물마루를 토해내며 물보라를 일으켰다. 베개에서 거위 깃털이 날리듯 바다는 새하얀 포말로 가득했다. 열대성 폭풍 레이먼드는 이제 허리케인 레이먼드가 되었다. 즉 바람의 최소 시속이 120킬로미터라는 뜻이었다.

10월 11일 오전 9시 30분, 현재 예측에 따르면 허리케인 레이먼드는 북위 12도에서 서북서로 맹렬히 움직이고 있었다. 리처드를 무전기에 대고 소리를 쳤다.

"젠장할, 도대체 왜 북쪽으로 방향을 튼 거야? 제발 멀리 사라지라고!"

그에게서 희망이 사라졌고 분노보다 더한 공포, 완벽한 공포가 모습을 드러냈다. 갈비뼈가 수축되는 느낌이었다. 심장과 마음을 보호하려는 본능이었다. 리처드는 황급히 녹음을 시작했다.

"우리는 지금 사선에 놓여 있다."

우리는 모든 돛을 최대한 펼쳤다. 제노아세일이 찢어진 것이 몹시 안타까웠다. 1번 지브세일보다 면적이 넓어 지금 절대적으로 필요한 세일이었다. 리처드는 내게 남서쪽으로 항로를 변경하라고 말했다. 레이먼드 위쪽으로 갈 수 없는 상황이라면 24시간 내 어쩌면 허리케인 중심의 남쪽으로 들어가 가항반원 즉, 소용돌이에 휩쓸리지 않고 바람을 따라서 영향권을 벗어나는 지역에 들어갈 가능성도 있었다. 사실 우리에게 선택지는 별로 없었다. 뭐든 할 수 있는 것을 해야만 했다. 엔진을 가동시킬 필요도 없었다. 우리는 이미 선체의 이론상 최대 속도를 훨씬 웃돌고 있었다. 리처드가 긴장하고 두려워하는 것이 보였다. 이런 모습은 처음이었다. 혼잣말을 자주 했고, 내가 무슨 이야기인지 물었을 때는 고개를 내저으며 답했다.

41

"아무것도 아니야, 태미. 아무것도."

그가 불안한 눈빛으로 동쪽의 바다를 살피고 다가오는 레이먼드를 피해 조금이라도 속도를 내보고자 거듭 세일을 조정하는 모습을 어떻게 모른 척할 수 있을까? 아드레날린이 온몸에 솟구쳤다. 투쟁인가 도피인가. 이 혼란에서 도망칠 방법은 없으니 투쟁이었다. 싸워야 한다.

오후 3시, 새로운 기상 정보에 따르면 레이먼드가 서북서였던 진로를 정서향으로 변경해 풍속 140노트(초속 72미터)로 강한 세력을 보이고 있다고 전했다. 오후에 태양을 관측해 현 위치를 다시 파악했다. 그 결과 지금처럼 남서쪽으로 가다가는 레이먼드와 맞닥뜨리게 될 상황이었다. 우리는 그 즉시 북동쪽으로 경로를 변경해 레이먼드에서 가능한 한 멀어지려고 했다. 상황은 이미 최악이었다. 하지만 허리케인까지 만난다면 배에 큰 손상을 입고 망망대해에서 꼼짝도 못하게 될 터였다. 트린텔라는 극한의 해상 상태도 견디는 내구성을 갖춘 배였기 때문에 목숨을 잃게 될 상황보다 둘 다 표현하지는 않았지만 둘 중 하나라도 크게 다칠까 두려워하고 있었다. 떨리는 손으로 리처드는 이렇게 적었다.

우리가 할 수 있는 것은 기도뿐이다.

그날 저녁, 스피나커 폴(큰 풍선처럼 생긴 삼각형 돛 스피나커를 고정시키는 봉)과 메인마스트를 연결하는 상부 부품이 망가지면서 바다에 떨어진 폴이 반쯤 배에 걸쳐져 끌려왔다. 리처드와 나는 급히 메인마스트로 가서 스피나커 폴을 살려보려 애썼다. 물살에 하부 부품마저 떨어져 나간다면 폴은 바다에 빠질 것이었다. 다행히 리처드가 폴을 잡았다. 폴을 갑판에 고정시켜 묶는 데 우리는 온 힘을 써 매달렸다. 간신히 조종석으로 돌아오자 이번에는 미즌세일이 슬라이드에서 빠져 바람에 사납게 휘날렸다.

"세상에, 또 뭐가 남았지?"

리처드가 소리쳤다. 그는 조종석에서 몸을 일으켜 구명조끼를 미즌마스트에 연결한 후 미즌 핼야드를 풀었다. 미즌세일이 떨어지자 미즌 붐(돛의 하단을 고정시키는 수평 봉)에 단단히 묶었다. 다시 타륜으로 돌아온 리처드의 눈에는 어둠이 짙었다.

"더 이상 나빠질 것도 없어."

그는 되도록 냉소적인 투를 감추려고 했다.

"우린 괜찮을 거야. 괜찮을 거야, 리처드."

나는 그를 그리고 스스로를 안심시키려고 말했다.

어둠 속 바다는 파도가 만든 거품으로 새하얗게 빛났다. 들끓는 가마솥 같았다. 바람의 세기가 점차 거세지고 성난 바다가 더욱 가파르게 출렁거리자 기압계의 바늘이 뚝 떨어졌다. 레이먼

43

드를 맞닥뜨릴까 봐 두려웠지만 달리 할 수 있는 일은 없었다. 그저 최대한 속도를 내어 멀리 도망치는 방법뿐이었다.

우리는 밤새 상황을 주시하고 선실을 번갈아 오가며 뭐든 필요할 것 같은 장비를 가져왔다. 변덕스러운 바다 위에서 타륜과 씨름하느라 온몸의 근육이 욱씬거렸다. 이토록 밤이 길었던 적은 없었다.

다음 날 아침, 해가 거의 보이지 않는 잿빛 하늘이 무거운 바다 위로 어둠을 드리웠다. 바닷물이 내내 얼굴에 튀었다. 풍속 40노트(초속 21미터)의 바람이 불었다. 우리는 모든 돛을 내리고 손수건 크기의 작은 지브세일과 메인세일로 질주했다. 그나마 배를 안정적으로 유지하는 방법이었다.

오전 10시, 바다가 높이 일렁이며 보트 쪽으로 다가왔다. 풍속계가 꾸준히 60노트를 가리켰고, 우리는 어쩔 수 없이 모든 돛을 내리고 엔진으로만 항해해야 했다. 정오가 되자 바람은 100노트(초속 51미터)를 유지했다. 몰아치는 파도로 거센 물보라가 일었다. 리처드는 갑판으로 나가 비상 위치 지시용 무선장치 이퍼브를 내게 건네고는 타륜을 잡았다.

"자, 이거 갖고 있어."

"당신은 어쩌고?"

"태미, 두 개였으면 내 것도 챙겼을 거야. 그냥 내가 하자는 대로 해줘, 태미."

그의 부탁을 따랐다. 리처드가 선실로 내려가 현 위치와 허리케인의 이동 경로를 파악하는 동안 나는 나침함에 구명조끼 줄을 연결한 후 배를 몰았다. 매섭게 휘몰아치는 바람 소리 외에 리처드가 들을 수 있는 것은 수신기의 잡음뿐이었다. 위험을 무릅쓰고 바닷물이 들이치는 갑판 위로 무전기를 들고 나올 수는 없었다.

리처드는 갑판으로 올라와 구명조끼를 고정시킨 후 타륜을 잡았다. 나는 조종석의 등받이에 기대어 몸을 움츠린 채 조끼를 연결한 클리트를 있는 힘껏 잡고 있었다. 눈앞에 펼쳐진 격노한 바다를 바라보며 무력감에 휩싸였다. 웅장한 바람 소리 앞에서 온몸이 떨려왔다. 선체가 아찔할 정도로 높이 올라갔다 끝도 없이 떨어졌다. 바다가 우리를 집어삼킬 수도 있을까? 다시 한 번 거대한 파도를 타고 선체가 솟구쳤다 크게 흔들리며 부서질 듯 추락했다. 하자나가 산산조각 날 것 같아 두려웠다. 결국 나는 리처드에게 외쳤다.

"이제 끝인 걸까? 더 나빠질 수도 있을까?"

"아니야. 소금만 너 버터, 용감한 데미. 나중에 우리 손자들에게 허리케인 레이먼드에서 어떻게 살아남았는지 말해줄 수 있을 거야."

"살아남는다면."

나는 크게 소리쳐 대꾸했다.

"그럴 거야. 선실에 내려가서 좀 쉬어."

"배가 뒤집히면 어떡해? 당신 혼자 두고 싶지 않아."

"배는 괜찮을 거야. 난 괜찮아."

리처드는 구명조끼 연결줄을 잡아당겨 보여주었다.

"이게 있으니까 걱정 마."

조종석 등받이의 클리트에 연결되어 있는 그의 구명조끼 줄을 바라봤다.

"아래로 내려가 있어. 기압계 좀 지켜봐줘. 바늘이 올라가면 바로 알려주고."

나는 마지못해 자리에서 일어나 리처드의 손등을 꽉 쥐었다 놨다. 비행기 착륙 시 제트엔진에서 나는 역추력 소음처럼 바람이 굉음과 함께 몰아쳤다. 풍속계로 눈을 돌린 나는 140노트를 가리키는 것을 보고 헉하고 숨을 들이마셨다. 입을 다물지 못한 채 리처드를 바라본 나는 그의 시선이 향한 곳을 따라 위쪽으로 눈을 돌렸다. 메인마스트 근처에서 풍속계의 변환기가 날아가는 모습이 눈에 들어왔다.

"꽉 잡아."

그가 소리를 지르고 타륜을 돌렸다. 선체가 크게 출렁였고 나는 옆으로 넘어졌다. 조종석 등받이 쪽으로 쓰러졌다. 거대한 파도가 우리를 덮쳐왔다. 선수부터 선미까지 배가 불길하게 흔들렸다.

걱정스럽게 나를 바라보는 리처드의 얼굴을 타고 바닷물이 뚝뚝 떨어졌고, 그의 새파란 두 눈에서는 공포가 드러냈다. 그의 등 뒤로 집채만 한 거대한 파도가 흉포한 바람에 하얀 포말을 휘날리며 우뚝 솟아 있었다. 도저히 두려움을 숨길 수 없었던 내 눈을 보고 그가 의아한 눈빛을 했다. 그의 얼굴에서 불안함이 스치던 것도 잠시 내게 윙크를 하곤 턱짓을 했다. 선실로 내려가라는 신호였다. 그의 억지웃음과 나를 응시하던 눈빛은 내가 선실 문을 닫으며 사라졌다.

승강구 계단의 난간을 꼭 붙들고 선실로 내려갔다. 하자나의 격렬한 움직임 때문에 테이블에 연결된 해먹에 쓰러지듯 앉는 것 외에는 꼼짝도 할 수 없었다. 나는 반사적으로 조끼의 연결줄을 테이블 다리에 고정시켰다. 시계를 올려다봤다. 13시를 가리키고 있었다. 이번에는 고개를 내려 기압계를 살폈다. 바늘이 28

인치 아래로 떨어져 있었다. 끔찍할 정도로 낮았다. 공포에 완전히 사로잡혔다. 앞뒤로 흔들리는 해먹을 따라 몸이 기울었고, 나는 퀴퀴한 담요를 끌어안았다. 눈을 감자마자 갑자기 모든 것이 멈췄다. 무언가 크게 잘못되었다. 너무도 고요했다. 배가 높이 떠오른 것 같았다.

"맙소사!"

리처드의 비명이 들렸다.

번쩍 눈을 떴다.

쿠당탕!

흐려지는 의식 속에서 머리를 감싸 안았다.

2.
'예스'라는 모스부호

위이이잉, 위이이이잉.

"데비, 사포 속도 좀 줄여. 다 망가지겠어."

"태미, 잘 안 돼서 그래."

"그럼 사포를 바꿔야지, 게으름뱅이야."

"게으르다니! 이거 힘든 일이라고. 게다가 배가 고파 죽을 지 경이야."

"알았어. 점심 먹자."

샌디에이고의 여느 여름 날씨처럼 따뜻한 날이었다. 시끄러웠던 조선소가 점심시간을 맞아 고요해졌고, 덕분에 평온하게 식사를 할 수 있었다. 천으로 조종석의 먼지를 털어낸 후 따뜻한 햇볕을 가려주는 어닝 아래 데비와 함께 앉았다. 해풍이 가볍게 불어와 뜨겁게 탄 피부를 간지럽혔다. 가방에서 참치 샌드위치와 새빨간 사과를 꺼냈다. 데비가 물었다.

"또 참치 샌드위치야?"

"응, 날개다랑어야. 단백질이 풍부한. 너도 이런 것 좀 먹으라고. 또 피넛버터야?"

"그럼. 단백질이 풍부하다고. 너도 이런 것 좀 먹어."

데비는 샌드위치를 한입 크게 베어 물고는 보란 듯이 입을 벌리고 먹었다. 그러다 갑자기 목에 걸린 듯 컥컥댔다.

"단백질 얘기가 나와서 말인데, 저 근육질 남자 좀 봐."

데비가 작게 중얼거렸다.

고개를 돌리자 금빛 머리칼을 휘날리는 한 남자가 부둣가를 걷는 모습이 보였다. 그의 걸음걸이도, 운동으로 단련된 단단한 어깨도 마음에 들었다. 티셔츠에 반바지를 입고 맨발에 보트 슈즈를 신고 있었다. 길쭉하게 뻗은 다리에 햇볕에 그을린 털이 금빛으로 반짝였다. 조금씩 거리가 좁혀지자 그의 얼굴이 자세히 보였다. 잘 다듬어진 덥수룩한 수염이 호박빛의 밀밭 같았다. 물론 좋은 의미였다. 얼굴형을 따라 멋지게 자란 수염이 매력적이었다. 그의 모습에 호감을 느낀 나는 데비에게 재빨리 대꾸했다.

"별말 하지 말고 조용히 있어, 알겠지?"

"너 이상하다. 뭐, 내가 와, 엄청 잘생겼어요, 이럴까 봐?"

"하여튼 가만히 있으라고…….”

오랜 친구로서 데비를 자제시키는 건 불가능했다. 남자가 먼저 말을 걸어온 이상 데비가 점잖게 굴기를 바랄 수 없었다.

"멋지네요.”

그의 영국식 억양에 조금 놀랐다.

"고마워요.”

데비가 활짝 미소 지으며 애교 있게 덧붙였다.

"태미 작품이에요. 뭐든 잘하거든요. 저는 데비, 이쪽이 태미예요. 여기서 일하죠.”

"그렇군요, 데비.”

그는 수줍게 웃었다.

"명심하죠. 두 분이 보트를 빛나게 하는군요. 여러 의미로요.”

"그것도 하고, 다른 것도 잘하는 게 많죠, 그치, 태미?"

점심용으로 꺼내놓은 사과처럼 얼굴이 새빨갛게 달아올랐다.

"응, 그래, 데비.”

나는 낮게 읊조렸다.

남자가 고개를 살짝 기울이며 내게 미소 짓는 걸 보니 내가 당황하는 것을 눈치챈 것 같았다.

"다른 것도 잘하신다니, 궁금하네요."

더 이상은 얼굴을 마주 보고 이야기하기가 힘들었다. 데비는 항상 말썽을 일으킨다. 저 남자는 아마도 우리 둘을 보트에 올라 속 편하게 수다나 떠는 여자애들로 생각하겠지. 데비의 목을 조르고 싶었다. 자연스럽게 화제를 바꾸는 법을 몰랐던 나는 불쑥 말했다.

"마무리할 일이 있어서요."

"아니……."

데비는 손목시계를 내려다보며 반격 태세를 취했다.

"기한 내로 끝내야 하거든요."

나는 중얼거리며 남은 샌드위치를 갈색 종이봉투 안에 넣었다.

"방해할 생각은 없었습니다. 만나서 반가웠어요. 다음에 너무 바쁘지 않을 때 또 이야기 나누면 좋겠네요. 고마워요, 데비. 태미, 고마웠어요."

돌아서자 그의 아름다운 미소가 정면으로 보였다. 가슴이 쿵쾅거렸다. 창백할 정도로 연한 푸른빛의 두 눈에 최면에 걸린 듯 꼼짝할 수 없었다.

"저기요, 그쪽 이름이 뭐예요?"

데비가 마법을 풀었다.

"리처드. 리처드 샤프예요. 잘 부탁합니다. 부둣가 D구역 집시에 있어요."

"고마워요, D구역 리처드."

데비가 크게 웃었다. 그는 데비를 향해 따뜻하게 미소 짓고는 나를 바라봤다.

"다음에 봐요?"

나는 다시금 달아오른 얼굴로 열네 살 소녀처럼 웃고는 억지로 몸을 돌렸다. 길게 뻗은 나무 부두 위로 그의 발걸음 소리가 울렸다.

"그 남자가 너 바라보는 눈빛 봤어?"

데비가 재잘거렸다.

"너한테 푹 빠졌어."

"적당히 해. '다른 것도 잘하는 게 많죠'라니! 부끄러워 죽겠네. 우리는 프로라고. 바닷가에 앉아서 시간이나 때우는 애들이 아니라. 너무 창피해, 정말. 확 해고해버릴까 보다."

"또 그 소리."

데비는 한숨을 쉬며 샌드위치 봉투를 쓰레기통으로 쓰고 있는 큰 플라스틱 통으로 던졌다.

"오늘은 제대로 된 점심시간을 누렸다 볼 수 없으니까 잔업 수당을 받아야겠다."

데비는 매번 지지 않고 한마디를 남긴다.

그날 오후 내내 나는 리처드를 떠올렸다. 몇몇 데이트를 하는 상대야 있었지만 아직 친구 정도였다. 집시 소속이라니 분명 실력 있는 선원이라는 뜻이었다. 그의 영국식 억양은 무척 이국적이었다. 광택제를 바르는 스테인리스 윈치에 그의 모습이 얼비치는 것 같았다. 그를 다시 만나고 싶었지만 나는 연애에 서툴렀다. 데비나 다른 친구들과 달리 남자와 밀고 당기기를 잘 못하는 편이었다. 그를 만난 후 무척 행복해졌고, 살아있는 듯한 기분이 들었다. 조만간 다시 볼 수 있으면 좋겠다. D 부두에 가서 뭔가를 빌리러 왔다는 핑계를 대야 할 것 같은데, 뭐가 좋을까.

기쁨에 들뜬 채로 집에 돌아왔다. 현관에 들어서는데 전화가 울렸다.

"태미, 브리짓인데, 일거리 하나 있어."

"그래? 잘됐다. 이번엔 어디야?"

브리짓은 자신에게 들어온 보트 배달 일을 할 수 없을 때 제일 먼저 내게 연락했다. 그러나 그 순간 리처드의 모습이 머릿속에 스치고, 보트 배달을 한다면 아주 오랫동안 그를 볼 수 없다는 사실에 망설여졌다.

"재밌을 것 같아. 샌프란시스코에 있는 세인트 프랜시스 요트 클럽의 빅 보트 시리즈 경주에 참가할 요트야. 끝내주는 슬루프(삼각 형태의 메인세일과 헤드세일이 하나인 요트)거든. 내가 하고 싶을 정도라고."

"나한테 먼저 연락해줘서 고마워."

"선장은 북아프리카 출신이야. 이름은 에릭이고. 키 크고 잘생기고 쿨해. 네가 먼저 관심을 보이면 모를까, 여자랑 어떻게 해볼 생각만 하는 사람은 절대 아냐."

"나도 그런 쪽은 아니라."

"역시 현명해. 내일 아침 7시 30분에 레드 세일 모텔 안에 있는 식당에서 만나 자세한 이야기를 나누었으면 하던데. 나올 수 있어?"

"물론이지, 브리짓. 주선해줘서 고마워."

"뱃사람들끼리 돕고 살아야지. 나중에 보자."

식당에 들어선 나는 브리짓이 전화로 설명해준 사람을 한눈에 알아보았다. 에릭과 동행인 두 남자는 내게 등진 채 앉아 있었다. 나는 다가가 인사했다. 오래 있었는지 아침 식사를 거의 마친 상태였다.

에릭은 내게 미국인 댄과 영국인 리처드를 소개했다. 다리에 힘이 풀려 쓰러질 것만 같았다. 뺨이 뜨거워졌다. 이렇게 티 나게 빨개지지 좀 않았으면 좋겠는데. 하지만 달리 내가 할 수 있는 일은 없었다. 리처드는 다 이해한다는 듯 웃으며 반쯤 몸을 일으켰고, 나는 그의 맞은편에 앉았다. 실내에서 가까이 보니 그의 눈동자는 연한 파란색이 아니라 짙고 선명한 파란색이었다. 시선을 피해야 했다. 그의 눈을 오래 들여다보면 정말 정신을 잃게 될지도 몰랐다. 난생처음 느끼는 끌림이었다.

에릭은 내 경력을 물었다.

"캘리포니아에서 남태평양을 거쳐 뉴질랜드까지 가본 적 있어요."

오믈렛의 마지막 숟가락을 뜨는 리처드의 손은 굳은살이 박이고 거칠었다. 그는 왼손에 포크의 등이 보이게 잡고 오른손에 나이프를 쥐는 유럽 스타일로 식사를 했다. 내가 생각했던 것보다는 나이가 있었다. 30대였다. 정말 근사한 남자였다.

보트 배달을 한다면 선원은 에릭과 댄, 나까지 셋이었다. 리처드가 빠진다니 실망을 감출 수 없었다. 그는 집시에서 일정 안에 마쳐야 할 작업이 있었다.

대화를 나누는 동안 내 푸른 눈은 리처드의 파란 눈에서 헤어나지 못했고, 그의 두 눈 역시 나를 향해 있었다. 이야기가 마무리되자 자그마한 체구에 서른쯤 되어 보이는 금발의 여자가 식당 안으로 들어섰다. 그리고 리처드의 뒤로 다가와 그의 등에 손을 얹었다. 충격이었다. 그가 나에게 관심이 있는 건 확실했지만 저 여자는 누가 봐도 그의 여자 친구가 분명했다. 대체 나를 왜 그렇게 바라본 거지? 깜빡 넘어갔다는 사실이 분했다.

리지, 라고 했고 역시 영국 억양을 썼다. 리처드에게 업무 관련 메시지를 전달하러 들른 것이었다. 리처드와 리지가 식당을 나서는 모습을 바라보며 내가 느낀 실망감이 얼굴에 드러나지 않길 바랐다. 에릭과 댄, 나는 5일 후 출발하기로 약속을 잡았다.

보트 배달은 순탄했다. 악명 높은 포인트 컨셉션 지역마저도 물살이 잠잠했다. 너무 순탄해서 외려 시시할 지경이었다. 스토어웨이 메인세일은 물론이고 유압식 보트를 몰아본 적이 없던 터라 끝내주는 경주용 슬루프를 타고 항해하는 날을 무척이나 기다렸는데 실망이 컸다. 댄과 에릭은 멋진 사람들이었다. 댄의 유머감각 덕분에 웃음이 끊이질 않았고, 에릭의 진중한 태도와 항해 기술 덕분에 순조롭게 바다를 나아갈 수 있었다.

세인트 프랜시스 요트클럽은 샌프란시스코 다운타운 근처의 해안에 있었다. 굉장히 멋진 곳이었지만 선뜻 다가갈 수 없는 분위기가 있어 소외감을 느꼈다. 최신 유행 패션을 한 아름다운 미녀들이 가득했다. 언뜻 들려오는 이야기도 그렇고, 몇몇 사람들과 대화를 직접 나눠보니, 이곳에 모인 선원 중 나보다 항해를 많이 한 사람은 겨우 25퍼센트 정도였다. 다이아몬드 반지와 귀걸이, 펜던트 등 액세서리에 도대체 얼마나 많은 돈을 쓰는 걸까. 바다의 다양한 상징을 본떠 만든 금 액세서리는 상당히 비싸 보였다. 롤렉스 시계를 차지 않은 사람을 찾기 어려운 정도였다. 여성 화장실의 거울을 통해 오가는 질투 어린 눈빛으로 거울이 깨지지 않는 게 불가사의할 정도였다. 경기는 비단 바다에서만 벌어지는 것이 아니었다. 경주용 요트도, 그에 따른 라이프 스타일도 나와는 어울리지 않는다는 것을 깨닫기까지 그리 오래 걸리지 않았다.

보트를 배달하는 일주일 동안 단 한순간도 리처드를 잊지 못했다. 댄에게 에둘러 리처드에 대해 물었다. 그가 서른네 살이고 리지와의 관계가 무척 위태롭다고 했다. 리처드가 남아프리카에서 직접 보트를 만들어 세계 일주를 하던 중 샌디에이고에 잠시 들러 배를 수리하며 돈을 벌고 있다고 했다. 리처드에게 더욱 관심이 생기는 이야기였다.

이전에 남태평양을 항해하는 동안 나는 보트를 바니시로 마감하는 기술을 완벽히 익혔다. 뉴질랜드에서 돌아온 후 샌디에이고에 바니싱 작업 수요가 많다는 것을 알게 되어 나는 선박 광택 사업을 시작했다. 요트 배달을 무사히 마친 후 댄과 나는 비행기를 타고 샌디에이고로 돌아왔다. 바쁜 사업에 일손이 필요했던 나는 실직 상태였던 댄을 고용해 데비까지 셋이서 함께 일하기로 했다. 배달을 마치고 돌아온 지 약 일주일쯤 되었을 때 리처드가 작업장으로 들러 댄과 나를 점심에 초대했다. 데비는 마침 쉬는 날이었다. 나는 도시락이 담긴 종이봉투를 슬쩍 숨기며 되도록 무심한 투로 좋다고 대답했다. 사다리를 내려가는 내게 그의 시선이 머무는 것이 느껴졌다. 마지막 단을 내려오기 전 그가 손을 뻗어 내 팔꿈치를 잡아주었다. 매너까지 좋다니. 그에게 완전히 빠지고 말았다.

어느 날 오후, 리처드는 바니싱 작업이 한창이던 보트 근처로 다가와 저녁 식사를 제안했다. 잠시 망설이다가 리지가 있는 것을 아는 이상 함께 시간을 보내는 게 불편하다고 대답했다. 그는 저녁 식사를 함께 하며 리지와의 관계를 설명하고 싶다고 말했다. 뿐만 아니라 남태평양에 대해서 물어보고 싶다고 덧붙였다. 내년에 리지 없이 혼자 남태평양을 항해할 예정이라 조용한 레스토랑 같은 곳에서 내게 조언을 구하고 싶어 했다. 거절할까 고민했지만 남태평양에 대해서는 아는 게 많은 것은 사실이었다. 더구나 내 심장이 '예스'라고 모스부호를 보내고 있으니 어떻게 거절할 수 있을까? 그날 저녁을 함께하기로 했다.

시간이 더디게 흘렀다. 온종일 리처드와 그의 멋진 얼굴, 볕에 보기 좋게 그을린 몸을 떠올렸다. 새로 산 복숭아빛 원피스를 입기로 결심했다. 심플한 원피스지만, 가느다란 어깨끈 덕분에 가장 자신 있는 탄탄한 어깨와 팔이 돋보였다.

식사를 하는 동안 리처드는 리지와 헤어졌으며, 다만 그녀가 영국으로 돌아갈 일정을 정리할 때까지 자신의 보트에서 머물고 있다고 설명했다. 나를 만난 이후 더 이상은 자신의 삶도, 감정도 숨기지 않겠다는 결심이 섰다고 말했다. 내가 저녁 식사에 응한 뒤 그는 리지에게 가서 속마음을 털어놨다. 이별을 원치 않은 리즈에게 그는 이제부터 각자의 삶으로 돌아가자고 말했다. 리처드는 리지가 지난 아침에 갑자기 나타나 나를 당황시켜 미안하다고 사과했다. 우리 둘 사이에 흐르는 강렬한 감정은 레스토랑에 있는 사람이라면 누구나 느낄 정도였다.

얼마 후면 그가 모든 관계를 정리하고 자유의 몸이 될 거라는 사실에 크게 안도했다. 멋진 저녁을 함께 보내며 서로에 대해 많은 것을 알아갔다. 리처드에게는 열세 살 연상의 의붓누나 수지가 있었다. 나는 그에게 내가 스물두 살 때 재혼한 아빠에게 데인이라는 아들이 있다고 이야기했다. 무엇보다 우리 두 사람에게는 모두 바다를 향한 거대한 열정이 있었다.

리처드는 1949년 영국 중상류층 가정에서 태어났다. 그의 아버지는 전쟁을 치른 은퇴한 해군이었다. 그의 어머니는 안타깝게도 그가 일곱 살 때 스스로 목숨을 끊었다. 얼마 지나지 않아 아버지가 재혼을 했고, 그는 새어머니를 '엄마'로 여기며 자랐다.

그가 해군 장교가 되길 바랐던 아버지의 뜻에 따라 런던 근교의 해군사관학교에 입학했다. 하지만 성인이 된 후 아버지 뜻에 반기를 들기 시작했고 교관들의 요구에도 반항하다 불복종을 이유로 퇴학당했다. 다른 사립학교에 들어가 교육과정을 이수했으나 아버지는 자신의 뜻을 거스른 아들을 아직도 용서하지 않은 것 같다고 했다.

학교를 졸업한 후 리처드는 사무용 전자기기 제조 및 판매 회사인 올리베티에 입사했다. 영업에 탁월한 소질을 보인 그는 런던에 아파트를 마련했다. 비싼 옷을 사고 멋진 차를 몇 대 굴리기도 했다(아마 멋진 여성도 몇 명 만났을 게 분명하다). 그는 아련한 눈빛으로 당시에 공허함을 느꼈다고 덧붙였다. 회사에서 남아프리카 발령 자리가 나자 리처드가 나섰다. 낯선 곳에서 금세 적응했고, 남아프리카의 아름다움과 다채로운 문화에 푹 빠져들었다. 그는 사람들을 억압했던 아파르트헤이트 인종 차별 정책을 극도로 증오했다.

올리베티에서 일할 당시 리처드는 조선소에서 페로시멘트로 보트를 만드는 한 남자를 알게 되었다. 두 사람은 순식간에 친해졌고, 얼마 지나지 않아 리처드는 동업 제안을 받았다. 그는 일말의 후회도 없이 올리베티에 사표를 던지고 조선소에 뛰어들었다. 30피트에서 50피트(9~15미터)짜리 요트를 만드는 일이 너무도 좋았다. 이 당시에 리처드는 에릭을 만났다. 내게 샌프란시스코로 경주용 요트를 배달하자고 제안했던 그 선장 에릭이었다.

나는 리지에 대해 물었다. 허리케인 시즌이 끝나기를 기다리며 잠시 머물렀던 캐리비안에서 만났다고 했다. 두 사람은 순식간에 가까워졌고, 리지는 그와 함께 샌디에이고로 떠났다. '겨울을 나기에' 최고의 장소라는 에릭의 편지를 받았기 때문이었다. 뿐만 아니라 남태평양을 건너기 전에 그의 배도 채비시키고, 그의 실력이라면 쉽게 일거리를 찾을 거라는 설명도 한몫했다.

리처드가 만약 내 마음을 읽을 수 있었다면 그의 귓가에 내 목소리가 울렸을 것이다. 당신은 나를 만나기 위해 여기로 온 거죠.

그의 파란 눈이 내 두 눈을 똑바로 바라볼 때 나는 전기에 감전된 듯 그에게 사로잡혔다. 리지는 자신의 짝이 아니었다고 내게 고백했다. 두 사람은 너무나도 달랐다. 그는 온 세계를 탐험할 운명이었고, 그 무엇도, 그 누구도 그를 막을 수 없었다. 나와 시작하기 전에, 그는 내가 자신과 같은 운명을 지닌 여자인지 알고 싶어 했다.

나는 그가 세계 일주를 마친 후에는 어떤 계획이 있는지 궁금했다. 정착하지 않고 계속 떠돌아다닐 생각인 걸까? 에둘러 물어보자 그는 아직 확실하진 않지만 언젠가는 가정을 꾸리고 싶다고 했다. 예전에 봐두었던 영국 남부의 작은 선박 수리소를 인수할 수도 있다고 했다. 하지만 남태평양 항해가 우선이었다. 그는 내게 함께 떠날 생각이 있는지 호탕하게 물었다.

나는 웃었지만 가슴이 두근거렸다. 이 사람 진심인가?

"시간이 너무 늦었어요. 너무 서두르지 말아요, 우리."

오늘밤이라도 당장 그의 보트를 타고 남태평양으로 떠나고 싶은 마음을 감추고 답했다.

내 차가 주차된 곳에 도착하자 그는 가까이 다가와 가볍게 입맞춤을 했다. 천국이면서도 한편으로는 지옥에 서 있는 것 같았다. '조신한 여자' 따위는 집어치우고 그를 꽉 안고 절대로 놓고 싶지 않은 마음이 굴뚝같았다. 하지만 안타깝게도, 항상 그렇듯 내 안의 이성이 결국 본능을 이겼다. 내가 그의 인생에 함께하기 위해서는 리지가 먼저 그의 인생에서 나가야 한다.

집으로 운전하는 내내 새어나오는 웃음을 참을 수 없었다. 어떤 남자에게도 이런 기분을 느낀 적이 없었다. 그때 이미 내가 남태평양으로 돌아가게 될 거란 걸 알았다.

"마우루루, 마우루루, 마우루루, 로아, 아투아('감사합니다, 신이시여'라는 뜻의 타히티어). 감사합니다. 감사합니다. 하느님 정말 감사합니다."

일주일 후 리처드는 내게 할머니 장례식에 참석하러 영국에 가야 한다고 전했다. 리지도 같은 비행기를 탈 예정이었다. 내게는 우리 사이를 정리하겠다는 의미로 들렸다. 주먹을 꼭 쥔 채로 그에게 조의를 표하고, 등을 돌려 자리를 벗어났다. 리처드는 나를 따라와 붙잡고 리지는 영국으로 가서 미국으로 다시 오지 않을 것이고 자신은 금방 올 거라고 설명했다. 내게 작별 인사를 하며 그가 말했다.

"태미, 드디어 당신을 만났으니 절대로 놓치고 싶지 않아."

3.
신이 응답하기를

눈을 뜨니 파란 하늘과 실낱같은 하얀 구름이 시야에 들어왔다. 머리가 욱신거렸다. 머리에 손을 올렸지만 물건들이, 내 몸 위에 잔뜩 쌓여 나를 짓누르고 있는 뭔지 모를 물건들만 잡혔다. 무슨 일이 벌어진 거지? 아무런 생각도 할 수 없었고, 아무런 기억도 떠오르지 않았다. 여긴 어딜까? 해먹이 비스듬히 걸려 흔들리고 있었다. 방청윤활제 WD-40 캔이 테이블 다리에 부딪히며 쩽그랑 소리를 냈다. 몸을 움직이자 책 한 권이 첨벙 물속에 떨어졌다.

나는 벗어나려 애썼다. 무거운 무게에 짓눌리고 있었다. 몸을 일으키자 통조림, 책, 베개, 옷가지, 문 한 짝, 응접실 천장 판넬 등이 바닥으로 떨어졌다. 온몸이 피범벅인 걸 보고 깜짝 놀랐다. 왼쪽 정강이에서 타는 듯한 고통이 느껴졌다.

여긴 어디지? 무슨 일이 있었던 거지? 혼란스러웠다. 생각을 정리하기가 어려웠다. 벽에 걸린 시계가 째깍째깍 소리를 냈다. 오후 4시? 뭔가 이상한데……. 내 몸에 연결된 안전줄이 테이블 다리에 묶여 있었다. 보트인 것은 확실하다. 하지만 무슨 보트? 힘이 들어가지 않는 손으로 안전줄을 풀려 애썼다.

안전줄에서 벗어난 후, 주변을 둘러보려 안간힘을 썼다. 시야가 흐릿했다. 머리에서 느껴지는 통증이 끔찍했다. 이마에 손을 올리다 움찔했다. 이마에서 피가 묻어났다. 주체할 수 없이 몸이 떨려왔다.

잔해 더미에서 간신히 기어 나왔다. 비척대며 몸을 일으켰다. 등이 다 젖어 있었고 무릎 높이까지 물이 차 있었다. 어지러웠다. 60센티미터가량 차오른 물 위에 둥둥 떠다니는 물건을 헤치며 천천히 한 발씩 내딛었다. 말도 안 되는 광경이 펼쳐졌다. 보트 내부는 엉망이었다. 도대체 무슨 일이 벌어진 걸까? 책, 해도, 베개, 식기, 마루청, 컵, 옷, 통조림, 예비 부품, 콩, 밀가루, 오트밀 등 수많은 물건이 물 위에 떠 있거나, 천장에 붙어 있거나 칸막이벽과 선체 벽에 쌓여 있었다. 우측 벽에 설치되어 있던 오븐은 원래 자리의 맞은편 선장실 책장에 박혀 있었다. 내가 무슨 보트에 타고 있는 거지? 여긴 어딜까?

선실 앞쪽, V자형 침상으로 향했다.

"저기요?"

내 목소리가 낯설게 느껴졌다. 어디를 둘러봐도 아수라장이 된 상황에 입이 벌어졌다. 조심스럽게 앞쪽으로 이동하던 중 누군가의 머리가 화장실 거울에 슬쩍 비춰 보였다. 거울 속에는 이마에 크게 벌어진 상처와 피로 뒤범벅된 얼굴을 한 채 녹초가 된 여자가 서 있었다. 긴 머리칼은 두피에서 흐른 피에 엉겨 붙어 있었다. 순식간에 두려움에 빠져 두 손으로 입을 막았다. 비명을 지르고 또 질렀다. 저 끔찍한 꼴이 바로 나였다.

"아니야!"

소리를 지르며 벗어나려다 선실 벽에 부딪혔다.

나는 침상을 다시 돌아봤다. 모든 것이 엉망이었다. 침상 양쪽으로 연결되어 있는 물품 보관용 해먹이 뒤집어져 옷가지가 온 사방에 널려 있었다. 책은 모두 책장에서 떨어졌다. 기다란 매트리스가 뒤틀린 채 원래의 자리에서 벗어나 있었다. 통조림 캔과 깨진 그릇도 여기저기 흩어져 있었다.

나는 고개를 흔들었다. 어떻게 음식과 그릇이 침상까지 온 건지 의아했다. 믿기지 않는 광경 속에서 나는 응접실로 돌아왔다.

"레이?"

나는 걱정스러운 목소리로 불렀다.

레이? 도대체 레이가 어디서 나온 걸까. 아니, 레이가 아니다. 레이는 허리케인의 이름이다. 허리케인? 허리케인 레이, 그래 레이먼드. 잠깐, 리처드는 어디 있지? 리처드…….

"맙소사……."

그가 마지막으로 한 말이었다.

공포에 무릎이 꺾였다. 헛구역질이 나왔다. 바닥에 고인 물이 뺨에서 찰랑거렸다. 리처드는 나와 함께 내려오지 않았다.

"리처드?"

나는 비명을 질렀다.

"리처어어어어드!"

두 다리에 힘을 주고 몸을 일으켰지만 악천후용 부츠가 미끄러워 한 걸음도 뗄 수 없었다. 응접실 테이블 위로 쓰러지며 다시 게워냈다. 시계를 올려다보고 바늘의 움직임에 집중하려고 노력했다. 시계는 16시, 즉 오후 4시를 가리키고 있었다. 잠깐만, 시간이 잘못됐어! 혼란한 마음이 비명을 질러댔다. 분명, 1시, 오후 1시였는데.

"세상에, 오 리처드, 리처어어어드!"

승강구 계단으로 기어가며 울부짖었다. 음식, 쿠션, 책 등 앞에 놓인 것들을 잡히는 대로 밀어낼 때마다 물이 사방으로 튀었다.

"리처드? 리처드?"

말문이 막혀 비명만 나왔다.

고정쇠가 떨어져 나간 승강구 계단은 선장실 의자 쪽을 향해 있었다. 계단을 잡아당겨 바닥으로 떨어뜨리고 리처드의 이름을 외치며 소파 뒤편을 밟고 갑판으로 올라갔다. 해치가 떨어져 나가 큰 구멍만 남은 채였다. 겨우겨우 몸을 끌어 올리던 중 입구를 가로막고 있던 붐에 머리를 부딪쳤다.

"젠장할!"

소리를 지르고는 고통을 참으며 붐을 타 넘고 올라갔다.

리처드의 구명조끼 줄이 조종석 벽의 클리트에 연결되어 있는 것이 보였다. 줄은 선체 옆쪽으로 늘어져 있었다. 맙소사, 리처드가 매달려 있는 걸까?

나는 줄이 연결된 쪽으로 달려가 꽉 잡은 후 힘껏 당겼다. 안전줄이 조종석 섬유유리에 부딪히며 날카로운 파열음을 냈다. D자 고리가 빠진 줄만 딸려왔다.

절망감에 사로잡혀 주변을 둘러보았다. 휘몰아치던 바람은 어디 갔을까? 퍼붓던 비는? 전부 다 어디로 간 걸까? 기억과는 달리 2미터 높이의 너울이 느리게 일었다.

제정신을 차릴 수 없었다. 좌석 보관함을 힘껏 열어 쿠션 등 물에 뜰 만한 물건은 잡히는 대로 바다에 던졌다. 그가 바다 어딘가에 있을 것이다. 어쩌면, 살아있을 수도 있어. 신이시여, 제발⋯⋯.

"이것도, 이것도. 그리고 이것도. 리처드 조금만 기다려. 내가 반드시 찾을게."

선실로 내려가 쿠션을 있는 대로 챙겨 갑판으로 올렸다. 갑판으로 기어 올라와 쿠션을 몽땅 바다에 던졌다. 파도를 따라 출렁거리는 쿠션이 텅 빈 바다를 채웠다. 아드레날린이 솟구쳐 심장이 맹렬히 뛰었다.

부서진 선미 쪽 난간에 있는 인명구조용 깃대를 발견하고 그곳으로 달려가 안간힘을 쓰며 풀어내려 애썼다. 할 수 있는 한 멀리 바다로 던졌다. 하지만 온몸에 힘이 다 빠져 있었다. 주황 깃발이 물결 위로 오르락내리락했다.

아직 괜찮을 거야. 겨우 세 시간 밖에 안 지났잖아.

'맙소사'라고 외치던 리처드의 애절한 목소리가 머릿속을 꽉 채웠다. 엄청난 파도였을 것이다. 10미터도 훨씬 넘었겠지. 거대하고 흉포한 파도. 우리는 몸을 가누지 못해 넘어졌고, 리처드는…… 아, 리처드…… 맙소사, 설마, 절대 안 돼…….

"리처드? 도대체 어디 있어, 리처드?"

흐릿한 수평선이 있는 곳까지 두 눈으로 바다를 샅샅이 살폈다. 옅은 회색빛 바다를 침해한 것은 아무것도 없었다. 너울이 일 때마다 얕고 텅 빈 골이 생겼다 사라졌다.

"제발, 제발, 제발."

어디에서도 그의 모습을 찾을 수 없었다.

하자나는 파괴되었다. 메인마스트는 사라지고, 겨우 1미터 넘는 정도만 붐에 남았다. 메인마스트의 금속 지지대인 타버나클은 1.5미터 크기의 갑판과 통째로 떨어져 있었다. 마스트의 하단과 타버나클을 고정하는 5센티미터의 대형 클레비스 핀은 부러진 채로 갑판에 굴러다녔다.

"세상에나."

뻥 뚫린 선실 입구 속에 내가 썼던 해먹과 온갖 잡동사니가 떠다니는 모습을 보며 흐느꼈다. 우측 슈라우드(선체 양 현에 연결해 마스트를 똑바로 세우는 와이어)에 걸린 채 바다에 빠진 미즌마스트가 선체에 부딪히며 쿵쿵 소리를 냈다. 스테인리스 재질의 온갖 장비가 물속에 빠졌고, 지브세일과 스테이세일은 바다 위에 둥둥 떠 있었다. 선체 난간을 따라 설치되어 있던 얇은 기둥 두 개는 빈 캔처럼 찌그러졌다. 나머지 기둥은 전부 부러진 이쑤시개처럼 두 동강 나 있었다. 갑판 위 프로판가스 탱크 보관함의 문도 뜯겨 나갔고, 탱크가 있던 자리도 텅 비었다.

"맙소사…… 리처드? 리처드?"

나는 울부짖었다. 주변을 계속 둘러봤다.

"리처드? 리처드?"

제발, 제발. 다리에 힘이 풀려 붐에 몸을 기대고 헛구역질을 했다.

그가 죽었을 리가 없다. 자꾸 헛구역질이 올라왔다. 끔찍한 공포 속에서 붐에 몸을 맡긴 채 멍하니 있었다. 차가운 알루미늄에 얼굴을 기댔다.

일어나. 빨리 움직여야 해.

갑자기 내면의 목소리가 머리에 크게 울렸다.

나는 흐느끼며 부서진 붐 위를 지나 승강구 계단으로 갔다. 그곳에서 손을 더듬어 쌍안경을 찾았다. 기적적으로 제자리에 잘 묶여 있었다.

쓰러진 붐 위를 네 발로 기어 넘은 후 두 다리에 힘을 실어 몸을 일으켰다.

"내가 구할 수 있어. 내가 찾을 수 있어."

쌍안경으로 바다를 바라보며 중얼거렸다. 자꾸 몸이 떨려왔다. 망원경을 너무 세게 쥐고 눈에 갖다 댄 탓인지 이마가 쑤시고 골이 울렸다.

바다를 샅샅이 훑었다. 2미터의 물결 외에 바다는 너무도 적막했다. 아무것도, 정말 아무것도 보이지 않았다.

엔진을 가동시켜!

내면의 목소리가 소리쳤다.

엔진의 초크밸브를 당기고 스로틀을 조정한 후 작동 버튼을 눌렀다. 아무 소식이 없었다. 끼익 소리조차 나지 않았다. 내심 엔진에 얼마나 큰 희망을 걸었는지 그제야 깨달았다. 온몸이 떨리고 속이 뒤집어질 것 같았다. 두 팔을 감싸 몸을 쓸어내리다가 허리춤에 이퍼브가 여전히 채워져 있다는 것을 깨달았다. 더듬거리며 풀어내려고 애썼다. 정신을 차릴 수가 없었다. 이거 어떻게 작동하는 거지?

보호대를 제거해. 스위치를 눌러.

아무런 변화가 없었다. 일어나 하늘 높이 무전기를 들어올렸다. 여전히 그대로였다. 이리저리 돌려봤다. 감감무소식이었다.

자리에 앉아 처음부터 다시 시작했다.

떨리는 손으로 보호대를 다시 부착했다 떼었다. 스위치를 누르고 하늘 높이 들었다. 손으로 더듬거리며 배터리를 분리했다. 마구 떨리는 손가락으로 연결 장치까지 분리한 후 다시 조립했다. 여전히 작동되지 않았다. 젠장할!

물. 그래, 이퍼브가 작동하려면 물이 필요해. 좌석 보관함을 힘껏 열자 저 아래 양동이가 보였다. 더위를 식히기 위해 리처드와 내가 서로의 몸에 바닷물을 뿌릴 때 썼던 그 양동이였다. 팔을 쭉 뻗어 양동이에 연결된 줄을 잡았다.

선미 난간을 잡고 양동이를 바다에 던져 바닷물을 가득 담아 조수석에서 끌어 올렸다. 그리고 이퍼브를 양동이에 담갔다. 거품이 일었지만 별다른 변화는 없었다. 불빛이 깜빡이지도 소리가 울리지도 않았다. 이퍼브를 꺼내 신경질적으로 흔들었다. 여전히 그대로였다. 짜증스런 마음에 이퍼브를 양동이에 처박았다. 사방으로 바닷물이 튀었고, 깊이 상처가 난 정강이에 바닷물이 닿아 욱신댔다.

도무지 생각이란 것을 제대로 할 수가 없었다. 머리는 지끈거렸고 움직일 때마다 온몸이 아우성쳤다. 바닷속으로 뛰어내려 이 끔찍한 악몽에서 벗어나는 것 외에는 달리 방법이 없어 보였다. 리처드가 저 아래에서 손짓했다면 망설임 없이 행했으리라.

안 돼. 그가 살아있을 수도 있다고.

"어떻게? 어떻게 살아있냐고? 어디 있는데 지금?"

악에 받쳐 고개를 이리저리 돌렸다.

"아래에 있어? 아래에 있냐고?"

신이 응답하기를 기다리며 소리쳤다.

"어디 있어? 아래에 있는 거야?"

나는 있는 힘껏 몸을 움직여 선실로 향했다.

4.
침몰

깊은 웅덩이에 발이 빠졌다. 50센티미터쯤 물이 고여 있었다.

"리처드, 리처드. 어디 있는 거야?"

그의 이름을 외쳤다. 저 앞에는 없었다. 이미 다녀왔으니까. 선미 쪽으로 몸을 돌렸다. 널브러진 잔해를 어깨 너머로 던지며 휘청거리는 걸음으로 주방을 지나 경첩이 떨어져 어긋난 선실 후문으로 향했다.

"리처드, 리처드, 내가 금방 갈게. 내가 구해줄게. 잠깐만, 잠깐만 기다려."

그를 부르며 온몸으로 문을 밀고 발로 찼다.

망할 놈의 문은 꼼짝도 하지 않았다. 문을 부술 듯이 두드리다 못해 온몸에 힘을 실어 몇 번이나 문을 밀었다. 결국 문이 뒤로 넘어가며 바닥에 고인 물이 물결쳤다. 몸을 일으켜 리처드를 찾아 헤맸다. 이곳에도 리처드가 없다니 믿을 수 없었다. 화장실도 살폈다. 쓰러진 쿠션 더미 아래도 뒤졌다. 심지어 떨어져 나간 문 아래로 손을 넣어 물속을 더듬었다.

"왜, 왜, 도대체 왜 아래로 내려오지 않은 거야?"

깊은 절망을 이기지 못해 무릎을 꿇고 주저앉자 물이 허리까지 차올랐다. 숨이 턱 막혔다. 맙소사, 보트에 물이 들어오고 있다. 이곳을 빠져 나가야 한다.

부상을 입은 데다 물에 젖어 무거운 몸을 간신히 추슬러 휘청거리며 승강구로 향했다. 조종석 뒤편에 있던 무거운 구명 고무보트를 안간힘을 쓰며 배의 중앙으로 끌고 와 난간에 단단히 고정시켰다. 본능적인 움직임으로 벨트에 차고 있던 리깅 나이프(두꺼운 로프를 자를 때 쓰는 나이프 - 옮긴이)를 꺼내 칼날이 위로 가게 한 후 구명보트를 묶고 있는 줄을 잘라내려고 했다. 쉽게 끊어지지 않았다. 온몸에 힘이 하나도 없었다. 나는 줄을 자르는 데만 집중했다.

마지막 줄까지 잘라내사 고무보트가 부풀면서 활짝 펴졌다.

그 안에는 낚시 도구와 조명탄, 미니 구급상자, 식수 여섯 캔, 스펀지가 들어 있었다. 무언가 이상한데, 뭔가 더 있어야 할 것 같았다. 머릿속을 뒤졌다. 낚시 도구, 조명탄, 구급상자, 스펀지, 식량, 물. 아, 식량은? 먹을 것이 없었다. 식수 캔은 있지만 캔을 열 수 있는 오프너도 없다. 구명보트에 어떻게 식량과 오프너가 없지?

쓰러진 붐을 넘다 깊이 찢어진 왼쪽 정강이를 부딪쳤다. 출혈이 다시 시작되었지만 돌볼 겨를이 없었다. 이 정도 고통은 아무것도 아니었다…….

선실로 내려가 식량을 찾았다. 차오르기 시작하는 물을 헤치고, 내 앞에 떠다니는 것은 모조리 발로 차며 나아가 더플백을 집어 들었다. 비스킷과 콩 통조림, 참치와 복숭아 통조림을 가방 안에 담았다. 휴대용 무선 수신기와 오프너도 챙겼다. 담요와 베개를 조종석이 있는 승강구 계단 위로 던졌다.

물, 물을 더 챙겨야 했다.

주변을 둘러보다 선반에 걸린 솔라 샤워백이 눈에 들어왔다. 약 10리터의 물을 담을 수 있었다.

"리처드도 목이 마를 테니까."

일부러 입 밖으로 되뇌었다. 주방에서 가압 송수 장치를 이용해 샤워백에 물을 가득 채웠다. 얼마 지나지 않아 수도관에서 바람이 빠지는 듯한 소리가 나더니 물줄기가 확연히 약해졌다.

"이런, 물이 없잖아!"

잠깐만, 필터 통에 최소한 1.8리터의 물이 있을 거다.

무거워진 솔라 백을 가까스로 승강구 위로 올렸다. 선실로 다시 내려와 식량이 가득 든 더플백을 갑판 위로 올리느라 진을 뺐다. 너무 무거워 젖 먹던 힘까지 내야 했다.

더플백과 침구류를 구명보트에 실었다. 솔라 백을 집어 드는 순간 큰 너울이 하자나 선체의 옆면을 강타하며 배가 기우뚱했다. 보트 안에 있던 물건들이 모두 바닷속으로 굴러 떨어졌다.

"수신기는 안 돼!"

더플백이 바닷속으로 가라앉고 담요와 베개가 둥둥 떠다니는 모습을 바라보며 비명을 질렀다.

더 이상은 견딜 수 없었다. 이성의 끈이 끊어진 나는 갑판 위에서 발을 구르다 구명보트를 발로 차며 날뛰었다.

"멍청이. 난 정말 너무 멍청해. 리처드, 어디 있는 거야? 나 좀 구해줘. 내 말 들려? 나 좀 구해달라고! 제발 나 좀 구해달라고!"

깊은 좌절감에 울부짖으며 솔라 백을 챙겨 구명보트 안으로 들어갔다. 공포와 허무함에 온몸이 떨려왔다.

"더 이상은 못하겠어, 리처드. 더 이상은. 나도 좀 데려가면 안 돼? 선장은 배와 운명을 같이해야 한다며. 당신이 그랬잖아? 당신이 그렇게 말했잖아. 이 거짓말쟁이. 배는 침몰하지 않았는데 당신은 어디 간 거야? 당신 없이 나 혼자 어떡하라고. 이제 내가 뭘 어떻게 해야 해? 도무지 모르겠어. 이제 뭘 어떻게 해?"

"배를 떠나선 안 돼."

따뜻한 리처드의 목소리가 나지막이 속삭였다. 내 머릿속에서 그는 이 말만 되풀이했다. 솔라 백을 가슴에 안은 채 두 눈을 감고 흐느꼈다.

"하지만 당신은 떠났잖아. 당신은 배를 떠났잖아."

배와 함께 침몰해도 상관없다고 생각하며 고무보트 안에서 울다 잠이 들었다.

5.
바다와 나, 둘뿐

추위와 흐느낌 속에 잠에서 깼다. 부어오른 눈을 뜨려고 애썼다. 목이며 온몸의 근육이 뻐근했다. 잠에서 깨지 않고 싶었다. 죽는 것도 괜찮았다. 더 이상 이 끔찍한 현실에서 발버둥을 칠 필요가 없을 테니까. 새벽녘 하늘은 아직 밤의 장막을 거두지 않은 채였다. 끊임없이 내 살갗을 핥는 눅눅한 바람 때문에 뼛속까지 얼어붙는 기분이었다. 온몸이 마비될 지경이었다. 망가진 기어에서 철커덩거리는 소리와 선체를 때리는 물살에 다시금 공포가 밀려왔다. 꼼짝도 할 수 없었다. 온몸에 무자비한 통증이 느껴졌다. 리처드 이름을 외치다 목이 부어 침을 삼키기조차 힘들었다. 분노와 패배감에 젖어 식수 캔을 집어 들고 아래층 선실로 내려갔다. 벌써 식수 캔을 마시면 안 된다는 생각에 싱크대에 서서 왼손으로 펌프질을 해 오른손으로 힘없이 떨어지는 물을 받아 홀짝거리다 손바닥까지 핥았다.

"아우, 짜."

짠 내를 없애려 침을 뱉었다. 여전히 갈증이 해소되지 않아 식수 캔을 열었다. 무슨 상관인가, 어차피 죽을 목숨이었다. 캔을 단숨에 비웠다. 현기증이 났고, 물맛도 제대로 느껴지지 않았다. 그저 다시 누워 이 모든 악몽이 끝날 때까지 자고 싶었다.

선미 쪽 선실로 들어가 발로 책과 옷가지를 밀친 후 침상에 누워 온몸을 떨었다. 수건과 티셔츠를 꺼내 덮고는 망가진 리처드의 기타를 앉은 채 몸을 둥글게 말고 누웠다. 기타에 커다란 구멍이 생겼다. 리처드가 무척 속상할 것 같았다.

누군가 문을 두드리는 소리에 잠에서 깼다. 풍성한 드레스를 차려 입은 수많은 여성들 속에서 나도 화려한 드레스를 입고 빅토리아 시대의 무도회에 참석하는 꿈을 꾸었다. 남성들도 모두 멋진 옷차림이었다. 르네상스 음악이 흐르고 음식이 잔뜩 차려진 기다란 테이블이 홀을 가득 채웠다. 촛불처럼 노란 조명이 밝게 빛났다. 모든 사람들이 춤을 추고, 먹고, 마시고, 행복하고 즐거웠다. 정말 행복한 시간이었다.

문이 쾅 또 한 번 소리를 냈다. 나는 목소리를 높였다.

"리처드, 당신이 좀 나가봐."

갑자기 잠에서 깬 나는 심장이 조여오는 것 같았다. 리처드, 돌아와. 제발 돌아와. 리처드…….

다시금 울음이 터졌다. 도대체 어떻게 이런 일이 벌어질 수 있지? 왜? 우리는 너무나 행복했는데……. 기침이 시작되었고 피를 토해냈다. 세상에, 이 피는 뭐지? 외로움과 슬픔에 사로잡혀 리처드가 침상에 나와 함께 있다 생각하고 그의 기타를 더욱 세게 끌어안았다. 두 눈을 감았다. 하자나가 너울을 타고 위아래로 흔들리자 오래전 큰 가오리를 탔던 때가 떠올랐다. 다시 잠 속으로 빠져들며 추억에 잠겼다.

가오리를 타며 물속을 유영하던 그 행복했던 시간들…….

우리는 마르키즈제도의 우아포우섬에 자리한 하카헤타우만에 마얄루가를 정박시켰다. 현지인 루크는 친구들과 함께 상어 다이빙을 하기로 했다며 우리를 초대했다. 별로 내키지는 않았지만 혼자 남는 것이 싫어 초대에 응했다. 다이빙은 하지 않고 아웃트리거(뱃전으로부터 바깥쪽으로 단 노 받침대 - 옮긴이)에만 머물기로 했다.

마얄루가 조타석에서 리처드

배의 양 측면에 아우트리거를 부착한 배를 타고 다섯 명이 출발했다. 다이빙 마스크와 스노클만 착용하고 공기통은 메지 않아 물속 깊이 들어가거나 오래 잠수할 수는 없었다. 루크가 리처드에게 신호를 보내자 두 사람이 동시에 입수했다. 수중 플래시 두 개가 순식간에 아우트리거 아래 깊은 바다로 향했다. 몇 초후 플래시 불빛이 수면 위를 향하더니 리처드에 이어 루크가 모습을 드러냈다. 백상아리를 피해 도망쳐 나온 거라고 생각했다. 나를 향해 헤엄쳐온 리처드는 소리쳤다.

"태미, 한번 해봐. 우리 좀 전에 큰 가오리를 탔다고!"

아웃트리거에서 충분히 즐거운 나는 안전한 이곳을 떠나 상어가 우글거리는 바다로 들어갈 생각이 조금도 없었다. 하지만 30분쯤 지나자 사람들은 정말 즐거워 보였다. 나도 못할 게 뭐 있어? 리처드를 불러 나도 할 수 있을 것 같다고 말했다.

따뜻한 바다에 천천히 들어가자 배부터 목까지 긴장감이 느껴졌다. 리처드와 루크가 내 쪽으로 다가왔고, 리처드는 자신 옆에 꼭 붙어 있으라는 손짓을 했다. 루크의 뒤를 따라 물속으로 들어갔다. 우리 바로 아래에 거대한 가오리가 있었다. 루크가 가오리의 지느러미를 잡았고, 내가 루크의 다리를 잡자 빨려 들 듯 물속을 가르며 나아갔다.

더 이상 숨을 참기가 어려워져 루크의 다리를 놓고, 가오리를 타고 바닷속을 가로지르는 그의 모습을 바라보았다. 아주 잠깐 바다에서 완벽히 홀로 선헤엄을 치며 플래시 불빛으로 바닷속을 비췄다. 바삐 움직이는 내 다리 외에는 아무것도 보이지 않았다. 하늘을 바라봤다. 눈부신 별들이 가득했다. 와, 작게 탄성을 내지르는 내 얼굴을 향해 불빛이 느껴졌다.

"정말 멋지지 않아, 태미?"

리처드가 물었다.

"정말, 정말 멋져. 우리 또 하자!"

* * *

땀에 흠뻑 젖은 채로 가오리 꿈에서 깨니 하자나의 선미 선실이었다. 축축한 악천후용 옷이 몸에 들러붙었다. 침상의 공기가 눅눅했다. 선체 벽면에 습한 공기가 응결되어 물방울이 맺혔다. 하자나의 움직임에 맞춰 선실에 고인 물이 출렁댔다. 리드미컬하게 이리저리 무언가 부딪치고 삐걱대는 소리는 멈추지 않을 터였다. 결국 억지로 몸을 일으켜야 했다.

찰박거리며 응접실로 나왔다. 마지막으로 목격했던 그 장면 그대로였다. 외려 더 엉망이 된 듯 보였다. 악몽은 끝나지 않았다. 온몸이 뻐근하고 아팠던 나는 위로 올라가 조종석에 누웠다. 바다는 마치 물결조차 일지 않는 거대한 호수 같았다. 리처드와 내가 마주했던 흉포한 괴물은 온데간데없이 사라지고 평온해 보이기까지 한 바다가 원망스러웠다. 이제 바다는 자신의 과오를 반성하는 듯 풀이 죽은 채 얌전히 흐르고 있었다. 제대로 하는 법도 모르면서 나오지도 않는 침을 모아 바다를 향해 퉤 뱉고는 쌍안경을 집어 들고 다시 리처드를 찾아 헤맸다. 수면 위에 비치는 타는 듯한 햇볕 외에는 아무것도 보이지 않았다. 쌍안경을 내려놓고 패배감에 짓눌린 채 갑판 위에 몸을 뉘였다. 햇볕이 마음

껏 내 몸을 어루만지게 두었다. 이런 호사를 누려도 되나 싶었지
만 볕이 그리웠다. 온 힘을 다해 젖은 옷을 벗었다. 옷을 하나씩
벗을 때마다 볕이 내 몸을 가두었던 냉기를 녹여 말할 수 없는
안온함을 느꼈다. 이렇게 끔찍한 상황에서도 이렇게 행복할 수
가 있다니. 도저히 말이 안 되는 상황이었다.

상쾌한 바람에 잠이 깼다. 바다를 아주 오랫동안 응시했다. 빛
나는 바다는 내게 다시 친구가 되고 싶다고 타이르고 있었다.

"널 증오해."

바다를 향한 미움만 남았다.

몸을 돌려 뒤를 바라보니 끝없이 펼쳐진 암청색 하늘과 터키
색 바다만이 눈에 들어왔다. 구름도, 흰 너울도, 극악무도한 바다
도, 리처드도 없었다. 그저 바다와 나, 둘뿐이었다.

뭐든 해야 했다. 이런 식으로 감상에 젖어선 안 된다. 할 일이
태산 같았다. 내가 살아남은 이유는 뭘까? 내가 왜 살아남은 걸
까? 이거 때문에? 이게 뭔데? 시험? 무엇을 위한 시험? 인내심?
아니만 죄를 받는 걸까? 살면서 너무나 많은 것들을 바랐던 걸
까? 리처드를 갖고 싶었던 마음 때문에? 아니다. 다른 이유가 있
을 것이다. 하지만 그게 뭘까? 알 수 없었다. 하느님, 도대체 무
엇 때문인가요? 도내체 왜요?

불안감이 엄습하자 다시금 몸이 떨려왔다. 크게 심호흡을 한 후 스스로에게 말했다. 우선 볕을 쬐자. 배 위에 누워 발가벗은 몸 구석구석 햇볕을 받았다. 다시 잠에 빠진 나는 결국 더위에 땀을 흘리며 깼다. 머리가 터질 듯 아팠다.

보트에서 물을 퍼내야 해.

강압적으로 지시하는 목소리가 아니라 나지막하게 흘러가며 타이르는 음성이었다. 그 말에 따랐다. 자리에서 일어나 지하 감옥으로 향했다.

악취가 풍겼다. 오렌지색과 감청색이 어우러진 아름다운 파레오, 타히티에서 리처드가 선물해준 파레오는 해먹에 엉켜 있었다. 파레오를 풀어 몸에 둘렀다. 뭐부터 시작해야 할지 판단이 서지 않아 멍하니 주변을 둘러봤다.

보트에서 물을 퍼내야 해.

다시 목소리가 울렸다. 그 말을 들어야 한다. 선장실로 가 배 안의 물을 퍼내는 빌지펌프의 전원을 올렸다. 작동이 안 되었다. 몸을 숙여 바닥에 고인 물에 손을 집어 넣고 외부 스위치 사이에 잔해가 낀 것은 아닌지 확인했다. 스위치에 손을 대자 찌릿 전기가 통했다.

"아야!"

급히 손을 뺐다. 전류가 흐르고 있는 거라면······ 나는 혹시나 하는 마음에 조심스럽게 스위치에 손을 가져갔고 다시 찌릿함을 느끼며 황급히 손을 뗐다.

수동으로 작동시키는 수밖에 없었다. 하지만 물속에 잔해가 너무 많아 여과망이 금세 막히고 말았다. 더 이상 펌프에 매달릴 기운이 없어 포기했다. 소파에 기대어 앉아 물을 어떻게 퍼내야 할지 고민했다. 하자나가 선체에 들어온 물을 더는 감당하지 못하는 것 같았다. 너무 조급할 필요 없어. 스스로 다독였다. 하나씩 천천히 해결해나가자.

그 순간 섬유유리 소재가 그대로 드러난 천장이 눈에 들어왔다. 천장에 붙어 있던 인조 가죽을 덧댄 합판이 떨어져 나간 것이다. 자리에서 일어나 침상으로 향했다. 가방을 뒤져 새것이나 다름없는 립스틱을 꺼냈다. 응접실로 돌아와 합판 조각을 챙겨 갑판으로 밀어 올렸다. 조수석으로 기어오른 뒤 한 글자씩 써내려갔다.

살려주세요 - 돛대가 모두 부서진 채 북위 15도에서 표류 중

바다로 던진 합판은 파도를 타고 멀리 떠내려갔다. 다섯 개의 합판이 앞다투어 제 갈 길을 가며 니를 구해줄 사람을 찾아 나섰다. 출렁이는 파도에 따라 몸을 감췄던 합판이 너울을 타고 높이 오르면 하얀색 젖은 비닐 위로 하늘을 향해 자줏빛으로 써내려 간 나의 기도가 흐릿하게 보였다.

"이게 무슨 소용이야? 무슨 쓸모가 있겠어?"

스스로에게 물었다.

알 수 없는 목소리가 머릿속에 울렸다. 내 친구이자 구원자가 된 정체불명의 목소리가 불쑥 끼어들었다.

포기하지 마, 태미. 포기하면 안 돼.

리처드의 목소리일까? 분명 그는 아니었다.

배를 움직여야 해.

"나 좀 내버려둬."

뭘 좀 먹으면 어떨까?

"당신은?"

알겠어, 나도 먹을 거야.

알 수 없는 목소리가 조심스럽게 내 팔을 잡고 일으켜 세웠다. 선실로 내려갔다. 엉망진창인 내부를 보니 식욕이 떨어졌다.

"됐어."

내 목소리가 이상하게 들렸다. 부상과 피로에 지친 나는 주방 카운터에 몸을 기댔다.

먹어야 해!

깜짝 놀랄 만한 음성이었다. 나는 불안하게 주변을 살폈다. 아무도 없었다. 싱크대에 피넛버터 통이 보였다. 배가 고프지 않았지만 뚜껑을 열어보려고 했다. 도저히 열리지 않았다. 포기한다면 또 한 번 성난 목소리가 소리칠 것 같아 카운터에 대고 피넛버터 통을 두드렸다. 쿵쿵 울리는 소리에 머리가 지끈거렸다. 결국 뚜껑이 열렸다. 어수선하게 뒤섞인 얽힌 물건들 속에서 숟가락을 찾아 크게 피넛버터를 뜨고는 뚜껑도 닫지 않고 카운터 위에 병을 올려두었다.

"떨어지든가 말든가. 상관없어. 멀쩡히 남아 있는 게 더 이상하지."

죄 없는 피넛버터에 대고 화풀이를 했다. 통이 제자리에 얌전히 있는 것을 확인하고는 수동 빌지펌프로 시선을 옮겼다. 안간힘을 써 몇 번 펌프질을 한 뒤에야 숟가락을 입 안에 넣었다. 콘크리트 위의 달팽이처럼 피넛버터가 혀 안에 미끄러졌다. 입 안에서 피넛버터를 녹이며 집을 잃어버린 달팽이가 깔려 죽는 모습을 떠올렸다. 우리 앞에 펼쳐졌던 거대한 파도처럼……

그만둬!

무언가 서체를 긁는 소리가 크게 울려 온몸이 경직되었다.

"너나 그만해."

정신을 놓아버린 것처럼 소리를 질렀다.

"두 눈 크게 뜨고 잘 봐!"

불도저처럼 선미 선실로 돌진한 나는 온 구석을 헤집은 끝에 와이어 절단기를 찾아냈다. 숟가락을 입에 문 채 절단기를 손에 들고 조종석으로 올라갔다. 막상 갑판으로 올라가선 꼼짝도 할 수 없었다. 선실을 내내 오르락내리락한 데다 무거운 절단기까지 옮기느라 손가락 하나 까딱할 힘이 없었다. 입에서 숟가락을 빼 바다로 던져버렸다.

"너도 침몰해버려."

입 안에 찐득한 피넛버터가 가득했다. 아무 감흥이 없었다. 그저 머릿속의 목소리를 멈추고 싶어 먹은 것뿐이었다. 피넛버터를 좋아했던 사람은 리처드였고, 나는 그 기억을 떨칠 수 없어 괴로웠다. 지금쯤 그도 나처럼 뭔가를 먹고 있길 바랄 뿐이었다.

몹시 불쾌하게 울리는 쿵-끼이익-탕 소리로 잠잠해졌던 분노가 다시 살아났다.

"참을 만큼 참았어. 썩 꺼져버려!"

신경질적으로 절단기를 딸깍거리며 선미에 대고 위협적으로 소리쳤다. 줄에 걸려 선체를 강타하고 긁어대는 각종 로프와 미즌마스트 때문에 미쳐버릴 것 같았다. 바닷속에 반쯤 빠진 스테인리스 와이어와 로프를 모두 끊어내기 위해서는 마음을 가라앉히고 이성적으로 계획을 세워야 했다. 자칫하다가는 하자나에 큰 위협이 될 수 있었다. 이중 하나라도 선체를 강타한다면 보트 옆면에 구멍이 날 터였다.

선미로 가 미즌마스트와 엉킨 와이어부터 잘라야 했다. 1미터짜리 스테인리스 슈라우드를 끊는 데 꽤 오랜 시간이 걸렸다. 근육이 위축되어 힘이 들어가지 않았다. 당장이라도 그만두고 싶었다. 하지만 내가 안 하면 누가 하지? 무거운 절단기를 손으로 힘껏 쥐고, 비틀고, 썰고, 잘근잘근 잘랐다. 꼬임줄이 하나씩 천천히 풀리더니 잘려 나갔다. 마지막 줄이 잘리자 미즌마스트는 바닷속으로 풍덩 빠졌고, 하자나는 평정을 되찾았다. 그러나 정작 나는 냉정을 되찾기 어려웠다. 옳은 선택이었기만을 바라는 마음이었다. 혹시 나중에 와이어가 필요할지도 모른다는 뒤늦은 후회가 찾아왔다.

현명한 선택이었어. 미즌마스트를 끌어 올릴 수는 없었잖아. 계속 선체를 강타하면 위험했을 거야.

목소리가 나를 안심시켰다.

롤러 펄링 지브와 스테이세일이 아직 선수에 매달려 있었다.

돛은 필요한데! 다시 배 위로 올릴 수 있으면 좋으련만. 지브세일을 살릴 방법은 없었다. 선수로 다가가 바다에 빠진 세일을 바라봤다. 끌어 올리려면 적어도 남자 스무 명은 매달려야 했다. 때문에 지브세일을 고정하고 있던 클레비스 핀을 제거했다. 하자나가 해류를 타고 나아가면서 지브세일은 점차 작아졌다.

모든 걸 잃어서 이젠 얻을 것만 남았을 테니, 나는 스테이세일을 끌어 올리려 애썼다. 접힌 천 사이사이로 바닷물을 흠뻑 머금고 있었다. 꿈쩍도 하지 않았다.

"도저히 못하겠어. 이건 못해."

마땅한 장비도, 힘도 없었던 나는 포기하는 심정으로 클레비스 핀을 뽑은 뒤 갑판에 주저앉은 채 스테이세일까지 멀리 떠내려가는 모습을 보며 울음을 쏟았다. 돛을 올리고 육지까지 무사히 항해할 수 있기를 간절히 바랐는데.

하자나는 거추장스러웠던 마스트와 로프에서 벗어나 한결 가벼웠고, 나는 상쾌한 바람 덕분에 마음이 진정되었다. 운다고 해결될 일은 아무것도 없었다.

몸을 일으켜 조종석을 지나 선실로 향했다. 선장실은 책과 깨진 유리로 엉망이었다. 의자 위에 흩뿌려진 유리 조각을 모두 치운 뒤 자리에 앉았다. VHF 무전기의 마이크를 쥐고 도움을 요청했다.

"메이데이, 메이데이, 메이데이, 누구 없어요?"

아무런 소리도 들리지 않았다.

"젠장."

마이크를 던지자 연결 줄을 따라 해도대 위에 아무렇게나 널브러졌다. 제자리에 둬서 뭐하겠어? 완전히 고장 났는데.

이마를 짚자 깊은 상처에서 타는 듯한 열감이 느껴졌다.

상처를 살펴봐야겠는데.

목소리가 속삭였다.

"그러고 싶지 않아."

말과는 달리 일어나 거울 앞에 섰다. 거울 앞에는 내가 아니라 웬 괴물 하나가 서 있었다. 깊게 찢어진 피부 사이로 겹겹이 조직이 보였다.

"뇌가 튀어나올 것 같네. 잘됐어."

마음에도 없는 소리를 떠들었다.

캐비닛에서 구급상자를 꺼내 변기 뚜껑을 닫고 그 위에 앉았다. 구급상자를 뒤지다 보니 모르핀 병이 보였다. 병을 꺼내 들고 넋이 빠진 듯 가만히 바라봤다. 그런 뒤 거울 속 괴물에 다시 시선을 두었다.

안 돼, 태미. 생각조차 하지 마.

목소리가 들렸다.

"왜 안 돼?"

나는 반항하고 싶었다.

당신이 죽을 운명이었다면 벌써 죽었을 테니까.

"그랬다면 얼마나 좋을까."

알아.

자살이야말로 내 인생을 통틀어 배운 모든 것에 반하는 행위였다. 만약 리처드가 죽었다면, 그의 운명이었겠지. 조금씩 자각하기 시작한 현실이었다. 그래도 리처드는 자신이 좋아하던 일을 하며 고결하게 생을 마감했다. 아니 어쩌면 아직 살아있을 수도 있다. 그가 외쳤던 '맙소사'는 바다 위 파도를 가르는 신의 모습을 보며 내지른 탄성일지도 모른다. 말도 안 되는 이야기일까? 어쩌면 내가 잘못 들었을 수도 있다. 두려움이 아니라 경외심에서 터져 나온 맙소사였을지도 모른다.

조심스럽게 모르핀 병을 구급상자에 넣고, 구급상자는 캐비닛 안에 다시 넣은 뒤 캐비닛 문을 세게 닫았다. 구급상자에서 찾은 소독용 알코올 뚜껑을 열어 수건을 적신 후 이마를 지그시 눌렀다. 소독약이 닿은 부위가 불에 덴 것처럼 아팠다.

"악, 젠장. 젠장. 젠장."

비명이 나왔다.

"제발."

나는 간곡히 외쳤다.

"나 좀 집에 데려다줘. 제발, 나 좀 리처드에게 데려다줘."

상처를 봉합하는 도구가 있었지만 도저히 내 이마를 직접 꿰맬 자신이 없었다. 대신, 이를 악물고 가능한 한 상처 양쪽 피부를 최대한 가깝게 당겨 길게 자리한 상처 위에 대형 나비형 밴드를 몇 개 붙였다. 고름과 피가 흘러 나왔다. 역겨웠다. 시작한 김에 팔다리에 난 상처에도 조심스럽게 알코올이 묻은 수건을 두드렸다. 고통스럽지만 리처드가 느꼈던 고통에 비하면 아무것도 아니었다.

엉킨 머리카락을 올려 묶은 뒤 침상에서 찾은 반다나를 둘렀다. 침상에 기대어 죽을 용기도 없는 자신을 책망했다. 해결해야 할 일이 너무도 많아 뭐부터 해야 할지 종잡을 수가 없었다.

해도를 확인해. 육지에 도착할 계획을 세워야지.

마지못해 몸을 일으켜 선장실로 향했다. 정말 살 운명이라면 살아야 했다. 그리고 어쩌면, 정말 어쩌면 이 모든 난관을 헤쳐 나간 뒤 선물처럼 리저드를 만나게 될지도 모를 일이었다.

선장실에는 우리의 마지막 위치가 표시된 해도와 로그 북이 보였다. 눈을 가늘게 뜨고 리처드가 남긴 마지막 글을 읽어 내려 갔다.

망할 레이먼드가 서쪽으로 향하고 있다. 여전히 140노트 속력을 유지하고 있다. 우리가 할 수 있는 것은 기도뿐이다.

흐느낌이 흘러나왔다.

"왜 우리의 기도는 응답을 받지 못한 걸까? 왜? 지금이라도 바다로 뛰어들어서……."

왜 이곳에 들어왔는지 떠올려. 육지에 도착할 계획을 세우려던 거였잖아.

책상 서랍을 뒤져 펜을 찾은 후 로그 북에 또박또박 적었다.

허리케인 레이먼드를 만났다.

그러고는 다시 흐느꼈다.

"괜찮아, 괜찮아."

결국 나에게 말했다. 우연치 않게도 내 머리 위 책장에 오븐이 처박혀 있고, 그 끝에 수건이 매달려 있었다. 수건으로 얼굴을 닦아 냈다. 심호흡을 크게 하고 최대한 집중하기 위해 안간힘을 쓰며 타히티를 떠난 후 배의 항로를 몇 번이나 살폈다. 하지만 도저히 집중할 수가 없었다. 너무 어려웠다.

사고 지점에서 멀리 있지는 않을 것이다. 시계를 확인했다. 가만 있자, 2, 3일 전인가? 이틀 전일 거라고 판단했다. 해도를 보던 나는 항로를 표시할 때 쓰는 도구를 꺼내 계산을 시작했다. 카보산루카스는 북동쪽으로 1,930킬로미터에, 하와이 힐로는 대략 북서쪽으로 2,414킬로미터에 있을 것이다. 숫자와 각도를 몇 번이고 적으며 계산을 반복했다. 바람과 해류를 본다면 하와이로 향하는 것이 나았다. 나침반상 300도 방향이었다.

하지만 카보가 집과는 더 가까웠다.

리처드가 없다면 집도 없는 거지.

집이야 많지. 엄마가 계시는 집도 있고, 아빠 집도 있고. 할머니, 할아버지 집도 있잖아.

"리처드도 집에 도착했을까?"

맞아, 리처드도 집에 갔어. 자, 당신은 하와이로 향하는 거야. 그게 최선의 선택이야.

"리처드가 집에 갔다니, 무슨 소리야?"

대답은 없었다. 들리는 소리라고는 내 머릿속 두뇌가 빠르게 회전하는 소음뿐이었다.

"리처드가 집에 갔다니 무슨 뜻이냐고!"

소리를 질렀다. 여전히 아무런 대꾸가 없었다.

"그럼 그냥 꺼져버려, 목소리."

목소리를 괴롭히고 싶었던 나는 싱크대에 가서 수도꼭지를 열어 털털거리며 겨우 떨어지는 물을 한 컵 가득 받았다. 마지막 한 방울까지 모두 마셔버렸다.

이미 120밀리리터나 마셨잖아.

"입 다물어!"

소리를 지르고는 청수게이지를 확인했다. E를 가리키고 있었다. 죄책감에 시달리며 물컵을 내려놓았다. 침실로 돌아가 침낭과 리처드의 꽃무늬 셔츠와 기타를 챙겨 소름끼치는 지하 감옥을 빠져나와 갑판으로 올라왔다.

다시는 선실로 내려가지 않겠다고 다짐하며 조종석에 잠자리를 준비한 뒤 선미의 방향키를 고정시키기 위해 타륜을 밧줄로 묶었다. 이렇게 하면 하자나가 해류를 타고 가능한 한 빠르게 움직일 수 있다.

배의 움직임에 따라 몸이 앞뒤로 흔들렸다. 어느 순간엔가 리처드의 기타를 치며 노래를 불렀다.

기타를 내려놓은 뒤 침낭 속으로 들어가 조임줄을 당겼다.

"잘 자, 리처드."

별이 가득한 하늘에 대고 말했다.

너도 잘 자, 태미.

목소리가 다정하게 속삭였다.

6.
임시방편의 돛을 달다

얼굴이 뜨겁게 달아올랐다. 두 눈을 뜨려 했지만 쏟아지는 햇볕에 눈을 다시 감을 수밖에 없었다. 신음이 나왔다.

"또 하루가 시작되었다니."

힘내, 태미. 일어나. 뭘 좀 먹어야지. 배도 움직여야 하고.

목소리가 두려울 때도 있었지만 위안이 되기도 했다. 내가 무엇을 할지, 어떤 일을 해야 할지 항상 알고 있었다. 사실 목소리는 단 한 사람의 것이 아니었다. 때로는 엄마 목소리 같기도 했고, 아빠 같기도 했고, 리처드가 말하는 것 같기도 했다. 하지만 대부분은 내 목소리와 비슷했다.

선실로 내려가 새 숟가락을 찾아 피넛버터를 크게 한 숟가락 떴다. 피넛버터를 먹는 게 가장 간편했다. 다시 햇볕 아래로 돌아와 한 번씩 숟가락을 핥으며 하자나를 움직일 방법을 떠올리려 애썼다. 스피나커 폴이 눈에 들어왔다. 잘 세우면 돛대로 활용할 수 있을 법했다. 스피나커 폴은 앞 갑판에 줄로 묶여 있었다. 메인마스트가 떨어져 나갈 때 스피나커 폴도 약 2미터가량 부러져 바다에 빠졌다.

선수로 가 앵커체인(배와 닻을 연결하는 쇠사슬 - 옮긴이) 로커 안을 들여다봤다. 깊이가 약 1미터 정도 되어 보였다. 스피나커 폴을 묶고 있던 줄을 풀고 3미터쯤 되는 스피나커 폴을 로커 안에 밀어 넣었다.

스피나커 폴의 용도는 순풍이 불 때 보트에서 가장 크기가 크다고 볼 수 있는 돛, 즉 스피나커를 고정시키는 역할이다. 지금 스피나커 폴 높이는 겨우 2미터 정도였다. 나는 고개를 내저었다.

"불가능해."

불가능하지 않아.

"폴이 2미터인데 어떻게 돛이 바람을 타겠어?"

로커 안을 좀 채우면 폴을 높게 세울 수 있을 것 같은데.

"그럼 네가 채워."

기쁜 마음으로 해줄게.

폴을 갑판에 내려놓고 선실로 내려가려다 나는 뭔지 모를 힘에 이끌린 듯 폴을 밧줄로 고정시켰다. 큰 너울로 폴이 바다에 떨어지는 것을 방지하기 위해서였다. 이 목소리의 주인공은 수호천사일까? 말도 안 되는 생각이었다.

왜 말이 안 돼?

"아니, 그냥 좀…… 이상하잖아."

침상으로 가 천장으로 난 해치를 열어 온갖 베개, 담요 등 체인 로커 안에 넣을 만한 물건을 뱃머리로 올렸다. 이내 나까지 빠져나온 후 문을 닫았다.

가져온 물품을 모두 체인 로커 안으로 밀어 넣었다. 고정시켜 둔 스피나커 폴을 꺼내 로커 안에 세웠다. 폴의 높이가 3미터쯤 나왔다. 사고 이후로 처음 느껴보는 행복이었다. 처음으로 무언가 제대로 풀리는 것 같았다. 조종석으로 가기 전에 다시 폴을 갑판에 내려 밧줄로 묶었다.

"네가 내 마지막 희망이야."

스톰 지브(악천후용 돛)를 보며 말했다.

"기적 같은 돛이라고. 어떻게 배 밖으로 쓸려가지 않았을까? 프로판 가스 탱크도 로커에서 떨어져 나가고, 갑판에 남은 것 하나 없이 다 쓸려갔는데, 따로 묶어두지도 않은 너만 조종석에서 멀쩡히 살아남았잖아. 리처드는 왜 그러지 못했을까? 왜 네가 바다에 떨어지지 않고, 멀쩡한 사람이 대신 희생된 걸까?"

스톰 지브를 내려놓고는 배를 감싸고 허리를 숙인 채 고통을 다스렸다.

그런 생각하지 마, 태미. 더 이상 생각하지 마. 이미 지난 일이야. 다 지난 일이라고. 넌 괜찮을 거야. 살아남을 수 있어. 리처드는 편안해졌어.

"리처드는 죽었어. 죽었다고. 다시는 못 본다고."

고통스럽지 않았어. 빨리 끝났어.

말도 안 되는 목소리 따위가 뭘 알아? 나는 분노에 차 되물었다.

"이제부터 내가 겪을 일보다 덜 고통스러웠다고?"

대답을 바라지도, 원하지도 않았다. 세일을 단단히 쥐고 선수로 끌고 가 스피나커 폴 아래에 묶어두었다.

선미 선실로 내려가 침대 밑에서 찾은, 돛을 연결할 때 필요한 로프와 와이어를 챙겼다.

선수로 올라와 잠시 메인마스트가 어떻게 고정되는지 생각을 정리했다. 우선 마스트는 앞과 뒤를 헤드 스테이와 백 스테이가 받치고 있다. 각각 선수와 선미에 연결되어 메인마스트를 단단히 고정시켰다. 슈라우드도 있다. 돛대 꼭대기에서 양 현으로 연결된 와이어였다. 스테이와 슈라우드 같은 와이어 덕분에 돛대가 똑바로 설 수 있었다.

"그래, 알겠어."

당연하게 생각했던 것들을 직접 만들어야 한다는 생각에 약간 짜증이 난 상태로 중얼거렸다.

마스트에 세일을 어떻게 고정시킬까. 마스트로 쓸 수 있는 스피나커 폴은 간신히 3미터쯤 될 정도로 짧았다. 만약 세일의 가장 짧은 변을 팽팽하게 스피나커 폴에 연결시키고 조종줄인 시트 두 개를 연결해 바람의 방향에 따라 조종한다면 가능할 것도 같았다.

계획대로 해보기로 했다. 폴의 윗부분에 줄을 연결해 선수에 고정시키고, 두 번째 줄은 폴의 윗부분에서 갑판의 패드 아이(와이어를 거는 구조물)로 연결했다. 스피나커 폴을 배의 앞뒤로 고정시킨 것이다. 그 다음 폴이 옆으로 쓰러지지 않도록 슈라우드를 연결했다.

스톰 지브를 가방에서 꺼내 펼쳤다. 바람은 별로 없었지만 혹시나 날아갈까 지브세일을 펼칠 때마다 클립으로 고정시켰다. 지브세일의 본래 헤드(세일의 윗부분)인 부분을 클루(마스트에 연결된

변의 반대편 모서리)로 삼아 줄을 연결한 후 도르래를 통과해 조종석에 있는 윈치에 감으면 될 것 같았다. 이 줄이 시트 역할을 해줄 터였다. 조종석에 앉아 대자연의 변덕과 그에 따라 변화무쌍하게 달라지는 풍속에 맞게 세일을 조정할 수 있을 것이다.

스피나커 폴 꼭대기에 도르래를 부착한 뒤 로프를 걸고 원래는 클루였던 부분을 세일 꼭대기에 연결해 헤드로 보냈다. 로프의 다른 쪽은 양묘기(배의 닻을 감고 내리는 데 사용하는 특수한 윈치)에 감았다. 이 로프를 임시방편으로 설치한 돛을 올리고 내리는 핼야드로 쓸 참이었다. 양묘기를 조작해 돛의 러프(마스트에 맞닿는 돛의 앞 가장자리)를 팽팽하게 고정시킬 계획이었다.

세일을 설치하고 스테이와 슈라우드 줄을 연결하는 데 온종일이 걸렸다. 돛 면적을 최대화할 수 있도록 도르래와 섀클(와이어를 연결하거나 밧줄을 매는 데 쓰는 U자형 철물 부품)을 옮겨 각도를 조정했다. 마지막으로 세일을 올리고 핼야드를 고정시켰다. 조종석으로 가서 시트를 움직여봤다. 더디지만 조금씩 바람을 머금기 시작했다. 약 4제곱미터밖에 안 되는 돛이지만 아무것도 없었던 지난 이틀에 비할 수 없었다. 비로소 통증 이외의 무언가가 느껴졌다. 희망이었다.

"우리 나아가고 있어, 하자나. 2노트 정도겠지만. 그래도 잘하고 있어."

잘했어, 태미.

"감사합니다. 감사합니다. 감사합니다."

허공에 대고 소리쳤다. 목소리가 아무런 대답도 하지 않자 짜릿했던 흥분도 식었다. 목소리를 듣고 싶었다. 내게 필요한 그 목소리를. 내가 대화할 수 있는 유일한 상대였다. 나와 하는 대화와는 달랐다. 나이지만 내가 아닌 무언가였다. 내 선택이 옳았다는 목소리의 지지가 필요했다.

겨우 1, 2노트의 속력이었지만 너무 신났다. 내가 직접 방향을 설정해 나아가는 것이었으니까. 내가 사라진다면 평생 동안 나를 찾아다닐 엄마 때문에라도 집에 가야 했다. 내가 아주 어렸을 적 부모님이 이혼을 한 후로, 나는 엄마 인생의 전부였다. 아빠가 떠난 이후로 엄마는 내내 외로움에 시달렸을까? 그렇지는 않았을 거다. 두 분이 함께 결정한 이혼이었으니까. 하지만 나에게는 아무런 선택권도 주어지지 않았다. 리처드가 내 곁을 떠나도 되는지 누구도 내게 물어본 적이 없다. 그는 그냥 사라져버렸다. 이혼과도 비슷할 수 있지만 리처드는 나와 헤어지길 원하지 않았다. 나를 사랑했고, 나도 그를 사랑했다.

"그를 얼마나 사랑했는데. 난 버틸 수 없을 것 같아."

네가 마음먹은 일은 뭐든 할 수 있어.

목소리가 단호하게 말했다.

이번에는 엄마의 목소리였다. 엄마는 내가 뭐든지 할 수 있다고 항상 말해주었다. 시도해볼 배짱만 있다면 그게 무엇이든. 하지만 엄마, 이건 좀 아닌 것 같지 않아? 내가 이 망망대해에서 혼자 살아남을 만한 배짱이 있다고 생각한 거야?

아무 대답이 없었다. 나는 크게 한숨을 쉬고 줄을 당겨 새로 단 돛을 팽팽하게 조였다. 나침반을 살핀 후 하와이가 있을 300도 방향으로 타륜을 조금 틀었다. 그러고는 이 넓고 광활한 바다 위에서, 아무도 없이, 완벽히 혼자라는 생각에 머리를 숙인 채 울었다.

7.
나의 위치선

"메이데이. 메이데이. 메이데이. 현재 항해 중인 하자나예요.
정말 아무도 없어요?"

손에 쥔 마이크를 뚫어지게 쳐다보며 말했다. 무전기를 통해
나오는 잡음은 사람을 미치게 했다. 한 번 더 시도했다.

"메이데이. 메이데이. 메이데이. 항해 중인 요트 하자나예요.
제 목소리 들려요? 오버."

안테나는 메인마스트 꼭대기에 있었다. 메인마스트가 사라졌
으니 안테나도 없는 셈이었다. 선실 천장에서 메인마스트가 있
던 자리로 향해 있는 동축 케이블이 보였다. 심하게 망가진 케이

블을 뜯어내 승강구로 뺀 후 갑판 위 난간까지 끌고 갔다. 이퍼 브에서 짧은 안테나를 분리한 뒤 피복이 벗겨진 동축 케이블 끝에 안테나의 와이어를 테이프로 감아 구조 요청을 해봤지만 여전히 잡음밖에 없었다. 허리케인이 지나간 지 나흘이 되었으니 오늘은 10월 15일이었다. 로그 북에 적었다.

제발 이 모든 것이 악몽이었으면 좋겠다.

온전한 정신을 유지하기 위해 수동 빌지펌프로 물을 퍼내는 작업에 몰두했다. 한 시간에 한 번씩 구조 요청을 했지만 그래도 하루가 너무 길었고, 따라서 외로움과 두려움을 느끼는 시간도 너무 길었으며, 아무리 간절히 노력해도 잠들기가 어려웠다. 타륜을 잡고 하자나가 정해진 항로를 이탈하지 않도록 했다. 너무도 많은 생각이 오갔다. 부모님, 할머니, 할아버지, 남동생을 계속 떠올렸다. 만약 엄마처럼 살았다면 벌써 학부모가 되어 이런 거지 같은 상황은 피했겠지. 집에서 안전하고 평온하게 지냈을 거야.

그렇긴 하지만 리처드도 만나지 못했겠지.

"리처드를 만났을지도 모르지. 내가 아이가 있어도 그는 나를 여전히 사랑했을지도 모르고."

하지만 배를 타겠다고 아이를 학교에도 보내지 않을 심산이야?

배에서 홈스쿨링을 했을 수도 있지. 아니면 할머니, 할아버지가 나를 키웠던 것처럼 엄마가 아이를 봐줄 수도 있고.

아이가 너를 미워하지 않을까?

"왜? 엄마가 몇 년 동안 나를 할머니 손에 맡겼지만 난 엄마를 원망한 적 없는데. 물론 할아버지, 할머니가 나를 응석받이로 키우시긴 했어. 날 죽도록 사랑하셨으니까."

'죽도록 사랑한다'니 이상한 말이야. 두 분이 너를 얼마나 아끼셨는지 잊지 마, 태미. 너를 목숨처럼 사랑하시니까.

"나를 목숨처럼 사랑하셔. 내가 원하는 대로 마음껏 꿈을 펼치길 바라셨어. 와, 지금 이 모습을 보신다면 뭐라고 하실까. 꿈은 꿈이지! 망할 악몽이어서 그렇지!"

이런저런 생각을 해도 그 끝은 늘 그렇듯, 리처드였다. 함께 세운 계획이 얼마나 많았는데. 어떻게 이렇게 끝날 수 있지? 정말 조금도 납득할 수가 없었다. '신은 선하다'고들 하더니? 이 상황을 보라지? 리처드는 좋은 사람이었다. 나도 마찬가지였다. 정말 이해가 되지 않았다. 물어볼 사람도, 이 상황을 납득할 수 있도록 도와줄 사람도 없었다. 내 슬픔을 나눌 사람도 없었다. 리처드의 기타 말고는 기대어 울 곳도 없었다. 기타 줄을 부드럽게 튕겼다. 선체에 부딪히는 파도나 어설프게 매달려 있는 돛의 소리와는 다른 진짜 소리가 듣고 싶었다. 바다를 바라보며 리처드가 함께 있다고 생각했다. 그를 진짜 볼 수 있다면, 항상 그랬듯이 나를 품에 안고, 이 모든 문제를 해결해주었으면.

리처드에게 너무도 잘 어울렸던 꽃무늬 셔츠를 꼭 끌어안았다. 잠에 빠져들며 리처드가 내 마음 안에 함께 하고 있다고 확신했다. 그렇지만 나는 어디 있는 걸까? 어쩌면 내일 아침 해가 뜨면 알 수 있게 되리라. 새벽녘 떠오르는 해는 축복을, 좋은 일이 벌어질 거라는 기대를 주니까.

* * *

청명하고 따뜻한 햇살과 함께 시작된 아침, 하자나는 느린 속도로 움직이는 흔들 목마처럼 나아갔다. 하늘이 갑자기 변덕만 부리지 않는다면 태양을 관측하기에 완벽한 하루가 될 것 같았다. 그 난리 속에서도 육분의(천체와 수평선과의 각도를 측정해 현재 위치를 확인할 수 있는 도구 - 옮긴이)가 멀쩡한 것은 기적이었다. 케이스에 담긴 육분의는 선장실 선반에 단단히 고정되어 있었다. 정교하게 설계된 육분의는 두 대상의 해발고도를 측정해 바다에서 위치를 파악하는 도구이다. 내가 정한 두 대상은 수평선과 태양이다. 망원경을 바라보며 인덱스 바를 조정하면 엇각의 거울을 통해 태양을 볼 수 있다. 태양이 수평선에 닿도록 인덱스 바를 조정해야 한다. 시간과 육분의가 가리키는 각도를 즉시 기록하는 것이 중요하다. 그 후 항해력을 참고해 현재의 위치를 파악할 수 있다.

여기서 중요한 것은 태양을 관측할 당시의 정확한 시간을 기재하는 것이다. 사고를 당한 날 이후 손목시계가 사라져 스톱워치를 사용할 수 없었다. 선실의 칸막이벽에 걸린 시계만이 태양의 아랫자락이 수평선에 닿는 그 시간을 정확하게 알려줄 유일한 도구였다. 하지만 너무 멀어 정확한 시간을 기록할 수 없다. 따라서 태평양 내 위도만 측정할 수 있었지만 이것만으로도 대단한 단서가 될 것이었다. 위도를 알 수 있어 기쁜 한편 두려운 마음도 들었다. 만약, 완전히 잘못된 방향으로 중국으로 향하고 있다면 어떡하지?

태양을 관측하는 일도 꽤 곤란했다. 부러진 붐이 승강구를 막고 있어 몇 초의 시차가 생겼다. 육분의의 망원경을 들여다본 후 예민한 도구를 조심스럽게 내려놓고는 붐 너머로 몸을 기울여 가능한 한 빨리 벽시계를 확인하는 수밖에 없었다. 나는 따뜻하게 데워진 조종석으로 나와 천문항법을 되새기며 빨리 정오가 되기를 기다렸다.

천문항법을 처음 접할 당시 기억해둔 지식이 몇 가지 있었다. 태양의 고도가 가장 높을 때를 정확히 잡아낼 가능성이 높지 않지만 그 사실이 크게 중요하진 않았다. 태양은 약 2분간 그 고도를 유지하기 때문이다. 항해력을 바탕으로 태양이 가장 높이 떠 있는 때를 계산할 수 있으니 이 2분이 언제쯤일지 예상할 수 있다. 정오경에는 내가 어디쯤 있는지, 위도는 파악할 수 있을 것이다. 임시 계획은 북위 19도의 방향으로 항해하며 왼쪽으로 틀어 하와이에 도착하는 것이었다. 하와이는 북위 19도에서 20도 사이에 면적이 넓게 위치해 있고, 북쪽으로 나아가며 서쪽으로 튼다면 섬의 중간 어디쯤, 아마도 힐로가 있는 지점에 도착하리라. 정오가 다가오자 가슴이 뛰었다. 붐 위에 걸터앉아 아래쪽 시계를 바라보며 12시 정각이 되기만을 기다렸다. 시계가 정오를 가리키자마자 육분의로 태양을 수평선에 오도록 조정한 뒤 지표를 확인했다. 육분의를 조심스럽게 푹신한 보관함에 내려놓은 후 시계를 확인하기 위해 한 손으로 붐을 잡고 거꾸로 매달렸다. 12시 1분을 가리키고 있었다.

"1201, 1201."

나는 중얼거리며 붐에서 내려와 아래층 선장실로 향했다. 현위치를 파악하는 데 필요한 정보가 모두 담긴 《1983 항해력 연감》을 펴고, 공식에 따라 꼼꼼하게 계산했다. 사고가 나고 5일이 지났으니 10월 16일이었다. 육분의 관측 결과 현 위치는 북위 18도였다. 놀랄 만한 소식이었다. 내가 생각했던 것보다 훨씬 북쪽에 있었다. 시계를 다시 바라봤다. 바늘은 이상 없이 규칙적으로 움직이고 있었다. 하지만 뭔가 석연치 않았다. 만약 시계가 얼마간 멈췄던 거라면? 북위 18도라는 것을 어떻게 확신할 수 있지?

"시계가 고장 났다면, 모든 것이 엉망인데. 만약 지금 남쪽 저 아래에 있는 거라면, 하와이섬에 닿기란 불가능하고 중국이나 극동 지역의 항구에 도착할 텐데."

나는 소리 내어 말했다.

"됐어. 내 눈으로 관측한 것만 믿고 북위 19도로 가다 왼쪽으로 틀어 하와이가 나오기를 바라겠어."

초조해진 나는 마이크를 집어 들고 다시 구조 신호를 보냈다. 아무런 응답이 없었다. 주방 싱크대 쪽을 바라봤다. 목이 말라 죽을 것 같았다. 물을 마시고 싶었지만 자제해야 했다. 아직은 물을 마시면 안 된다. 하지만 미처 말릴 틈도 없이 나는 주방에 들어가 수동 펌프로 물 한 컵을 가득 채운 후 급히 들이켰다.

그래봤자 나중에 후회하는 건 너야.

"상관없어. 물을 마셔야만 했으니까."

죄책감에 휩싸여 괜히 소리쳤다. 싱크대에 컵을 내려놓고, 잔소리에서 도망치듯 빠져나와 신선한 공기를 마셨다.

보트는 욕조 안 장난감처럼 느릿느릿하게 움직였고, 수평선에는 아무것도 보이지 않았다. 조종석에 앉아 잠시 공상에 잠겼다. 리처드와 나는 우리 배가 유일한 조용한 만을 찾아 정박하고는 했다. 마르키즈제도 파투히바섬에 갔을 때도 그랬다.

* * *

파투히바에는 마을이 딱 두 곳뿐이다. 선원들은 보통 정박지가 잘 갖춰진 버진만이 있는 하나바베를 선호한다. 하지만 우리는 인적이 드문 곳에서 때 묻지 않은 폴리네시아의 문화를 경험하고 싶은 마음에 오모아만으로 향했다. 오모아만에 가까워지자 마을을 지키는 수호신처럼 하늘 높이 솟은 뾰족한 바위들이 눈에 들어왔다. 닻을 내리고 돛을 정리하는 중에 우리는 바로 옆 보트에서 과일을 가득 실은 아우트리거를 분리하는 걸 보았다.

"안녕하세요?"

마알루가로 남태평양을 항해할 때

"안녕하세요."

리처드가 밝게 대답했다.

"전 존이에요. 그쪽은?"

"리처드입니다. 여기는 제 여자 친구 태미이고요."

불어로 인사를 나누는 두 사람 사이에서 간신히 몇 마디만 알
아들은 나는 존을 지켜보며 따뜻한 응대에 감탄했다. 존은 보통
키에 마른 체형으로 날렵한 복근이 도드라졌다. 그곳 현지인들
과 마찬가지로 눈동자도, 머리카락도, 피부도 어두웠다. 굉장히
호감 가는 얼굴에 환한 미소가 돋보이는 사람이었다.

존은 팜플무스(자몽)와 오렌지, 파파야가 가득 든 가방을 내밀었다. 우리 보트의 붐 지지대에 걸린 몇 개 안 남은 바나나를 본 듯했다.

"어떻게 할까, 태미?"

리처드가 내게 물었다.

"이따 존의 집에 가서 가족과 인사도 나누고 바나나도 좀 더 얻어올까?"

"좋아."

리처드는 오후에 바닷가에서 존과 만날 일정을 잡았다.

마르키즈어를 할 줄도 몰랐고, 불어라고는 지난 남태평양 여행 때 잠깐 배운 게 다였지만, 현지인과의 물물교환은 단순히 물건을 나누는 것 이상으로 탁월한 기술을 요하는 행위였다. 현지인들은 본래 정이 많아 보답을 바라지 않고 베풀었다. 따라서 물물교환에 앞서 상대를 향한 너그러운 마음을 바탕으로, 내가 무언가를 받았기 때문이 아니라 진심으로 나누고 싶다는 뉘앙스를 전하는 것이 기술이었다.

배에는 물물교환 할 물품이 가득했다. 가방과 플립플랍 슬리퍼, 색색의 실, 향수, 야구 모자, 크레용, 컬러링 책, 아이 옷이 있었다. 배에 마련된 루커는 사실 이런 상황을 대비해 물건을 보관하는 용도였다. 우리는 가방에 티셔츠와 야구 모자, 향수를 챙겨 넣고 소형 보트로 노를 저어 해안가로 이동했다. 해변에서 존을 만난 후 그를 따라 여러 채의 집과 방갈로가 자리한 작은 마을을 지났다. 집은 보통 콘크리트 벽에 주름진 알루미늄 지붕으로 되어 있는데 가끔씩 초가지붕도 보였다. 집 주변 마당은 잘 다듬어지지 않은 채 그저 풀을 짧게 깎아 밀어놓은 형태였다. 마당 바로 뒤로는 울창한 밀림이 빽빽하게 펼쳐지는데, 형언할 수 없을 정도로 아름다웠다. 주민들은 마을의 자급자족 생활에 한마음으로 이바지하고 있는 듯 보였다. 어떤 집은 빵을 굽고, 어떤 집은 닭을 키웠다. 또 다른 가족은 집 위에 창고를 지어 특이한 통조림과 치즈, 우유를 보관하고 있었다. 마을의 슈퍼인 셈이었다.

존의 집 현관 쪽에 난 테라스는 흰색과 터키색으로 칠해 산뜻했다. 집 옆에는 개울이 흐르고 있었다. 앞마당에는 바나나와 과일나무가 가득했다. 우리는 존의 아내인 마레바와 다섯 살 난 아들 타우피리, 젖먹이 딸 로비니아를 만나 인사를 나눴다. 마르키즈 현지 여성인 마레바는 20대 후반에 키가 크고 아름다웠다. 비단결 같은 긴 흑발에 빨려 들 것 같은 검은 눈동자가 매력적이었다.

마레바는 우리를 집 안으로 초대했다. 테이블 위에 올라간 닭을 손짓으로 쫓아내고 빵나무 열매와 타로 토란을 한쪽으로 치운 후 의자에 앉았다. 마레바가 수프 그릇에 커피를 담아 숟가락과 함께 내올 즈음 존도 다가와 테이블에 앉았다.

"타오페."

존이 커피가 담긴 그릇을 가리키며 말했다. 뒤이어 연유가 테이블에 놓였다. 우리는 존이 타오페를 어떻게 마시는지 바라봤다. 그는 타오페가 녹은 바닐라 아이스크림처럼 보일 때까지 연유를 듬뿍 넣었다. 섬 주민들은 연유를 다양하게 사용했다. 빵에도, 타오페에도, 아이 우유병에도 연유를 넣었다. 그들이 활짝 미소를 지을 때 이가 없이 텅 빈 것을 보면 안타까웠다. 연유는 물론 설탕과 과일을 많이 섭취하는 탓에 치아 상태가 무척 안 좋은 것 같았다. 마레바는 생선과 빵, 샐러드를 차렸다. 하나같이 무척 맛있었다.

식사를 마친 후 존을 따라 집 옆 개울에서 얼굴과 손을 씻었다. 바람이 상쾌했지만, 리처드의 얼굴에서 마얄루가를 걱정하는 빛이 엿보였다. 물물교환용 물건을 꺼내기 좋은 타이밍이었다. 가방에서 아기 옷 몇 벌을 꺼냈다. 마레바에게 옷을 건네자 그녀의 두 눈이 휘둥그레졌다. 옷을 받고는 치아가 거의 없는 입으로 활짝 웃어 보였다. 드레스와 향수, 아들에게 어울릴 만한 티셔츠도 선물했다. 마치 산타를 돕는 요정이 된 것 같은 기분을 느끼며 우리는 마얄루가로 돌아왔다.

다음 날 아침, 우리는 이른 시간에 눈을 떴다. 존이 타파천을 제작하는 사람에게 데려다주겠다고 약속한 날이었다. 뽕나무, 빵나무, 반얀나무의 껍질로 타파를 만든다는 것은 알고 있었다. 나무껍질을 두드려 얇고 질긴 천과 각양각색의 옷을 만들었다.

얼마간 하이킹을 한 후 공터에 다다랐다. 저 멀리 나무 위에 있는 오두막 한 채가 보였다. 가까이 보니, 집의 한쪽 바닥은 언덕의 경사면을 따라 낮은 기둥을 세워 받치고, 다른 쪽 바닥은 코코넛나무 여러 개로 고정시켰다. 종려나무로 만든 벽에 주름진 알루미늄 지붕은 녹이 잔뜩 슬어 있었다.

나무집 아래 빈 터에는 여자 셋이 짧은 야구방망이와 비슷하게 생긴, 코코넛나무에서 떨어진 두꺼운 가지로 나무껍질을 두들기고 있었다. 우리의 등장으로 놀란 여자들은 하던 일을 멈추고 미소를 지었다. 존이 그들에게 다가가 마르키즈어로 무언가 말을 했다. 대화를 나누던 중 우리 쪽을 가리키기도 했다. 우리는 미소를 지으며 고개를 숙여 인사했다. 가장 나이가 많아 보이는 여성이 손으로 오두막을 가리키며 고개를 끄덕였고, 존은 우리에게 따라오라는 손짓을 했다.

오두막에는 겨우 1.2미터 높이의 정사각형 문이 나 있었다. 허리를 숙이고 들어가야만 했다. 커다란 유리창 두 개가 활짝 열려 있었지만 내부는 어두웠다. 다 해진 반바지를 입은 노인이 허리를 숙인 채 앉아 약 11평 정도의 방 한가운데 놓인 커다란 테이블 위에 타파를 펼쳐놓고 색을 입히고 있었다.

"이아 오라나(안녕하세요)."

존이 말하자 노인이 고개를 들었다.

"마에바(반갑습니다)."

노쇠한 노인 헨리가 답하며 자리에서 일어나 존과 뺨 인사를 나눴다. 존은 헨리에게 우리를 소개했고, 그는 우리에게도 뺨에 짧게 입을 맞추며 인사했다.

굽은 등과 피로에 젖은 눈에서 그의 고단한 삶이 느껴졌다. 헨리의 손짓에 따라 테이블로 다가가니 가로 60센티미터, 세로 120센티미터의 타파천이 눈에 들어왔다. 사모아나 통가에서 볼 수 있는 유연한 조직이 아니라 훨씬 거칠고 두꺼운 타파였다. 헨리는 현지 식물의 뿌리에서 얻은 검은색 잉크로 부호와 문양을 새겨 넣고 있었다. 타파에는 보통 의미나 이야기가 담긴 그림을 그려 넣는다.

헨리는 낡은 트렁그 가방에서 형형색색의 타파를 꺼내 우리에게 보여주었다. 우리는 그중 다섯 개를 골랐다. 가방에서 교환할 만한 물건을 꺼냈다. 헨리는 백팩과 플립플랍을 원했다. 돈을 마다하는 그에게 우리는 억지로 쥐어주었다.

헨리에게 인사를 하고 나와 꼼꼼하게 천을 두들기는 여자들에게로 돌아왔다. 나이가 많은 분이 헨리의 아내이고, 나머지 둘은 딸이라고 존이 설명해주었다. 아이들이 나를 바라보며 자꾸 웃었다. 마주 미소 지으며 리처드에게 왜 자꾸 저 아이들이 웃는지 물었다. 내가 무슨 실수를 했나? 리처드가 존에게 물어보니 막내딸이 내 머리카락을 만져보고 싶어 한다고 했다.

"정말?"

나는 놀라 물었다.

"그래도 돼."

아이를 향해 손짓했다.

10대 중반 정도로 보이는 소녀는 어찌나 수줍은지 내 눈을 제대로 쳐다보지도 못했다. 길게 자란 금발 머리를 아이가 만지기 편하도록 고개를 약간 뒤로 젖혔다. 아이는 언니를 보며 웃었다. 나는 언니에게도 가까이 다가오라고 손짓했다.

기다렸다는 듯, 한걸음에 다가온 언니는 부드럽게 내 머리카락을 만진 후 "헤네헤." 하고 말했다.

존이 리처드에게 불어로 다시 말했다.

"라 벨르."

"맞아요. 아름답죠."

리처드가 이미 알고 있다는 듯한 눈길로 나를 바라봤다.

나는 리처드와 두 소녀를 향해 웃어 보였다. 마르키즈 사람의
눈에 금발이 얼마나 특이하게 보일까. 아이들의 검고 굵은 머리
카락도 나와 비슷하게 허리까지 길었지만, 하나로 묶여 있었고
내 머리카락보다 훨씬 탄력 있고 빛나 보였다.

나는 가방에서 립스틱과 향수를 꺼냈다.

"하나는 네 꺼, 또 이건 네 꺼."

아이들에게 말했다. 선물을 받기 전 엄마를 바라보며 허락을
구했다. 엄마는 괜찮다는 의미로 고개를 끄덕였다.

"메르시, 마담."

아이들은 불어로 수줍게 감사 인사를 전했다.

"일 니 야 빠 드 꾸아Il n'y a pas de quoi(천만에요)."

불어가 조금 는 것 같아 뿌듯했다. 나는 웃으며 그들을 바라봤
다. 이렇게 외진 열대 풍경을 배경 삼아 세 사람이 무척이나 이
국적이고 아름답게 보였다. 평온하고 고요한 풍경이었다.

* * *

바다를 바라보던 시선이 만신창이가 된 하자나의 갑판으로 향했다. 함께 대화를 나눌 여자 친구들이, 아니 누구라도 있다면 얼마나 좋을까, 리처드. 5일째 되는 오늘은 따뜻함을 넘어서 뜨거워진 더위를 식힐 바람 한 점 없었다. 하자나는 허우적거렸고, 나도 하자나와 함께 허우적댔다.

"목소리, 내 말 들려?"

나는 조심스레 말을 걸었다.

침묵.

"미안해. 물 아낄게."

다음부터는 다시 한 번 생각하고 행동해.

"알겠어."

다음 날 아침, 무료함에 지쳐 아래 선실을 정리하기로 마음먹었다. 우울함이 나를 좀먹고 있었다. 펜을 들고 로그 북에 적었다.

정말, 미칠 것 같다.

두 눈을 감고 점점 더 빠르게 뛰는 심장을 느꼈다. 어쩌면 심장마비가 와서 죽을지도 모르겠다.

뭐든 할 일을 찾아. 정리하기로 했잖아, 안 그래?

응접실을 둘러보는데 도무지 어디서부터 시작해야 할지 알 수 없었다. 고급스러운 천과 티끌 하나 없었던 천장 마감재, 반짝이던 목조 가구들로 고급스러운 인테리어를 자랑하던 곳이었다. 앞에서부터 시작하자고 생각하며 조심스럽게 침상으로 이동했다. 응접실과 주방에 있던 물건들이 죄다 침실에 쌓여 있었다. 우리가 뒤집혔던 것은 잘 알고 있었지만, 선실에 있던 물건이 모두 쏟아지고 망가질 정도로 엉망이 된 거라면 나와 리처드도 이리저리 날아다녔을 터였다. 매트 위에서 날렵하게 재주넘기하는 체조 선수처럼 말이다.

우연히 노가 눈에 들어왔다. 어쩌면 이걸로 지나가는 배에게 조난신호를 보낼 수 있지 않을까 생각했다. 이걸 망망대해에서 눈에 띄게 할 방법이 없을까? 주변을 둘러보다 '베이 스쿠버— 우리 사업은 물속으로 가라앉고 있습니다'라고 적힌 리처드의 빨간색 티셔츠가 떠올랐다. 티셔츠를 노에 묶었다. 빨강, 사랑의 색, 피의 색.

구조를 의미하기도 하지.

목소리가 끼어들었다. 노를 갑판 위 조종석으로 던져 놨다.

억지로 청소를 시작한 나는 바닥에 고인 지저분한 찌꺼기를 닦는 데 애를 먹었다. 바닷물로 양동이를 채우고 스펀지를 챙겼다. 섬유유리로 된 바닥을 닦는데 바닥 틈 사이에 무언가가 느껴졌다. 커다란 스펀지로 그 무언가를 잡아 꺼냈다. 세상에, 내 손목시계였다. 어떻게 이 틈에 들어갔을까? 하늘이 준 선물 같았다. 시계를 양동이에 넣고 걸지와 스펀지로 문질러 먼지를 제거했다. 시계는 0933을 가리키고 있었다. 칸막이벽에 걸려 있는 시계는 0935였다. 잔뜩 신나 소리를 질렀다.

"이제 아침 관측도 할 수 있으니 정확한 위치를 파악할 수 있다고."

스펀지를 양동이 안에 집어 던지고는 선장실로 달려가 펜과 종이를 챙겼다. 보관함에서 육분의도 꺼냈다. 육분의와 시계가 내 생명줄이었다. 아주 조심스럽게 갑판으로 옮겼다.

붐에 걸터앉아 육분의로 태양의 위치를 찾았다. 천천히 인덱스 바를 움직여 거울에 비친 태양이 수평선에 오도록 조정했다. 태양의 끝이 수평선에 닿자 손목시계의 버튼을 눌러 시간을 기록했다. 9시 54분 27초였다. 육분의 원호가 가리키는 각도를 종이에 적었다. 이 일련의 과정을 세 번 반복했다. 이 세 개의 기록 중 가장 정확하다고 생각되는 기록을 하나 고르면 되었다.

시계와 육분의, 종이를 챙겨 선장실로 내려가 《1983 항해력 연감》과 천측계산표로 LOP^Line of position, 즉 내 위치선을 계산했다. 위치 기입도상에서 위치선을 짚어냈다.

"음, 아마 이쯤인 것 같은데."

정오가 가까워지자 다시 한 번 태양을 관측했다. 이번 관측이 내 위치를 정확하게 알려줄 '확실한' 단서가 될 것이다.

서경 134도, 북위 18도가 현 위치였다. 좋은 소식이었다. 더 이상 내가 어디를 헤매고 있는지 추측하지 않아도 되었다. 예상했던 것보다 하와이에 가까운 위치였다.

내일 위치를 관측하면 하룻밤 새 얼마나 항해했는지 알 수 있다. 얼른 8일째 되는 날이 오기만을 기다렸다.

다음 날 아침, 파도가 잔잔해 타륜을 잡을 필요가 없었다. 리처드에 대한 생각을 잊고자 선실로 내려가 청소에 매달렸다. 기쁘게도 미즌 스테이세일을 찾았다. 바람이 적을 때는 지금 걸어놓은 스톰 지브보다 미즌 스테이세일이 나았다. 임시로 세워둔 마스트에도 더욱 적합할 것 같았다.

끔찍하게 무거운 세일을 앞쪽 해치를 통해 앞 갑판으로 끌어올리는 작업은 상당히 힘들었다. 줄을 좀 더 챙기려고 아래층에 내려간 순간 보트가 한쪽으로 기울었다. 안 되는데, 한걸음에 갑판으로 뛰어 올라갔지만 이미 바다로 빠진 세일이 천천히 가라앉고 있었다.

"안 돼. 젠장할. 어떻게 매번 같은 실수를 반복할 수 있지?"

분노를 참지 못해 고함을 질렀다. 결국 주저앉아 울고 말았다.

그만 울어, 태미.

"닥쳐."

자꾸 울면 탈수가 올 거야.

"닥치라고. 내 눈물이고, 내가 울고 싶으면 울 거야."

소리를 내지르다 결국 큭큭 웃음이 터졌다. 똑같은 가사를 한 노래가 떠오른 탓이었다. 노래에서는 눈물이 아니라 파티라고 했지. 이 상황은 정말 대단한 파티라고밖에 볼 수 없었다.

목소리가 한 말이 맞다. 체내 수분이 부족했다. 우는 것은 별 도움이 안 된다.

"바닷물 마시면 되지."

목소리에 대고 짜증을 부렸다.

그럼 아마 미쳐버릴지도 몰라.

"이미 제정신이 아니거든."

그럴 수도 있지만, 바보 같지는 않잖아.

"바다로 돛을 빠뜨렸으니, 충분히 바보 같아."

다시는 그런 실수를 하지 않으리라 믿어.

"맞아. 왜인지 알아? 더 이상 빠뜨릴 돛도 없거든."

그래도 스톰 지브가 있고, 관측도 할 수 있으니 다행이잖아.

목소리의 말에 따라 손으로 눈물을 닦고 입가의 눈물을 핥았다. 크게 심호흡을 한 후 폴에 축 늘어진 채 걸려 있는 스톰 지브를 바라봤다. 저게 무슨 도움이 될까? 차라리 미즌 스테이세일처럼 이 보트도 침몰시키고 그걸로 끝내버리는 게 나을지도. 하지만 우선은 아침 태양 관측을 하고 싶었다. 시계를 보니 9시가 가까웠다. 선장실로 내려가 종이와 연필, 육분의를 챙겼다.

아침 관측은 문제없었다.

하지만 정오의 관측으로 혼란에 빠졌다. 계산해보니 서경 132도 북위 18도 11분이 나왔다. 경도 2도나 차이가 나다니. 약 193킬로미터 정도였다. 밤새 뒷걸음친 꼴이었다. 무슨 상황일까? 서쪽으로 항해하고 있다고 생각했는데. 무언가 단단히 잘못되었다. 조종석에 앉아 억울한 마음을 삼켰다. 가늘 수 없는 실망 때문인지 몸과 마음이 통증과 고통에 굴복했다.

새벽 2시, 세 번째 관측을 했다. 경도 2도 차이는 여전했다. 좌절감을 조금이나마 이겨내고자 복숭아 통조림을 열어 몇 시간 동안이나 부드러운 과육을 음미했다. 피넛버터 따위와 비교도 되지 않았다.

8.
신비롭고, 경이로운, 물

날씨가 쌀쌀해졌다. 청바지와 악천후용 재킷을 입고 지난 이틀 동안 그랬던 것처럼 조종석에 앉아 타륜을 잡았다. 복숭아 통조림을 먹고 난 뒤로, 사고 당시 리처드가 아래 선실로 내려오지 않고 왜 그토록 갑판 위에서 버티고 있으려고 했는지 떠올리며 시간을 보냈다. 그때를 마지막으로 그를 볼 수 없다는 것을 알았다면, 그를 만지고 그의 미소와 사랑이 가득 담긴 윙크를 보는 것이 그때가 마지막이었다는 것을 알았다면, 나는 선실 계단에서 몸을 돌려 그의 품에 안겼을 것이다. 거대한 문어가 먹잇감을 움켜쥐듯 그를 꽉 껴안고 마지막으로 서로의 몸을 느끼며 바다

저 아래로 장렬히 전사했을 것이다. 죽음이 우리를 갈라놓을 때까지, 라는 약속처럼 서로의 품에서 생을 마감할 수 있었을 것이다.

11일째 날이었다. 배 한 척 보이지 않았다. 메이데이 요청에 응답하는 소리도 없었다. 기적도 일어나지 않았다. 한 번씩 수동 빌지펌프에 매달려 레버를 움직일 때마다 빨려 들어왔다 바다로 쏟아지는 물의 압력을 느꼈다. 더러운 물이 선체에 난 구멍을 통해 반짝이는 광활한 바다에 쏟아져 내리는 장면을 상상했다. 고통과 피, 음식과 잔해가 뒤섞인 입자가 드디어 자유를 찾고 고요해진 태평양에서 소멸되고 있었다. 나도 그렇게 해방될 방법이 없을까?

하늘에 먹구름이 드리워지자 오랜 세월 배를 탄 사람의 말을 이해할 수 있었다.

"아침 하늘이 붉으면 뱃사람은 조심해야 한다."

애도하는 붉은 하늘…….

그 순간 돌풍이 내 뺨을 스치고 불길한 먹구름이 내 얼굴로 빗방울을 떨어뜨리자 몸이 견딜 수 없을 정도로 떨렸다. 폭풍이 시작되고 있었다. 아드레날린이 솟구치고 두려움에 완벽히 사로잡힌 몸이 필사적으로 반응했다. 이퍼브가 고장 났다는 사실도 잊

은 채 허리춤에 다시 채우고, 구명조끼를 입은 후 나침함에 안전
줄을 연결했다. D링을 다시 한 번 확인했다. 리처드가 당했던 것
처럼 이것도 떨어져 나가면 어떡하지? 뭘 어떻게 해야 하지? 패
닉에 빠졌다. 하지만 달리 뭘 할 수 있는 게 없다는 것도 알고 있
었다.

　아예 돛을 내릴까 하는 생각에 임시방편으로 세워둔 세일의
시트 줄을 느슨하게 풀었지만, 곧이어 당장 몇 미터가 아쉬운 상
황에 강한 바람을 타고 조금이라도 나아갈 수 있을지도 모른다
는 생각이 들었다. 비바람에도 세일이 견뎌주길 바랄 뿐이었다.
배로 들이치는 바닷물과 내리는 비로 익사할 것 같았지만, 실제
로 하자나는 우현 후미 쪽에서 밀려오는 파도를 타고 힘차게 나
아가고 있었다. 새로운 허리케인이 올 전조일가? 무전기 없이 무
엇을 어떻게 대비해야 할지 감조차 잡을 수 없었다. 너울이 점차
높아지자 공포가 커지기 시작했다.

　"아래로 내려가야 할까? 내려가는 게 좋을까?"

　목소리를 향해 외쳤다.

　도망치지 마. 항로를 유지해. 목숨을 걸고 싸워.

　목소리가 단호하게 말했다.

　몸을 일으켜 하늘을 향해 소리쳤다.

"네 까짓것 하나도 안 무서워. 허리케인 레이먼드에 비하면 아무것도 아냐. 아무것도. 지나가는 돌풍일 뿐이야. 어디 한번 와 봐. 덤비라고. 내가 본때를 보여줄게. 난 이렇게 살아있다고. 오직 신만이 아는 이 망망대해에서 혼자 살아남았다고. 그러니 와서 날 좀 어떻게 해봐. 어디 한번 해보란 말이야! 덤비라고! 덤벼! 리처드에게 데려다달라고. 리처드가 필요해. 리처드가. 리처드가 필요해……."

조종석에 주저앉아 쏟아지는 비와 바닷물을 막기 위해 두 팔로 머리를 감쌌다. 흐느끼다 결국 애원했다.

"제발 나를 리처드에게 데려가줘. 리처드가 너무 보고 싶어. 더 이상은 홀로 버틸 수가 없어."

내 등을 세차게 내리치는 비는 망치처럼 내 안에 죄책감을 더욱 깊숙이 새겨 넣었다. 리처드를 홀로 갑판에 두어선 안 됐어. 그의 곁을 지키다 함께 흔적도 없이 사라져야 했어. 내가 가장 필요했을 순간에 그를 져버렸어…….

그를 져버린 게 아니야. 네 덕분에 그가 영웅이 된 거야.

"나만의 영웅이 그리워……."

이제는 죄책감보다 극심한 피로에 시달렸다. 빗물을 저장해야 한다는 생각이 들었지만 꼼짝도 할 수 없었다. 고개를 뒤로 한 채 입을 크게 벌렸다. 목구멍으로 넘긴 물에서 짠맛이 났다. 어쩌면 대자연이 흘린 눈물인지도 몰랐다.

돌풍은 갑자기 들이닥쳤던 것만큼 빠르게 사라졌다. 몸은 지쳤지만 한편으로는 무언가 씻겨 나간 것 같았다. 그간 의식하지 못했던 억눌린 감정이 한꺼번에 쏟아져 나왔다. 폭풍은 리처드에게 귀속된 내 텅 빈 마음을 크게 휘저었다. 내 마음을 통제할 수 없었다. 나 자신이 무서웠다.

시간이 지나면 괜찮아질 거라고 스스로를 다독였다. 북위 19도에 이르러 배를 왼쪽으로 틀었다. 하와이가 있는 방향으로 불고 있는 무역풍을 받을 생각이었다. 목적지에 가까워지고 있다고 생각하며 밤늦도록 배를 몰았다.

* * *

다음 날에는 전과 다른 자신감과 용기가 가득했다. 나를 안쓰럽게 여기는 것은 그만할 때도 됐다. 선실 바닥 아래에서 싱크대로 연결된 청수 탱크를 확인하기로 했다. 점검구를 분리하면 탱크에 남은 물을 확인할 수 있을 것 같았다. 탱크 안에 물이 어느 정도는 남아 있어야 했다. 점검구를 찾았지만 바닥 골조에 가려

져 있었다. 어지럽게 흩어져 있는 공구 속에서 망치와 끌을 찾아
냈지만 나무로 된 바닥 골조를 내려치는 것은 좀 걱정이 되었다.
다른 방법이 있을 거다. 탱크 위로 플래시를 비추며 다른 뚜껑은
없는지 살폈다.

보통 탱크는 응접실 테이블과 소파 아래의 공간에 놓여 있어
만지기는커녕 잘 보이지도 않았다. 또 다른 점검구가 보였지만
바닥을 뜯지 않고는 불가능한 위치였다. 탱크를 조금 더 들여다
보니 덜렁거리는 전선이 보였고 그 끝에 연결 장치가 있었다. 흥
분한 나는 좁은 공간으로 팔을 뻗어 연결 장치를 원래 꽂혀 있을
법한 위치에 꽂았다. 응접실을 가로질러 싱크대의 수도꼭지를
힘껏 돌렸다. 털털거리며 물을 얼마 토해낼 뿐 콸콸 쏟아지지 않
았다. 다시 탱크를 확인하러 걸음을 옮기는데 응접실 벽에 걸린
청수 게이지가 1/4를 가리키는 것을 확인했다. 조금 전에 연결한
장치가 탱크 속 물의 양을 측정하는 게 맞았다. 물이 탱크의 1/4
이나 차 있었다! 행복함을 만끽하며 털털대는 수도꼭지를 열고
플라스틱 컵에 한가득 물을 받았다. 시원하고 깨끗하며 달고 맛
있는 물. 태어나서 먹어본 물 중에 가장 맛있었다. 물을 또 한 잔
채웠다. 아, 감사합니다. 신이시여 감사합니다. 마우루루.

넘치는 기운으로 갑판으로 올라가 록키처럼 춤을 추며 온 세

상에 지혜를 전했다.

"물, 물, 어디에나 있지. 아무도 모르게 이곳저곳에 흐르고 있는 물. 물, 물, 어디에나 있지. 이제는 마실 물이 충분하다네!"

깡충거리며 뛰다가 소리를 질렀다.

"나는 죽지 않을 거야. 살아남을 수 있다고. 물이 있으니까!"

와투시, 절크, 스윔 등 내가 아는 춤이란 춤은 다 추고는 마지막에는 몸을 흔들고 털기까지 했다.

정신이 나간 사람처럼 웃어젖힌 후 붐에 매달렸다. 물을 찾아낸 것은 내게는 정말 기적이나 다름없었다. 아찔한 정도를 넘어서 정신이 나갈 것 같았다. 물을 자제해야 한다고 결심한 이후부터 줄곧 지독한 갈증에 시달렸다. 물론 물이 넉넉지 않아 여전히 어느 정도는 제한해야 했지만 예전처럼 무조건 참을 필요는 없었다.

물을 찾은 것이 큰 전환점이 되었다. 내가 살아남을 거라는 것은 알았지만 그보다 살고 싶다는 의지가 생겼다. 나를 짓누르고 있던 끔찍한 중압감이 사라진 것 같았다.

* * *

그날 밤, 갑판에서 리처드와 춤을 췄다. 우리가 가장 좋아하는 별자리 중 하나인 여왕 카시오페이아를 올려다보았다. 은하수 사이로 펼쳐진 W 모양의 별자리이다.

"신비롭다."

리처드는 혼잣말을 자주 했다.

"당신처럼 신비로워."

그의 귓가에 속삭이면 그도 내게 이렇게 말하겠지.

"당신처럼 경이롭지."

"리처드……."

갑판 위에서 느리게 왈츠를 추며 그의 이름을 불렀다.

"W는 물water도 돼. 신도, 하늘도 알고 있었을까? 운명이었을까? 우리는 왜 몰랐지? 신비롭고wondrous, 경이로운wonderful, 물. 카시오페이아는 물이 당신을 데려갈 거라고 알고 있었을까? 그녀가 꾸민 일일까? 당신을 곁에 두고 싶었을까? 우리에게 조금만 더 시간을 줄 수는 없었을까?"

천천히 춤을 추며 리처드의 옷을 입고 있는 내 몸에 내 팔을 둘러 껴안았다. 두 눈을 감았다. 이제는 카시오페이아를 보고 싶지 않았다. 질투심이 일었다. 어쩌면 지금 리처드는 카시오페이아와 함께 그녀의 신비로운 별자리를 따라 왈츠를 추고 있을지도 몰랐다.

9.

플라이 투 더 문

또 길고 긴 하루가 시작되었다. 차가운 강낭콩 통조림을 우적 우적 씹으며 캐비닛에서 찾은 꾸깃꾸깃해진 스릴러 책을 읽어보려 했다. 하지만 글자가 너무 작아 오래 붙잡고 있지는 못했다. 눈이 침침하고 머리가 아프기 시작했다.

반쯤 졸며 바람 한 점의 도움 없이 항로를 유지하려고 애쓰던 차에 마치 꿈처럼, 하얀 거품을 이끌고 굴뚝에서 연기를 피우는 거대한 선박 한 척이 시야에 들어왔다.

"항적(배가 지나가면서 남기는 하얀 물결 거품 - 옮긴이)이다!"

정신이 번뜩 들어 자리를 박차고 일어났다 배인가?

141

"배다!"

소리를 내질렀다. 조수석에 보관해두었던 방수 가방에서 조명탄 총을 꺼냈다.

빵! 화들짝 놀랄 만한 소음이 터져 나왔다. 하늘 높게 쏜 조명탄은 태양만큼 밝게 타올랐다.

빵! 두 번째 조명탄을 쐈다.

배를 바라봤다. 아무런 소식도 없었다. 항로를 변경하지도 않았다.

빵! 세 번째 조명탄이 하늘 높이 올랐다.

점점 선박의 모습이 희미해졌다.

연막탄을 찾아 방수 성냥으로 불을 붙였다. 너무 긴장한 나머지 연기가 피어오르자 실수로 조수석에 연막탄을 떨어뜨렸다. 얼른 집어 바다에 던지느라 손을 데이고 말았다.

"젠장!"

하자나가 물마루를 타고 가라앉았다 떠오르길 반복하는 동안 나는 빨간색 티셔츠를 묶은 노를 챙겨 선수로 달려가 미친 듯이 흔들었다. 여전히 아무런 응답이 없었다. 배는 꿈쩍도 하지 않은 채 제 갈 길을 갔다.

노를 내던지고는 선실로 내려가 VHF 무전기를 찾았다.

"메이데이! 메이데이! 메이데이! 제 말 들려요? 오버."

마이크에 대고 목청껏 내질렀다.

적막뿐이었다. 마른기침 소리조차 들리지 않았다.

"메이데이! 메이데이! 메이데이! 제 말 들려요? 오버."

여전했다. 무전기를 내려놓은 뒤 갑판으로 뛰어올라 다시 노를 흔들었다. 배는 수평선 너머로 순식간에 자취를 감추었다.

이루 말할 수 없는 충격이었다. 어떻게 나를 못 볼 수 있지? 이렇게 가까이 있었는데. 도대체 뭘 더 어떻게 했어야 해? 바다로 뛰어들어 배까지 수영이라도 해서 건넜어야 해? 쿵쿵거리며 갑판 위를 걷다 눈에 보이는 것은 죄다 발로 차기 시작했다.

"바다를 지켜보고 있는 선원 한 명이 없다니. 무슨 배가 저 따위야? 멍청이들! 배가 완전 맛이 갔다고."

배를 향해 악에 바쳐 소리를 질렀다.

"바보 천치들! 선원들끼리 치고받고 싸움이나 벌어져라! 으아아아아아아아아아!"

고래고래 고함을 질렀지만 이내 좌절감에 빠진 나는 손을 입에 넣고 잘끈 깨물었다.

"아야."

와, 잘하는 짓이다.

143

갑자기 등장한 목소리가 잔소리를 해댔다.

"닥쳐, 좀 닥치라고. 너도 싫고 이 짜증 나는 보트도 다 싫어. 바다에 관련된 거는 전부 다 지긋지긋하다고."

아무리 분풀이를 해도 화가 풀리지 않았다. 온몸 구석구석 아드레날린이 마구 분비되어 앞 갑판을 몇 번이고 왔다 갔다 했다. 붐에 연결되어 있는 겨우 1.2미터쯤 남은 메인마스트를 발로 찼다. 매번 부러진 마스트 아래로 허리를 굽히고 다니는 것도, 좌현 갑판에 묶어 놓은 구명보트를 오르락내리락하며 다니는 것도 다 넌덜머리가 났다. 메인마스트의 아래 기둥은 있어봤자 하자나에 별 도움이 되지 못했지만, 이걸 치우려면 우선 붐과 마스트를 연결하는 클레비스 핀을 제거해야 하는데 보통 힘든 작업이 아니었다. 앞 갑판에 서서 부러진 메인마스트에 대고 악을 썼다.

"그리고, 너, 너도 지겨워 미치겠어. 네가 거기 그러고 있으니까 뱃머리로 편히 갈 수가 없잖아."

선미 선실의 난장판 속에서 망치와 스크루드라이버를 찾았다. 갑판에 앉아 스테인리스 클레비스 핀을 망치로 내려쳤다. 꿈쩍도 하지 않았다. 핀을 마구 두들기며 그간 쌓였던 분노를 풀었다. 하지만 의욕과는 달리 도구를 내려놓고 쉬어야 할 때가 많았다. 결국 붐 아래에 누워 클레비스 핀에 실린 힘을 분산하기 위해 두 다리로 마스트를 받쳤다. 핀이 떨어져 나가자 나무 그루터기 같은 메인마스트의 아래 기둥이 떨어졌고 나는 갇히고 말았다. 갑판 끝에 아슬아슬하게 누워 있던 나는 바다로 떨어질 것 같아 긴장했다. 몸을 빼내려 움직이다가 메인마스트의 고르지 않은 단면에 긁혀 배에 상처가 났다. 숨을 쉴 수 없을 만큼 무거웠다. 뭘 어떻게 해야 좋을지 방법이 떠오르지 않았다. 계속 그 상태로 있을 수만은 없었다. 벗어나야 했다. 하늘을 마주한 채로 숨을 헐떡이며 거대한 알루미늄 기둥을 들어올리기 위해 마지막으로 있는 힘을 짜냈다.

"하느님, 제발 도와주세요. 화내고 신경질 부려 미안해요. 도저히 받아들일 수 없어서 그랬어요. 좀 더 착하게 살게요. 그러니까. 우선 이것부터 치우고요, 하나, 둘, 셋!"

숨을 들이마셔서 배를 홀쭉하게 만든 뒤, 팔과 다리에 힘을 주어 밀면서 온몸으로 안간힘을 썼다. 알루미늄 기둥이 굴러 떨어지는 힘에 딸려가듯 물속으로 빠지기 직전 토레일(갑판 제일 끝에 두른 문지방 높이의 얕은 난간)을 잡고 버텼다.

가쁜 숨을 쉬며 따뜻한 갑판 위에 몸을 뉘였다. 내가 얼마나 더 버틸 수 있을까? 마스트 기둥이 내 쪽으로 떨어질 수 있다는 것도 생각하지 못했다. 난 도대체 왜 이럴까? 내 이성도 바다

갑판에서 메인마스트 나침함이 떨어져 나간 모습

에 빠진 것 같았다.

숨을 가다듬으며 눈을 감자 리처드의 모습이 나타났다. 그가
달콤한 목소리로 나를 불렀다.

"안녕, 선샤인."

손을 뻗어 그의 뺨을 어루만졌다. 리처드가 빙긋 웃었다. 그
의 목을 감싸고 내 쪽으로 끌어당겼다. 그와 입맞춤을 나누고 있
다고 생각했지만 내 손이었다. 눈이 번쩍 뜨였다. 다시금 악몽이
시작되었다. 누운 채로 흐느껴 울었다. 내가 당신을 얼마나 그리

위하는지 당신이 알까? 제발 1분만이라도, 딱 1분만이라도 와줄 수 없을까? 마얄루가의 선장실에서 함께 해도를 읽어가던 그때로 돌아갈 수는 없을까? 다시 한 번 그를 위해 맛있는 요리를 만들고 싶었다. 치킨 앤칠라다와 고기를 넣지 않은 칠리 소스를 리처드가 얼마나 좋아했는데. 그를 위해 상그리아에 들어갈 과일과 살사에 넣을 채소를 몇 시간이고 손질하고 다질 수만 있다면. 맛있는 요리를 먹으며 행복해하던 그의 모습을, 내일이 없는 것처럼 그 순간 충실하게 요리를 먹는 모습을 다시 한 번 보고 싶었다.

"리처드, 정말 내일이 오지 않을 수도 있다는 사실을 알고 있었어?"

자칫 바다에 빠져 죽을 뻔한 것보다 리처드를 그리워하며 내 손에 키스했다는 사실이 더 충격이었다. 오렌지빛으로 빛나는 태양이 보름달처럼 둥글게 떠 있는 것을 보니, 과거 리처드와 뱃머리 난간에서 보름달을 향해 다이빙하던 때가 떠올랐다.

"나를 달나라로 데려다주오."

공중에 몸이 뜬 상태로 나는 외쳤다. 그도 다이빙을 하며 소리쳤다.

"달나라로 데려다주오."

마얄루가 응접실에 앉아 잔잔한 랜턴 불빛 아래서 리처드가 물었다.

"우리 제일 먼저 어디로 갈까?"

내가 만약 달로 가자고 대답했다면 그는 아직 내 곁에 있었을 지도 모른다. 하지만 그는 세계 곳곳을 다니고 싶다고 했다.

"그럼 다 가보자."

나는 대답했다.

진정한 사랑에 대해 그간 내가 듣고 읽었던 모든 이야기가, 영화 속에서 봤던 모든 영상이 눈앞에 스쳐 지나갔다. 리처드는 빛나는 갑옷을 입은 나만의 기사, 내 왕자님, 내 영웅, 바로 그 '운명의 남자'였다. 그는 자신감이 넘치고 강한 남자였다. 고집스러운 모습마저도 좋았다. 자신이 무엇을 원하는지 알고, 어떻게 해서든 원하는 바를 쟁취하는 것이 좋았다. 힘든 노동도 두려워하지 않았다. 자신이 목적한 바를 이루기 위해 마땅히 노력해야 한다고 생각하는 사람이었다. 나를 깊이 신뢰했고, 다른 남자들이 내게 치근댈 때도 자제력을 잃지 않았다. 배를 타고 조선소에서 일한 내가 남자들과 유독 잘 어울린다는 것도 알고 있었다. 보통 여자들과는 달리 나는 남자들의 거친 언행이나 몸짓을 위협적으로 받아들이지 않았다. 나는 남자들의 요구를 무조건 들어주는 편도 아니었다. 어떤 일을 시켜도 내가 싫다면 하지 않았다. 리처드는 그런 내 성격을 좋아했다. 강하고 의존적이지 않은 모습을 좋아했다. 나 역시도 원한다면 누구보다 여성적이고 섹시해질 수 있었지만, 늘 현재의 상황에 집중하는 것이 내겐 더욱 중요했고, 눈앞의 상황에서 필요한 것이 윈치를 돌려 지브세일을 조종하는 일이라면 하늘에 맹세코 겨드랑이에 땀이 흐를 때까지 윈치를 돌리며 어떻게든 맡은 일을 완수했다. 로맨틱한 상황이라면 역시 푹 빠져들 줄도 알았다. 나는 빨간색 불빛은 좌측을, 초록색 불빛은 우측을 의미하고, 빨간 불이 정지를 초록 불이 전진을 의미한다는 것을 배우고 싶어 하는 성격이었다. 여자로서의 매력을 발휘하는 것도 좋았지만 남자들처럼 일하는 것도 즐겼고, 무엇보다 섬세한 남자를 사랑하는 것이 좋았다. 정말 좋았다…….

샌디에이고만 부두에서 리처드와 함께 마알루가에 앉아 보냈던 그 수많은 밤은 너무도 아름다웠다. 어디를 갈 것인지, 도착해서 무엇을 할지 몇 시간이고 대화를 나누었다. 그는 수많은 섬과 환초섬을 이야기하며 신이 난 내 모습을 사랑스럽게 바라봤다. 나는 그에게 들어본 적은 있지만 아직 가보지 못한 장소를 말했다. 리처드는 그곳에 모두 가보자고 약속했다. 미국과 달리 평온한 프랑스령 폴리네시아에 대한 이야기, 그리고 그곳의 수많은 환초섬마다 각각의 고유한 문화가 있다고 그에게 설명해주었다.

리처드는 직접 보고 싶다고 말했다.

"빨리 당신과 그곳에 가보고 싶다."

그의 목에 두 팔을 감고 조금씩 다가가며 그에게 맹세했다.

"어디든 갈게, 리처드. 당신과 함께라면 어디든."

그렇게 키스를 나누고 나는 〈플라이 투 더 문Fly Me to the Moon〉을 불렀다. 우리는 웃고 또 웃었다. 그러다 걸치고 있던 옷을 모두 벗어 던지고, 달을 향해 높이 뛰어올라 바다로 다이빙했다.

10.
천국의 기분, 라 카스카드

하자나에서 떨어질 뻔한 충격적인 사건 이후 혹시 모를 상황을 대비에 선미 쪽에 약 2센티미터 두께의 로프를 매달아두기로 결정했다. 하자나의 속력은 겨우 1, 2노트 정도였지만, 그래도 지금 체력으로는 바다에 떨어진 후 수영으로 배를 따라잡을 수는 없었다. 바다로 추락한다면 적어도 로프를 잡고 버텨볼 수 있을 것이다. 지난 며칠간 외로움과 고통을 견디며 버텼는데, 바다에 빠져 죽는다니 생각만으로도 끔찍했다.

뒤를 바라보니 선미에 단단히 묶여 있는 로프는 보였지만 바다 저 아래까지 잘 매달려 있는지는 확인할 수 없었다. 그럼에도

하자나 뒤에 약 7미터 길이의 로프가 딸려 있다는 생각만으로도
크게 안심이 되었다.

* * *

매일이 비슷하게 흘러갔다. 굼벵이 속도로 항해했지만 해도상
위치선을 확인할 때마다 조금씩 진전이 있었고, 지금처럼만 아
낀다면 물과 식량도 충분했다.

정어리는 내가 가장 좋아하는 음식이었다. 납작한 타원형으로
특이한 모양의 캔은 상표가 떨어져 있어도 한눈에 알아볼 수 있
다. 염분이 높아 먹을 때마다 물을 찾게 되는 터라 먹어선 안 된
다는 것을 알지만 한 번씩 상관하지 않고 먹었다. 정말 너무 먹
고 싶었다. 참다 참다 더 이상 참을 수 없을 때 오프너로 캔을 열
어 오일이 흠뻑 스며 나오는 것을 눈으로 즐겼다. 손가락으로 끈
적끈적한 작은 생선을 집어 마음껏 음미했다. 한 시간에 걸쳐 통
조림 반만 먹고는 나머지는 나중을 위해 아껴두었다.

우현으로 바람을 받으며 북위 19도를 따라 느릿하게 나아갔
다. 바람이 변하고 있어 지금보다 위도가 높아지면 안 될 것 같
았다. 위도 1도 간 거리는 약 96킬로미터였으므로 그 거리만큼

바람이 약해질 수도, 예측하기 어려울 수도, 심지어 완전히 사라질 수도 있었다. 북위 18도였을 때 바람은 한결 안정적이었다.

선장실로 가 훼손되지 않은 항해 가이드 책을 몇 권 챙겨 갑판으로 올라왔다. 현재 내가 처한 상황을 제대로 파악할 방법을 찾기 위해 책을 들여다봤다.

북적도 해류를 활용해 최대한 서쪽으로 이동하기로 결정했다. 해류의 힘이 하자나의 선체를 밀어줄 테니 불안정한 바람에 의지하는 것보다 해류를 타는 것이 속도를 높이는 데 더욱 적합했다. 북적도 해류는 북위 10도에서 20도 사이에서 흐른다. 손목시계도 찾았고, 위도도 계산할 수 있는 만큼 북위 18도를 유지하며 항해하다가 하와이에 가까워졌을 때 북서쪽으로 올라가는 것이 좋겠다는 판단이었다. 또한 선박이 다니는 주요 항로와도 가까운 터라 조명탄을 터뜨려 구조될 확률도 높았다.

해가 저무는 모습을 보며 가능한 잠을 자지 않고 버티겠다고 다짐했다. 혹시나 다른 배가 보인다면 밤에 조명탄을 터뜨려야 눈에 잘 띌 테니까.

별이 가득한 밤하늘 아래서 위도에 따라 밤하늘 풍경이 달라지는 모습을 감상했다. 남십자성을 볼 수도 있겠다는 기대에 이어 추억이 하나 떠올랐다. 아주 긴 밤이 될 테니 나는 편안하게 누워 추억을 더듬었다.

"물에서 누가 오래 떠 있나 시합했던 거 기억나, 리처드? 워낙 호리호리한 체형이라 당신은 물개처럼 가볍게 떠 있었잖아."

"한 시간은 버텨야 해, 태미. 한 시간은 어떻게든 버텨야 해."

당신이 내게 항상 하던 말이었는데. 말도 안 되는 소리라고 생각했어.

"한 시간이라고? 한 시간 동안 떠 있는 사람이 어디 있어."

내가 투덜댔잖아. 기억나? 그러자 당신이 그랬지.

"뱃사람이라면 한 시간은 떠 있을 줄 알아."

그래서 나도 어떻게든 성공했어. 우리 둘이 서로 머리가 닿았다, 발이 닿았다 하며, 가까이 있으려고 누운 채로 물장구를 치며 한 시간 동안 함께 있었어. 한 시간을 꼬박…… 그 한 시간을 다시 느낄 수 있다면. 또 한 번 당신과 함께 바다에 누워 있을 수 있다면. 파투히바의 라 카스카드 폭포 아래서 당신과 함께 물속을 유영할 수 있다면.

* * *

라 카스카드가 가깝지 않으리란 것은 알았지만 그렇게 먼 곳일 줄은 미처 몰랐다. 두 시간가량 하이킹을 했다. 산등성이를 따라 이리저리 굽이치는 거칠고 험난한 길이었지만 이내 서쪽으로 난 바다를 향해 평평한 길이 나왔다. 얼마 지나지 않아 길이 좁아졌고, 60미터 아래에서는 파도가 바위에 거칠게 부딪히며 물보라가 일었다. 밑을 내려다볼 수가 없었다. 머리가 아찔해졌다. 길이 끊어져 있기까지 했다. 리처드가 앞장섰다. 나는 그를 바라보며 조용히 기도했다. 절벽에서 튀어나온 바위 턱은 겨우 한 발만 올릴 수 있을 정도로 폭이 좁았다. 리처드는 왼손을 뻗어 바위의 돌출 부분을 잡고 왼발을 바위 턱에 올렸다. 그 순간 발이 미끄러지며 화산암과 먼지가 아래 바다로 떨어졌다. 나는 헉하고 숨을 들이마셨다. 다행히 손으로 바위를 잡고 있고 오른발로 지탱하고 있어 무사했다. 그는 왼발꿈치로 바위 턱을 툭툭 차 발 디딜 곳을 찾았다.

"이제 괜찮아, 태미."

리처드는 별것 아닌 듯 말했다. 그는 몸의 반동을 이용해 오른발을 크게 벌려 건너편 뾰족하게 솟은 땅을 디뎠다.

"자, 별거 아니잖아."

그가 나를 바라봤다.

"글쎄……."

나는 눈을 피한 채 중얼거렸다.

"팔을 쭉 뻗어 뛰면 내가 손목을 잡을게. 약속할게."

"아니…… 그래도……."

"할 수 있어. 여기까지 왔는데 어떻게 포기해."

"나 높은 데 정말 싫은데."

우는 소리를 했다.

"마스트도 겁 없이 올라가면서."

"그건 다르지. 안전줄을 착용하고 올라가잖아."

"생각보다 안 무서워."

그가 다독이듯 말했다.

"알겠어, 알았다고. 준비 잘 하고 있어."

"응, 걱정 마."

그가 했던 대로 돌출 부분을 손으로 잡고 바위 턱에 다리를 의지한 뒤, 몸을 돌려 뛰자 그가 내 팔목을 잡아당겼다.

"그, 그래도, 할 만했어."

나는 말을 더듬었다.

"역시 대단한 여자야."

리처드가 활짝 미소 지었다.

다시 등산이 시작되었고, 숨이 차 자주 걸음을 멈추었다. 종아

리와 허벅지가 뻐근해졌다. 라 카스카드 쪽을 바라보니 말을 잃게 만드는 풍경이 펼쳐졌다. 거대한 폭포가 웅장한 소리와 함께 힘차게 떨어지며 남색 저수지에 파란을 일으켰다. 반짝이는 수증기가 나뭇잎에 이슬로 맺혔다가 자신이 태어난 곳인 저수지로 돌아갔다. 판다누스, 미모사, 꾸지나무, 아이토, 하아리, 누이(폴리네시아 지역에서 자라는 나무 - 옮긴이)의 거대한 잎이 폭포가 일으키는 바람에 흔들리며 바스락거렸다. 프랜지파니, 시계꽃, 극락조가 수풀에서 빛나며 아름다운 향을 퍼뜨렸다. 폭포의 산들바람에 넝쿨식물 잎사귀들은 우리에게 손짓하듯 이리저리 움직였다. 이렇듯 넋을 잃게 만드는 풍경은 처음이었다.

잔잔한 저수지에 얇은 파문이 일었다. 수중 회오리였을까? 궁금해졌다. 못 한가운데 크고 평평한 바위가 햇볕을 쬐고 있었다.

우리는 바위로 점프했다. 리처드의 손을 잡고 못 주변을 따라 조심스럽게 걸음을 옮긴 후 평평한 잔디밭에 도착했다. 피크닉하기에 최적의 장소였다. 수면이 다시 한 번 일렁였다.

"리처드, 뱀장어야."

나는 꽥 소리를 지르고는 당장이라도 청량한 푸른빛 물속으로 다이빙하려 드는 리처드를 바라봤다. 가방과 반바지를 이미 못 한쪽에 던져 놓았다. 뱀장어의 빛나는 몸체가 볕에 반짝였다.

뱀장어가 내 몸을 스쳤다가 민첩하게 사라지고 어쩌면 발가락을 깨물지도 모른다고 생각하니, 우웩, 소름이 끼쳤다.

리처드는 물속에서 반쯤 몸을 내밀고 근육질의 구리빛 가슴을 치며 타잔 소리를 냈다.

"얼른 들어와, 태미. 물이 정말 깨끗해."

"리처드, 뱀장어가 있다니까!"

"별것 아냐. 태미보다 오히려 얘네들이 더 겁먹었을 거야. 날 믿고 얼른 들어와……."

"절대 안 할 거야."

나는 가방을 내려놓고 수건을 꺼냈다.

리처드는 못 이곳저곳을 누비며 신나게 수영을 했다. 나는 햇볕이 잘 드는 곳에 수건을 깔고 앉아 높은 절벽에서 떨어지는 폭포를 감상했다.

얼마 지나지 않아 가슴과 겨드랑이에 땀이 고이기 시작했다. 상당히 더운 날씨였다. 언뜻 보니 뱀장어는 리처드를 별로 신경 쓰지 않는 것 같았다. 에이, 모르겠다. 파레오를 벗어 동그랗게 말아둔 후 물속으로 뛰어들었다.

차가운 물이 볕에 그을린 몸의 열을 식혀주었다. 염분이 있는 바닷물과는 달리 깨끗하고 맑았다. 물속에서 고개를 내민 채 숨을 몰아쉬었다. 온몸에 활기가 돌았다. 팔을 넓게 벌리고 자유롭게 발차기를 하며 수영을 즐겼다. 아무런 걱정도 근심도 없이 물에 누워 우거진 나뭇잎 사이로 비치는 하늘을 바라보았다. 아, 여기가 천국이 아니라면 도대체 어디가 천국일까. 리처드도 내 곁으로 와 누웠다. 내 다리는 이쪽으로, 리처드의 다리는 저쪽으로 움직이는 와중에 서로 뺨을 맞대고 누워 물 위에서 표류하고 있었다.

"자, 이제 탐험을 시작할까."

그가 말했다. 우리는 헤엄을 치며 폭포 근처로 가까이 다가가 폭포 물을 맞았다. 숨을 크게 들이마시고 폭포 아래로 잠수했다. 눈을 뜨려고 했지만 생각처럼 안됐다. 둘이 함께 숨을 헐떡이며 물 밖으로 고개를 내밀었다.

"여기 좀 봐봐."

리처드가 폭포의 중심에서 벗어나 약하게 떨어지는 작은 폭포로 나를 이끌며 말했다.

"여기 잠깐 앉아서 폭포 마사지를 받자."

떨어지는 물 아래에 자리를 잡고 앉아 물줄기에 뭉친 근육을 내맡겼다. 피로가 풀릴 즈음 리처드의 목소리가 가장 약하게 떨어지는 폭포 뒤편에서 울렸다.

"태미, 이쪽으로 와봐."

하얀 장막을 지나 그에게 다가갔다. 나를 당겨 자신의 무릎에 앉히고는 내 손바닥, 어깨, 목에 차례대로 입을 맞췄다. 몸과 영혼이 하나가 되었다. 세차게 떨어지는 폭포처럼 뜨겁게 사랑을 나눴다. 요동치던 심장이 가라앉을 때까지 서로의 품 안에서 오래도록 머물렀다. 리처드의 배에서 갑자기 꼬르륵 소리가 났다. 웃음이 터졌다. 나는 놀리듯 물었다.

"배고파, 리처드?"

"그런 것 같은데."

"성대한 만찬이 준비되어 있어, 원시인. 풀밭으로 돌아가자. 내가 차려줄게."

리처드가 양팔로 나를 번쩍 안고 물보라 치는 장막을 지났다.

"내 여자를 집으로 데려가는 원시인이라고. 태미, 넌 내 여자야. 전부 다 내 꺼."

리처드는 또 한 번 풀숲을 향해 정글 속 타잔 소리를 냈다.

"난 정말 행운아야."

그의 입술에 가볍게 입을 맞추고 그의 어깨에 고개를 기댔다. 리처드가 갑자기 나를 물속으로 빠뜨렸다.

"늦게 먹는 사람은 바보!"

나도 모르게 어릴 적 장난이 튀어나왔다. 정신없이 발차기를 하며 잔디밭으로 헤엄쳤다. 숨을 헐떡이며 수건으로 몸을 감쌌다. 리처드가 나를 안았고, 나는 리처드의 품 안에서 키득거렸다. 그는 내게 진하게 키스했다.

"널 얼마나 사랑하는지 모를 거야."

그가 내 귀에 속삭였다.

약속대로 프랑스 빵과 치즈, 닭간 파테 통조림과 파파야로 만찬을 차렸다.

"맥주는 판다누스나무 아래 그늘에 있어."

몇 발자국 떨어진 바다 쪽을 가리켰다. 우리는 편안한 침묵 속에서 경이로운 자연을 감상하며 음식을 나눴다. 또 한 번, 아니 이번에는 더욱 확신했다. 이곳이 천국이라는 것을.

졸음이 밀려와 그늘진 곳에 수건을 펼쳤다. 리처드의 탄탄한 몸에 등을 기대고 잠에 빠져들었다. 얼마나 지났을까, 리처드가 귀를 간지럽히며 속삭였다.

"미안하지만, 이제 갈 시간이야."

짐을 모두 챙긴 뒤, 나무 위에서 우리를 지켜보던 검은제비갈매기의 먹이로 빵을 남겨두었다.

"영원히 이곳을 잊지 못할 것 같아."

떠나기 전 마지막으로 돌아보며 내가 말했다.

"나도, 나도 못 잊을 거야, 태미."

마을로 돌아온 우리는 해가 지기 시작할 즈음 소형 보트를 타고 마얄루가로 향했다. 바다가 구릿빛으로 반짝였다. 따뜻한 바람에 흔들리는 종려나무 잎들 사이로 막 떠오르기 시작하는 별이 모습을 감췄다 드러냈다. 해변가에 불이 피어올랐고, 사람들은 땔감으로 쓸 나무를 모으느라 바삐 움직이고 있었다. 리처드가 물었다.

"사자자리가 위풍당당해 보이지 않아?"

"어떤 별자리가 사자자리야?"

나는 사자가 포효하듯 입을 크게 벌리며 장난을 쳤다.

"북두칠성 바로 아래. 물음표가 뒤집어진 모양이야. 오늘 사자자리가 된 것 같은 기분인데."

"밀림의 왕 아니면 뒤집어진 물음표? 어느 쪽이야?"

"당연히 밀림의 왕이지."

리처드는 웃으며 답했다.

"저 아름다운 밤하늘 좀 봐. 별이 수놓인 거대한 캔버스 같다. 서로를 돋보이게 해주는 저 별들은 저마다 신화 같은 이야기를 품고 있어. 태미, 당신 눈에는 어떤 별자리가 가장 잘 보여?"

"남십자성."

"맞아. 그런데 저 단순한 십자가 모양이 당신에게는 어떤 느낌이야?"

그가 물었다.

"글쎄, 별로 생각 안 해봤는데. 저게 보이면 남반구에 있구나 하는 생각. 당신에겐 어떤 의미인데?"

"어렸을 때 영국 하늘에서 보던 별자리에서 멀리 떠나왔구나, 싶어. 한 번씩 깨닫게 돼. 저 별 끝이 가리키는 방향 보여?"

"응."

"그곳이 남극이야. 북극성처럼 남극성이 없다니 안타깝지."

리처드가 깊이 한숨을 내쉬었다.

"남십자성이 반짝이는 하늘 아래 있다는 것도 기쁘지만, 무엇보다 당신이 내 곁에 함께 있어서 축복받은 기분이야. 운명이야, 태미. 당신을 만나기 위해 지구의 반을 항해해 온 거야.

리처드가 왼손을 뻗어 내게 내밀었다. 나는 그의 손을 맞잡았다. 따뜻하고 강한 손이었다. 그의 옆모습을 바라보다 두 눈이 젖어드는 것을 발견했다. 그를 잡은 손에 힘을 주어 다시금 애정 어린 눈길이 나를 향하게 하고 싶었지만, 지금 내가 보고 있는 것은 사랑하는 남자의 연약한 영혼임을 깨달았다. 그는 밤하늘로 시선을 돌려 생각에 잠겼다. 내가 침범해서는 안 되는 영역이었다.

조종석에서 손을 맞잡은 채 앉아 있었다. 그를 따라 하늘에 펼쳐진 무대를 바라보니 엄마가 자주 했던 말이 떠올랐다.

"하늘에 신이 계시나니, 세상은 평안하리라."

영원히 기억에 남을 것 같은 밤이었다.

리처드가 왼손을 들어 달을 가리켰다.

"달이 차오르고 있어."

"어떻게 알아?"

"내 왼손이 달의 왼쪽 꽉 찬 부분에 닿아 있는 거 보여?"

잡고 있던 그의 손을 놓고, 나도 왼손을 들어 달을 감쌌다.

"응."

"그럼 차오르고 있다는 뜻이야. 만약 오른손으로 달의 동그랗게 찬 부분을 감싼다면 그건 달이 기운다는 거고."

"전혀 몰랐는걸."

"사실이야. 남아프리카에 살 때 나이 많은 선원에게서 배웠어. 보름달이 되기까지 일주일도 채 안 걸릴 것 같네. 보름달이 뜨는 날 투아모투제도에 도착하려면 되도록 빨리 출발해야겠어."

11.

히나노 맥주 한 모금과 시가 한 대라면

달을 올려다보며 차는지 기우는지 신경 쓸 여력이 없었다. 달도, 별도 없는 곳에 도착한다면 차라리 속이 편할 것 같았다. 당장 내일 어디든 도착하고 싶었다. 눈에 보이는 것이라고는 카펫처럼 깔린 바다와 커튼처럼 드리워진 하늘뿐인 광경이 지긋지긋했다.

하루 일과는 오롯이 세 번 태양을 관측하는 데 집중되었다. 바람이 좋은 밤이면 가능한 잠을 줄여 하자나를 몰았다. 타륜을 고정시킨 후 조종석 침낭 안에서 잠이 들고 아침 햇볕에 땀을 흠뻑 흘리면서 잠에서 깼다.

일어나 가장 먼저 하는 일은 수평선을 따라 360도를 관찰하는 것이었다. 바다와 하늘 외에는 아무것도, 정말 아무것도 없었다.

두 번째 할 일은 임시로 세워둔 돛이 망가지지 않았는지 살펴보는 것이었다. 러프가 팽팽히 고정되었는지 확인했다. 돛만이 내 유일한 동반자였다. 항상 그 자리에서, 내가 그토록 바라는 단단한 육지를 향해 느리게 배를 이끌고 가는 친구였다.

바람이 없을 때는 타륜을 고정시킨 후 선실로 내려갔다. 로그북에 이런 내용을 적었다.

피해망상에 시달리고 있다! 배는 조금도 움직이지 않는 것 같다. 어제와 같은 위치에 머물러 있다. 리처드가 보고 싶다. 이 악마의 장난 같은 시간이 언제쯤 끝날까?

악마, 사탄을 떠올리고 싶지 않았다. 이미 충분히 지옥이었으니까. 하지만 망상이 심해지고 있었다. 경계 어린 눈으로 주변을 살피고 불안에 몸을 떨었다. 팔을 감싸 내 몸을 그러안고 발작적인 떨림을 진정하려 애썼다. 악마가 가까이에서 나를 지켜보고 있었다…….

지옥을 만들어내는 건 너야.

목소리가 화난 듯 소리쳤다.

"내가 뭘 만들어!"

마음을 다잡아. 천국도 지옥도 네 생각에 달려 있어! 긍정적으로 생각해. 몸을 자꾸 움직여. 네 몸을 돌봐.

귀를 막고 싶었지만, 사실 내 마음의 소리보다 목소리가 하는 말을 더욱 믿고 싶었다. 손으로 이마에 맺힌 땀을 닦다 손에 묻은 염분이 상처에 닿아 움찔했다. 번쩍 정신이 들었다. 자리에서 일어나 화장실로 가서 상처를 소독했다. 밴드가 더러워져서 해야만 했다. 감염이 되는 것만은 피하고 싶었다.

선실 바닥에는 여전히 잔해가 가득했다. 뜯겨 나간 바닥 마룻장이 선실 여기저기 널브러져 있었다. 마룻장을 원래 자리에 찾아 맞추는 것보다 바닥 골조를 따라 걷는 게 훨씬 편했다. 바닥에 쏟아진 콩에서는 싹이 나기 시작했고 오트밀은 곰팡이가 심해졌다. 녹슨 통조림이 터져 악취를 풍길 때면 바다에 던져버리기도 했다. 냄새를 견딜 수도 없거니와 갑판에 서서 바다에 던질 때마다 묘한 자신감도 차올랐다.

그렇게 버텼지만 돼지우리 같은 곳에서 생활하는 끔찍한 현실이 감당할 수 없을 만큼 힘들었다. 오물과 악취를 견딜 수 없었다. 목소리가 조심스럽게 상황을 중재하려 했다.

너무 더럽네.

"나도 알아."

청소를 계속해야 할 것 같은데.

"그럴 기분이 아냐. 토할 것 같다고."

청소를 마치면 괜찮아질 텐데.

"그럼 네가 하든가."

네 할 일이잖아.

"이 배의 책임자로서 말하는데, 이건 내 일이 아냐!"

나는 도도하게 말했다.

목소리와 나, 누구의 말이 옳은지 잠시 생각했다.

사실 옳고 그름의 문제가 아니었다. 양동이에 바닷물을 담아 바닥을 닦기 시작했다. 바닥 청소가 지겨워질 즈음이면 굴러다니는 통조림을 주방에 정리했다. 깨진 유리잔 때문에 다시 부아가 치밀었다. 애초에 배에 유리잔을 이렇게 많이 실어서는 안 되었다.

청소를 하는 내내 바람을 빼서 둥글게 말아놓은 주황색 소형 고무보트가 발에 채여 거슬렸다. 무게가 수십 킬로그램이었지만 그래도 내 할 일을 해야 했다. 있는 힘을 다해 보트를 끌고 선실 내부를 지나 조수석 쪽으로 올렸다. 갑판으로 올라가 보트를 선미로 끌고 간 뒤 좌측 난간에 묶었다.

다시 선실로 내려온 나는 우연치 않게 핸드와 바디용 로션을 찾았다. 배의 주인인 크리스틴이 세 개나 챙겨놓은 것을 보면 분명 좋은 로션일 터였다. 크리스틴은 무척 아름다운 여성이었다. 아름다움, 오랫동안 잊고 지낸 말이었다.

화장실 거울 앞으로 다가가 그 안에 비치는 내 모습을 바라봤다. 햇볕에 그을린 피부였음에도 창백해 보였다. 야윈 얼굴에 눈 아래가 불룩하게 올라왔고, 입 모양이 아래로 쳐졌다. 이마에 붙인 밴드는 그새 더러워졌고, 알록달록한 반다나만 화려한 왕관처럼 머리 위에 있었다. 파멸의 여왕 같네. 로션 뚜껑을 열어 코에 가져다 대었다. 꽃향기가 살짝 더해진 시트러스 향이 상쾌하고 산뜻했다. 손바닥에 로션을 짠 후 한쪽 뺨에 문질렀다. 차가운 로션에 마음이 진정되는 기분이었다. 반대편 뺨에도 로션을 올려 눈과 코, 턱까지 부드럽게 펴 발랐다. 다친 이마에는 닿지 않게 조심했다.

거울을 보며 웃어보려 했지만 하얗게 부르튼 입술에 균열이 갔다. 입술 위에도 로션을 발랐지만 별 도움은 안됐다. 기괴한 내 얼굴이 스스로도 무섭게 느껴질 정도였다. 거울 속에 비치는 인간의 내면에 자리한 두려움을 모른 척하고 싶었다. 내 나름의 방편이었다. 동요하기 시작하면 끝도 없는 나락으로 떨어질 것 같았다.

거울 속 안쓰러운 얼굴을 뒤로한 채 응접실 소파에 앉아 팔에 로션을 발랐다. 로션의 선뜻한 기운에 닭살이 돋았지만, 향긋한 크림은 닿자마자 금세 사라졌다. 건조했던 피부가 로션을 정신없이 흡수했다. 발가락 사이, 목 뒤, 겨드랑이까지 오랜 시간을 들여 온몸 구석수석 발랐다. 아무리 덧발라도 부족했다. 로션 한 통을 모두 비우고 나서야 끝낼 수 있었다.

뚜껑을 닫은 후 선실을 둘러보았다. 도대체 이 난장판 속에서 뭘 하고 있었지.

여전히 악취가 풍기잖아. 청소를 마저 해야지.

한숨을 푹 내쉬고는 바닥에 떨어진 악천후용 바지를 옷걸이에 걸어두려 로커를 열었다. 온갖 잡동사니가 쌓여 있는 로커 안에 제법 무게가 나가는 금속 물체가 수건에 둘둘 말려 있었다. 수건을 끝을 살짝 풀자 라이플총의 총신이 보였다.

"엄마야."

대충 수건을 감아 바지와 함께 로커에 밀어 넣고는 문을 쾅 닫았다.

무릎을 꿇고 앉아 소파 아래를 청소하기 시작했다. 깊이 손을 뻗자 차가운 무언가에 닿았고, 화들짝 놀라 손을 뺐다. 손이 훑었던 구석으로 플래시를 비췄다. 길쭉한 금속 통이 보였다. 쭉 뻗은 손으로 통을 옆으로 밀어 꺼냈다. 시가였다! 도대체 배 안에 시가가 왜 있는 걸까? 하자나 주인인 피터가 시가를 피우는 줄 몰랐다. 어쩌면 물물교환용으로 보관해두었을지도. 밀봉 스티커를 떼고 뚜껑을 열었다. 시가 향이 좋았다. 예전에는 담배도 시가도 끔찍하게 싫어했지만, 요즘은 이런 것들로부터 인간의 흔적을 느꼈다. 진짜 세상에 속해 있다는 기분이 들었다.

소파 아래로 깊이 손을 뻗자 비스킷 통이 나왔다.

"음……."

먹고 싶어져 스스로도 놀랐다. 식욕이 돌아오는 모양이었다. 뚜껑을 열어 쿠키 하나를 한 입씩 천천히 음미하며 먹었다.

"이 보물창고 안에는 또 뭐가 있으려나?"

옆쪽으로 돌아 손을 넣었다. 손끝에 종이 상자가 닿았다. 팔을 최대한으로 뻗고 손가락 끝을 무거운 박스에 걸어 간신히 소파 틈으로 꺼냈다. 뜯어보니 히나노 맥주 케이스가 보였다. 리처드와 내가 가장 좋아하는 맥주였다.

"이거 다 끝낼 수 있을 것 같은데. 다 마시면 급성 알코올중독으로 죽을지도 몰라."

허공에 대고 혼잣말을 했다.

왜 그러고 싶은데?

"다시는 경험하지 못할 추억을 되새기는 일 따위 그만할 수 있는 거지."

좋은 추억을 쌓았던 게 후회스러워?

"다른 무엇과도 바꿀 수 없는 소중한 추억이야."

그렇다면 마음껏 떠올리고 추억해.

목소리가 증오스러울 때도 있었다. 기회가 있을 때마다 완벽한 이성으로 나를 공격했다. 내가 처한 고통에 일말의 동정심도 보이지 않았다. 주방에서 맥주 한 병과 시가, 오프너, 방수 성냥을 챙겨 갑판으로 올라갔다. 바람은 없고 해는 지고 있었다. 봄에 앉아 영화에서 봤던 것처럼 시가 끝을 씹어 바다에 뱉었다. 앞니로 시가를 물고 성냥불을 갖다 댔다. 조금씩 빨아들이며 기침을 한 끝에 결국 불을 붙였다. 오프너로 연 맥주 뚜껑이 공중으로 날아가는 모습을 지켜봤다. 미지근한 맥주였지만 꿀맛이었다. 왕좌에 앉은 투탕카멘처럼 여유롭게 앉아 또 하루가 저무는 모습을 바라봤다.

수평선 가까이에 붉게 빛나고 있는 것이 남쪽 물고기자리의 눈, 포말하우트일까? 포말하우트는 고대 천문학에서 하늘의 수호자로 믿었던 네 개의 황제별 중 하나였다. 가장 밝게 빛나는 별이니 포말하우트가 맞을 것이다. 얼마 후 물병을 받쳐 들고 있는 물병자리가 보였고, 물병에서 흘러내린 물이 남쪽 물고기자리로 흘러가고 있었다. 하늘이 완전히 어두워지자 천마 페가수스, 뱀머리 메두사의 피로 만들어진 페가수스가 전속력으로 달리며 하늘을 수놓았다. 신화에 따르면 영웅 페르세우스가 메두사를 죽인 것으로 나온다. 하늘을 계속 올려다보니 두루미자리 그루스와 도마뱀자리 라세르타도 보였다. 자세히 올려다보면 사라진 남자, 리처드도 보일까? 페가수스 몸통의 커다란 사각형 안에 리처드의 부드러운 얼굴을 그려 넣었다. 함께 붐에 걸터앉아 시가를 피우고 미지근한 히나노 맥주를 마실 수 있다면, 그럴 수만 있다면……

갑판 좌측에서 돛의 하단이 팽팽해지는 소리가 들렸다. 바람이 불고 있었다. 남은 맥주를 한입에 털어 넣고 시가를 끈 뒤, 붐에서 내려가 타륜을 고정시킨 줄을 풀고 항해를 시작했다. 적어도 밤에는 즐길 수 있는 별과 흠뻑 취할 수 있는 달이 함께였다.

12.
부비새, 민카, 검정지느러미상어

동이 트기 전, 단풍잎 모양의 구름이 조각달을 밀어냈다. 눈이 무척 피로했지만 여전히 바다였고, 하자나는 여전히 돛대 없이 항해 중이었고, 리처드는 여전히 없었다.

아침 관측을 마치고 갑판으로 돌아오니 부비새가 임시로 세워 둔 돛대 위에 앉아 있었다. 부비새는 돛대나 난간, 로프에 앉아 며칠이나 배를 쫓아오기로 유명한 터라 그리 놀라운 일은 아니었다. 76센티미터 정도의 몸 대부분이 하얀색이었다. 새의 반짝이는 눈과 눈 주변의 연한 파란색 피부에 시선을 뗄 수 없었다. 부리 주변의 털도 예쁜 파란색이었다. 일순간 새의 눈이 점차 커지더니 리처드의 눈처럼 보였다. 새의 연한 파란색 눈이 리처드의 선명한 파란색 눈으로, 그저 한 번의 시선으로 나를 옴짝달싹 못하게 만드는 그 눈으로 변했다. 이내 물갈퀴가 달린 호박색 커다란 발이 움직이자 마법이 풀렸고, 그저 나를 홀리기 위해 들이닥친 새 한 마리로 돌아와 있었다. 새는 배를 떠났다가 몇 시간 후 다시 돌아와 돛대 구조물 위에 앉았다. 꽥꽥거리다 한참을 졸다가 한껏 몸단장한 후에는 낚시를 하러 또 자리를 떠났다. 부비새는 사흘간 배에 머물렀지만, 새똥 냄새가 심해 나는 빨간 티셔츠를 묶은 노를 휘저어 내쫓았다. 새는 자꾸 배를 찾아왔고, 나는 새 뒤를 쫓았고, 똥만 싸지 않는다면 머물게 해주겠다고 사정도 했다. 결국 내게 지쳤는지 부비새는 사라졌다. 막상 떠나고 나니 파란색 눈과 배 안에 함께 머물던 생명이 그리워졌다.

* * *

10월 31일 할로윈이었다. 사고 난 지 19일이 지났다. 계속 부는 바람 덕분에 정오의 관측에 따르면 지난 24시간 동안 64킬로미터나 움직였다. 어린 시절 분장을 하고 친구들과 '트릭 오어 트리트'를 외치며 집집마다 방문했던 추억을 떠올렸다. 내가 무

175

척 아팠던 해였다. 일곱 살이었던 나를 위해 할아버지와 할머니는 플래퍼 의상(1920년대 자유분방한 여성 스타일로 머리띠와 H라인 원피스가 대표적이다 - 옮긴이)을 빌려왔다. 새틴 원피스에 붙은 술이 움직일 때마다 찰랑거리며 흔들렸고, 비즈가 달린 헤어밴드는 보석처럼 반짝여 내 마음에 꼭 들었다. 세 번째 집에 방문했을 때 몸에 이상이 느껴졌다. 아팠지만 집에 돌아가기 싫었다. 사탕을 세 개밖에 못 받았고, 예쁜 옷을 입은 모습을 많은 사람들에게 자랑하고 싶었다. 올해 세 살이 된 남동생은 무슨 옷을 입고 있었을까? 해적이나 카우보이겠지.

그간 먹는 것을 크게 중요하게 여기지 않았다. 하지만 그날 하자나에서의 저녁으로 내가 갇혀 있는 짓궂은 장난에 조금이나마 위로가 될 맛있는 음식을 선물하기로 했다. 통조림 햄을 꺼내 플럼 소스 반 통을 호기롭게 부었다. 플럼 소스는 그 난리 속에서도 깨지지 않아 더욱 선물 같았는데, 보통 때라면 한 끼에 다 비우지 않았을 것이었다. 피넛버터와 함께 크래커에 올려 먹으니 행복했다. 디저트로는 배 통조림을 먹으며 한껏 기분을 냈다. 이렇게 많은 음식을 한 번에 먹으면 탈이 나겠지만 도저히 멈출 수 없었다.

이제 그만 먹는 게 좋을 것 같은데. 식량을 잘 배분해서 버텨야 해. 더플백 가방 하나에 든 통조림이 다라고.

"잘됐어. 차라리 굶어 죽지 뭐."

그렇게 먹는다면 굶어 죽지는 않을걸.

"오늘 할로윈이야. 내게 주는 선물이라고. 내게 줄 선물이 있어? 아니면 또 다른 악몽을 몰래 준비하고 있는 거야?"

당신이야. 태미, 당신이 내 선물이야.

"하, 그렇군……."

* * *

11월 1일, 별생각 없이 쌍안경으로 바다를 관찰하고 있었다. 하루에 약 서른 번에서 백 번은 하는 짓이었다. 갑자기 수평선에 오렌지색 무언가가 있었다. 붉은색 깃발이 묶인 커다란 부표였다. 너울에 부표가 높이 떠오를 때만 볼 수 있었다.

"와, 저것 좀 봐."

리처드의 안전줄이 매여 있던 클리트에 대고 소리쳤다.

방향을 틀어 30분쯤 항해해 부표에 가까이 다가갔더니, 그제야 그물이 얽혀 있는 것이 보였다. 그물에 매달려 있다가 어선이 돌아올 때까지 기다려볼까? 만약 영영 안 오면 어떡하지? 결정을 내리기가 어려웠다.

마음을 가라앉힌 후 다시 살펴보자 버려진 그물이었다. 따개비와 해초로 뒤덮여 있었다. 그물을 걷으러 아무도 오지 않았던 것 같다. 항해를 계속해야 한다. 이미 금쪽같은 두 시간을 허비하고 말았다.

다음 날에는 무려 96킬로미터나 항해하는 성과를 올렸고, 그 다음 날에는 80킬로미터나 나아갔다. 북적도 해류를 타고 빠르게 나아가는 것이 분명했다. 직감을 따라 북위 18도로 항로를 변경한 내 자신이 자랑스러웠다. 하와이까지 약 950킬로미터 정도 남은 것 같았다. 겨우 950킬로미터 밖에 안 남았다니! 오롯이 혼자 굼벵이 같은 배를 이끌고 태평양을 무려 1,600킬로미터 넘게 항해했으니 950킬로미터는 '겨우'라고 말할 수준이었다. 육지까지 머지않았지만, 사실 여전히 멀고, 먼 길이었다.

나의 선장이 함께했다면 좋았을 텐데.

로그 북에 적었다.

이후 이틀 동안은 비가 왔고 바다가 거칠었다.

*　*　*

얼굴에 내리꽂히는 햇빛 때문에 눈이 부셔 잠에서 깼다. 일어
나 타륜을 고정시킨 줄을 풀고 배를 몰았다. 바람이 많아 돛이
부풀었다. 바다가 평온해졌고, 하자나는 더욱 속도를 높였다. 최
소 2노트의 속력으로 바다를 나아갔다. 조종석 벽에 베개 여러
개를 놓고 기대어 있으니 기분이 상쾌했다. 차가운 스테인리스
타륜에 발을 올리고 발가락으로 조종하는 것을 좋아했다. 몇 시
간 잠을 자고 나니 맑아진 정신과 함께 온갖 생각이 밀려들었다.

생명이란 무엇일까? 땅, 바다, 별, 사람, 동물은 어떻게 연결되
어 있을까? 우리는 모두 연결되어 있는 걸까? 나는 어렸을 때 키
우던 셰퍼드 민카와 교감했었다. 민카는 내 마음을 읽었다. 내가
슬프거나 우울할 때면 민카는 귀신같이 알아챘다. 민카가 부드
러운 머리를 내 무릎에 기대고 곁에 함께 있어주면 얼마나 좋을
까. 리처드와는 텔레파시가 통하듯 똑같은 생각을 할 때가 많았
다. 지금도 그는 나와 똑같은 생각을 하고 있을까? 내가 얼마나
그를 그리워하는지 느끼고 있을까? 리처드가 육지를 가리키는
순간 동시에 "섬의 입구다!"라고 소리치던 때가 그리웠다. 우리
는 같은 말을 동시에 내뱉을 때가 많았다.

***

"섬의 입구다!"

리처드와 동시에 외쳤다. 세계에서 가장 큰 환초섬이 모여 있는 투아모투제도에 오다니 흥분을 감출 수 없었다.

항해 지침서에는 18미터 너비의 라로이아섬 입구를 따라 해류가 거칠어지기 때문에 조심해야 한다고 적혀 있었다. 우리는 썰물 때를 기다렸다. 밀물과 썰물이 바뀌며 조류가 멈추자 우리는 입구로 진입해 작은 마을 앞에 마련된 모래사장에 배를 정박시켰다. 나흘간의 짐을 챙기는 동안 6미터쯤 되는 소형 보트 한 대가 다가왔다. 운전자는 능수능란하게 보트를 몰아 마얄루가 옆에 세우고는 엔진을 껐다. 본인을 레미라고 소개하며 그의 가족과 함께 점심 식사를 하자고 우리를 초대했다.

레미를 따라 작은 집에 도착하니 그의 가족들이 우리를 반겨주었다. 아내 루시와 딸 실비아, 딸의 약혼자인 키모를 차례대로 소개해주었다. 모래사장 위에 의자를 놓고 느긋하게 앉아 신선한 참치가 바비큐로 익어가는 향긋한 냄새를 음미했다.

갑자기 석호에서 검은 등지느러미가 솟았다. 나는 벌떡 일어나 한곳을 응시하다가, 리처드와 동시에 소리쳤다.

"상어다!"

레미는 웃으며 어깨를 으쓱했다. 그가 리처드에게 설명하기를 검정지느러미상어는 사람에게 호기심만 보일 뿐 달려들지 않기 때문에 현지인들은 크게 개의치 않는다고 했다. 하지만 혹시나 상어가 가까이 다가올 상황을 대비해 석호에서 수영할 때는 소형 보트를 가까이 준비해두라고 했다.

레미는 일요일에는 코프라, 즉 코코넛을 말리는 작업을 하지 않기 때문에 석호를 건너 자리한 콘티키섬을 보여주고 싶다고 제안했다.

다음 날 마얄루가 뒤에 레미의 보트를 연결해 출발했고, 이른 오후 콘티키섬에 도착했다. 리처드와 나는 모래사장이 가득한 작은 섬을 바라보며 경외감에 사로잡혔다. 그곳은 발사나무로 만든 뗏목, 그 유명한 콘티키Kon-Tiki호가 1947년 페루에서 출발해 101일간의 항해를 마치고 좌초된 장소였다.

마얄루가에 타고 있던 레미 가족은 보트로 바꿔 타고 해안가로 향했다. 우리는 소형 보트를 타고 노를 저어 그 뒤를 쫓았다. 해변에 도착했을 때 레미 가족은 캠프를 설치하는 데 한창이었다. 낚시를 나가던 키모가 해변에서 우리를 발견하고 리처드에게 따라오라는 손짓을 했다.

실비아와 나는 조개껍데기를 찾으러 다녔다. 산호모래 속을 파내던 중 주먹만 한 크기의 예쁜 고둥 껍데기를 주웠다. 나는 특이한 모양의 껍데기에 푹 빠졌다가 흘끗 나를 보는 반짝이는 검은 눈과 마주치고는 깜짝 놀라 뒤로 넘어졌다. 고작 몇 걸음 거리에 검정지느러미상어 두 마리가 있었다. 깊이 심호흡을 하며 상어들이 물 밖으로 뛰어나와 나를 공격하지 않을 거라고 마음을 진정시켰지만, 이렇게 조용히 사람에게 접근할 수 있다니 불안한 마음이 사라지지 않았다. 단순한 호기심이었겠지만 나는 다시는 물가 근처에서 조개껍데기를 찾지 않기로 결심했다!

다음 날 아침 루시와 오래 산책을 했다. 발목에 닿는 파도가 기분 좋았던 나는 조개를 찾느라 루시보다 뒤처져 걸었다. 그 순간 내 앞에서 물이 확 튀어 올랐고 순식간에 무언가 빠르게 움직였다. 루시가 긴 칼을 휘둘러 곰치의 대가리를 베었다.

"맙소사."

나는 놀라 꼼짝도 못했는데 루시는 당황하지 않고 계속 칼을 놀렸다. 곰치의 몸이 이리저리 꿈틀대다 죽는 모습을 지켜봤다. 이곳 사람들이 왜 항상 긴 칼을 지니는지 그제야 알았다. 나는 껍데기를 그만 줍고 루시의 옆에 꼭 붙어 다녔다. 루시가 달리 보였다. 어쩌면 루시에게도 텔레파시 능력이 있을지도 몰랐다.

13.
바닷속으로 들어갈 용기

타륜에서 발이 미끄러지며 쿵 하고 조종석 바닥에 발을 찧었다. 리처드에게 텔레파시를 보내기 위해 정신을 잔뜩 집중하고 있었다. 어쩌면 발을 찧은 것이 배 운전에 집중하라는 리처드의 대답인지도 몰랐다.

넌 너무 생각이 많아.

부드러운 목소리에 깜짝 놀랐다.

"그거 말고 달리 할 게 있어? 리처드에게 메시지를 보내는 중이었어."

무슨 말을 전하고 싶은데?

"리처드를 다시 볼 수만 있다면 다시 한 번 똑같은 상황에 빠진다 해도 기꺼이 선택할 거라고."

그도 마찬가지래.

타륜에 다시 발을 올려놓고 살짝 왼쪽으로 틀며, 리처드가 그렇게 바다에 빠져 죽다니 인간의 목숨이 너무 헛되다는 생각을 했다. 목소리가 내 생각을 방해했다.

네가 지금 빠져 있는 자기연민이야말로 헛된 짓이지. 리처드의 죽음이 헛되었다고 말할 권리는 없어. 신이 아닌 이상에야.

창피했지만 방어적인 대응이 나갔다.

"목소리, 알겠어. 다시는 사랑에 빠지지 않을게."

그거야말로 헛된 약속이지.

목소리의 농담에 웃고는 타륜을 돌렸다. 타륜의 움직임이 매끄럽지 않았다. 한 번씩 그랬다가 금방 괜찮아졌다. 배 아래에 있는 방향타에 이상이 생겼거나 무언가 엉켜 있을지도 모르니 무시할 수만은 없었다. 타륜을 움직일 때 일정한 팔 힘이 필요하기 때문에 조종이 힘들어지면 항로를 유지하는 것이 어려워진다. 타륜과 스티어링 케이블을 몇 번이나 확인했고 이상한 점은 없었다. 이제 방향타밖에 남지 않았지만, 확인하기 위해서는 바다로 뛰어들어 보트 아래로 잠수해 직접 보는 방법밖에 없었다.

상상만으로도 간담이 서늘해졌다. 잘못되면 누가 날 구해줄 수 있을까? 상어의 공격이라도 당한다면? 더 이상 생각조차 하고 싶지 않았다. 일단 지금은 모른 척하기로 했다.

밤하늘이 알 수 없는 모스부호를 보내며 깜빡였다. 별은 내게 용기의 메시지를 전해주었다. 유성은 소원을 빌라는 뜻이었다. 내 소원은 늘 같았다. 리처드가 살아있게 해주세요. 제발 누군가 그를 구해주세요. 그리고 보트 아래로 가볼 용기를 주세요. 동이 트기 전 이 시간은 내가 하루 중 가장 좋아하는 때였다. 태양이 잠을 깨고 별들이 하나둘씩 잠에 빠지는 광경은 황홀했다.

오늘 태양은 화가 맥스필드 패리시의 몽환적인 색채로 하늘을 물들였다. 마음이 편안해졌다. 오늘 신께서 기분이 좋으신가? 타륜을 단단히 묶어 고정시킨 후 선수로 향했다.

꽃무늬 파레오를 벗어 갑판에 깔고 나체로 양반다리를 하고 그 위에 앉았다. 손바닥을 위로 향하게 한 채 두 다리에 손을 편안히 걸치고 우주의 좋은 기운을 마음껏 흡수할 준비를 마쳤다. 파스텔색의 햇볕이 머리카락에, 눈에, 피부에, 팔과 다리에, 내 숨에, 영혼에 깃들었다. 코로 깊이 들이마신 숨을 입으로 후우 뱉었다. 잔잔한 아침 볕이 뼈 사이사이에 온기를 전해주는 것 같았다. 내 주위를 감싼 안온함에 빠져들었다. 그 순간만큼은 증오도, 바람도 사라졌다. 두려움도 느끼지 않았고, 고통도 경험하지 않았다. 파스텔빛 아침은 아름다운 음악이자, 찬송이자, 놀라운 은총 그 자체였다.

명상 덕분에 힘을 얻었다. 긍정적인 기운이 나를 감쌌고, 그렇게 되어야 할 일이었다면 어쩔 수 없다는 깨달음이 찾아왔다. 리처드의 시간은 끝났다. 어쩌면 백만 분의 일의 확률로 그가 살아 있을 수도 있다. 어쩌면 나와 함께 선실로 내려갔더라도 목숨을 잃었을 수도 있다. 오히려 그 편이 더 끔찍하지 않았을까? 단숨에 그의 마지막 숨을 앗아간 흉포한 파도와 달리 오랜 시간 고통받으며 죽어갈 수도 있었다.

인간에게 주어진 시간에 대해 깊이 생각했다. 신이 결정하는 것일까? 혹은 우리의 업보일까? 나는 지금껏 나쁜 짓을 하지 않았다. 누군가를 의도적으로 상처 입힌 적도 없다. 거짓말을 하거나 물건을 훔치지도 않았다. 내가 타인에게 대접받고 싶은 것처럼 상대방을 대해야 한다고 믿으며 살아왔다. 우리는 모두 동등하다. 이 사실에는 예외가 없다. 하지만 리처드도 훌륭한 사람이었다. 그렇다면 왜 나는 살아남은 걸까? 왜 내 시간도 함께 앗아가지 않은 걸까? 나는 무엇 때문에 살아있을까? 앞으로 어떻게 살아야 할까?

내 얼굴을 타고 가슴으로 흘러내린 눈물은 정화의 눈물이었다. 애도의 눈물이자 치유의 눈물이 떨어져 한 몸이 되었다. 나는 답을 찾을 수 없는 질문을 스스로에게 던지며 조금씩 치유되고 있었다. 저미는 슬픔을 삼키며 내 현실을 받아들이기 시작했고, 조금씩 길을 찾아가고 있었다.

성경에는 내 아버지의 집에 거할 곳이 많다는 구절이 나온다. 우리가 다시 생명을 얻게 된다는 뜻일까? 나는 그런 의미로 이해하고 싶었다. 리처드가 다시 태어나 또 한 번 삶을 얻길 바랐다. 그를 다시 만나 이야기를 나누고 다시금 사랑에 빠지고 싶었다. 그래서 나는 살아있는 것인지도 모른다. 다음번에 그를 만나면 달리 사랑할 방법을 깨우치기 위해서. 지금 당장 내가 할 수 있는 것은 살아남아 깨달음을 얻는 것밖에 없었다. 언젠가 내 시간도 끝나게 되겠지만 아직은 아니라는 것, 내가 가장 견디기 힘든 죄책감이었다.

크게 심호흡을 한 뒤 눈을 떠 태양을 바라봤다. 강렬한 빛은 내 눈을 멀게 했고 나를 하잘것없는 존재로 만들었다. 또 한 번 나는 위대한 창조주를 향해 고개를 숙였다.

"저를 지켜주세요. 당신의 바다는 너무도 광대하고 제 보트는 너무도 미약합니다. 아멘."

눈을 떠 청록빛 바다를 바라봤다. 평온하고 온화했다. 나를 향해 손짓하는 듯했다. 오늘은 보트 아래로 다이빙할 수 있을 것 같아. 에너지와 믿음으로 가득 찬 나는 자리에서 일어나 스트레칭을 했다. 하자나가 가능한 한 제자리에 머물도록 돛을 내린 뒤 바닥에 깔려 있던 화려한 파레오를 챙겨 조종석으로 이동했다. 좌석 보관함에서 로프 두 개와 다이빙 마스크를 챙겼다. 뭘 좀 먹어두는 게 좋을까?

아니야. 우선 물속에 들어갔다 나와서 먹는 게 좋겠어.

"후르츠칵테일 어때?"

음, 좋을 것 같아. 맛있겠다.

반다나를 벗어 좌석 보관함에 넣어두었다. 머리에 손을 올렸다가 생각을 바꿨다. 엉킨 머리카락을 지금 신경 쓰다간 괜히 집중력만 흐트러질 것 같았다. 우선 보트 아래로 가자, 스스로를 달랬다.

로프 두 개를 윈치에 걸어 하프 히치(무거운 물체를 강하게 끌어당길 때 쓰는 반 매듭법 - 옮긴이)로 두 번 묶었다. 그 뒤 로프 두 개를 보라인(매듭이 조여들지 않는 고정 매듭법으로 인명구조 때 자주 쓰인다 - 옮긴이)으로 허리에 묶었다. 예전에 혹시 모를 상황을 대비해 선미에 묶어둔 로프도 그대로였다.

옆 갑판에 서서 신에게 지켜달라고 기도를 올렸다. 크게 숨을 들이마시고 차렷 자세로 발부터 입수했다. 물이 차가웠지만 이상하리만치 상쾌했다. 바닷물에 닿은 상처, 특히나 이마의 상처가 쓰렸지만 소독 중이라고 생각했다. 마지막으로 샤워를 언제 했는지 기억도 나지 않았다. 사고 이후 해수로 몸을 씻거나 깨끗한 물에 수건을 적셔 닦는 게 다였는데, 바닷속에 몸을 푹 담그자 온몸 구석구석까지 깨끗이 씻기는 기분이었다. 내 몸이 물에 적응할 수 있도록 선헤엄을 치며 다이빙 마스크를 썼다. 리처드를 앗아간 난폭한 바다라는 생각을 지우려고 노력했다. 깊이 숨을 들이마시고 보트 아래로 잠수했다. 깨끗하고 맑은 물이었다. 150센티미터 정도의 마히마히 돌고래가 선체 주변을 맴돌고 있었다. 거대한 용골(선체의 중심선을 따라 선미에서 선수까지 선박 바닥의 중앙을 받치는 길고 큰 재목)과 왜소한 방향타가 자리한 보트의 밑바닥은 불길해 보였다. 호흡하기 위해 수면 위로 고개를 내밀면서 불안함과 두려움도 토해냈다.

깊이 들어가니 프로펠러가 보였다. 미즌마스트를 고정하던 슈라우드 하나가 프로펠러 축에 얽혀 있었다. 호흡을 위해 물 밖으로 나왔다가 입수해 슈라우드를 풀려 했지만 너무 심하게 엉켜 있었다. 그대로 두어야 할 것 같았다. 물실을 가르는 데 분명 방해가 되어 하자나의 속도에 영향을 미치겠지만 달리 방법이 없었다. 잔뜩 꼬여버린 슈라우드를 잘라낼 정도로 오래 숨을 참을 수도 없었고, 그럴 만한 힘도 없었다. 수면 위로 올라와 다시금 크게 숨을 들이마시고는 아래로 내려가 이번에는 방향타를 살폈다. 고장이 나거나 움직임을 방해하는 무언가가 붙어 있지는 않았다. 아무 이상이 없어 보이는데 도대체 왜 타륜을 돌릴 때 이 물감이 느껴지는 건지 의아했다. 더 이상 확인할 게 없었으므로 물 위로 올라와 허리에 감은 로프를 붙잡고 선미로 간 후 사다리를 타고 배 위로 올라갔다. 예전에는 무척 건강했는데, 숨을 한참이나 헐떡이며 약해진 체력을 실감하고는 고개를 내저었다. 뭐, 작동하지 않는 것보다 뻣뻣하게나마 돌아가는 타륜이라도 있어 다행이었다. 방향타가 이상 없는 덕분에 배를 몰 수 있으니 얼마나 감사한 일인지 몰랐다. 두려움을 극복하고 바다로 입수한 스스로를 자랑스러워하며 몸을 닦은 후 선수로 가 돛을 올렸다. 더플백을 뒤져 후르츠칵테일 통조림을 찾은 나는 조종석에 앉아 운전을 하며 한 입 한 입 마음껏 즐겼다. 반쪽짜리 체리가 나올 때마다 한쪽에 모아두었다. 붉은빛 설탕 덩어리를 한 번에 우악스럽게 입에 넣을 거다.

　나도 좀 먹어도 돼?

목소리가 조심스레 물어왔다. 나는 체리 더미를 바라보다 생
각했다.

"응, 마음껏 먹어."

이렇게 말하고는 빙긋 웃었다. 내가 목소리에게 무언가를 허
락하는 상황이 오다니. 기분이 나쁘지 않았다.

14.

거북이 등에서 바라보는 일몰

모자를 벗고 해가 있는 쪽으로 얼굴을 향했다. 감은 두 눈 위로 그림자가 드리워졌다. 이마에 손 그늘을 만들어 하늘을 올려다봤다. 군함조 두 마리가 바람을 타고 높이 날아오르고 있었다. 사고 후 26일째 되는 날이었다. 조금 전에 정오 관측을 통해 이제 하와이까지 약 770킬로미터가량 남았다는 것을 알았다. 새가 보이다니 좋은 징조였다. 육지가 머지않았다는 의미였다. 2미터가 넘는 날개와 끝이 양 갈래로 갈라진 꼬리를 경이롭게 바라봤다. 새들은 거대한 날개를 접고 총알보다 빠른 속도로 바다를 향해 돌진했다. 수면 바로 아래 부주의하게 노닐던 물고기를 낚아

챈 후 곧장 하늘로 튀어 오르듯 날았다. 상승 온난 기류를 타고 활공하는 군함조는 바다에서 며칠이나 머물 수 있다. 물 위로 절대 내려오지 않는 이유는 짧은 다리와 긴 날개 때문이었다. 다시 날아오르는 것이 불가능하지는 않지만 힘든 탓이다.

낚시를 해 생선을 잡아먹는 것은 차마 엄두가 나지 않았다. 내 손으로 생선을 죽여야 한다. 요즘 내게 죽음은 새로운 의미로 다가왔다. 정어리 통조림은 괜찮았다. 이미 생명을 잃은 채 죽어 있으니까.

몇 시간이고 군함조를 지켜봤다. 쌍안경으로 새들의 움직임을 좇기도 했다. 현기증이 났다. 수컷의 먹이를 빼앗는 걸로 봐서는 암컷이 조금 더 사나워 보였다. 서로 사랑하는 만큼 아마도 수컷이 양보했겠지. 자신의 것을 나누고 싶은 거겠지.

새로운 새 한 마리가 보여 자세를 바로 하고 쌍안경을 집어 들었다. 갈매기와 비슷한 크기에 하얗고 긴 꼬리가 길게 뻗은 열대 새였다. 주황색 부리와 검은 눈, 날개 끝의 검은색 외에는 하얀색으로 뒤덮여 있었다. 군함조에게 덤비는 일은 없을 것이다. 크고 위협적인 군함조에게 다가가는 새들은 별로 없었다. 이 새들은 내가 하와이에 가까이 가고 있다는 확실한 징조였다.

마지막 남은 정어리 통조림을 열고, 맥주를 한 병 비웠다. 차가운 칠리 소스도, 차가운 콩과 채소 통조림에도 신물이 났다. 내가 가장 좋아하는 음식은 정어리였다. 새들도 자신이 좋아하는 것을 먹는데, 나라고 그러지 말라는 법은 없었다.

* * *

아무 일도 없이 5일이 흘러갔다. 바람과 파도에 따라 새벽 3시에서 6시 사이에 일어나는 루틴이 생겼다. 돛을 확인하고, 선수 쪽에 앉아 명상을 하고, 아무 통조림이나 잡히는 대로 먹었다. 상표가 모두 떨어진 통조림은 깜짝 이벤트 같았다. 아침 식사로는 가능하면 과일 통조림이 나오길 바라며 캔을 하나 골랐다. 아침을 먹은 뒤에는 쌍안경으로 수평선을 바라보며 몇 시간이고 앉아 배를 몰았다. 책을 읽는 것은 아직 힘에 부쳤다. 도저히 글에 집중하기가 어려웠다.

두 번째 태양 관측을 하고 지난 24시간 동안 얼마나 왔는지 계산하는 정오는 하루 중 가장 좋아하는 시간이었다. 평균적으로 하루에 37킬로미터에서 111킬로미터 정도 항해했다. 하와이 제도에 있는 섬 한 곳에 닿기를, 지나치지 않기를 간절히 바랐다. 가장 큰 섬일 필요도 없고, 가장 크기가 작은 섬이라도 좋았다. 그저 아무 섬에나 닿을 수 있기를 바랐다.

리처드와 함께했던 지난날을 내내 떠올리며 그가 사라진 지금, 앞으로 어떻게 살아야 할지를 고민했다. 할아버지는 내게 대학을 가라고 할 것 같았다. 철학과가 좋을까? 굳이 대학에 입학해 내 삶을 철학적으로 분석할 필요가 있을까? 철학적 사색은 지난 한 달간 충분히 했다. 인간의 운명은 예측할 수 없다는 것을 이제 깨달았다. 만약 누군가 내게 이런 일이 닥칠 거라고 미리 알려주었다면, 그리고 이 상황을 어떻게 이겨나갈지 물었다면 나는 아마 틀린 답을 말했을 것이다. 몸소 경험하지 않는다면 아무것도 깨달을 수 없을 테니까.

어쩌면 심리학이 내게 어울릴지도 모른다. 생존을 향한 의지가 죽음에 대한 의지보다 강한 이유를 배울 수 있을 것이다. 대단히 흥미로웠다. 아니다. 대학은 내게 어울리지 않았다. 앞으로 어떻게 살아야 할지 갈피를 잡을 수 없었다. 어쨌거나 지금은 미래에 대한 계획을 세울 때가 아니었다. 일분일초를 견디며 살아남는 데만 집중해야 했다.

해가 지기 전에는 맥주를 절대 마시지 않았다. 가끔씩 해가 질 때면 바다가 거대한 유리처럼 보이기도 했다. 붐에 무릎을 말고 앉아 시가에 불을 붙이고 하나노 맥주를 열었다. 하루 중 가장 외로운 시간이었다. 리처드와 함께 바라본 일몰이 몇 번이나 될까? 우리는 해 질 녘 풍경을 묘사하는 게임을 하기도 했다. 보랏빛, 크림색, 연노랑은 너무 일반적이었다.

"귤색이 살짝 섞인 아마빛에 홍옥수와 쑥이 뒤섞인 색."

리처드는 이렇게 말할 것이다. 자신의 유머 실력에 자랑스러워하며 우쭐대는 리처드를 바라보며 나는 웃음을 터뜨릴 터였다. 내 최고의 표현은 이것이었다.

"태양의 새빨간 색이 담홍빛, 연노랑, 선명한 황록색, 자두색으로 시시각각 달라지며 실처럼 풀어진 석류빛 구름 사이로 흩어지고 있어."

"브라보."

리처드가 웃으며 칭찬을 건넸다.

하늘이 그때처럼 귤색이 섞인 아마빛으로 물들어가는데, 나의 리처드는 더 이상 이곳에 없는데, 어떻게 외로움에 사무치지 않을 수 있을까?

어떤 날에는 외로운 일몰을 바라보며 리처드에게 다시 돌아와 달라고 사정했다. 어떤 날에는 별 의미 없는 노래를 흥얼거렸다. 이상한 가사만 계속 반복하는 시시한 노래들. 집이나 사랑에 대한 노래가 아닌 가능하면 신나는 노래로 골라 불렀다.

조종석으로 돌아와 등받이 베개를 편안하게 맞추고 두 발을 타륜에 올렸다. 하늘을 바라보며 별자리 친구를 찾았다. 북쪽으로 향하니 새로운 별자리가 하나둘씩 보였다. 영웅 페르세우스는 은하수에 둘러싸인 채 당당히 자리하고 있었다. 왼쪽 손에는 메두사의 머리를, 오른쪽 손에는 방패를 들었다. 페르세우스는 바다 괴물인 케투스(고래자리)를 무찌르고 안드로메다를 구해냈다. 그러지 않으려 해도 페르세우스처럼 리처드도 나를 구해주길 바라는 마음이 드는 것은 어쩔 수 없었다.

더 이상 졸음을 이겨낼 수 없어 타륜을 고정시킨 뒤 침낭 속으로 들어가 리처드의 꽃무늬 셔츠를 끌어안았다. 셔츠에 코를 대고 숨을 들이마시며 그의 체취를 느꼈다. 그의 얼굴을 떠올리며 셔츠에 대고 달콤한 사랑을 속삭였다. 그 역시도 나를 얼마나 사랑하고 그리워하는지 속삭이는 것 같았다. 동이 틀 때까지 그의 옷을 꼭 안고 있었던 것 같다. 이 셔츠를 내가 얼마나 좋아했는지. 청록색 셔츠를 보니 환초섬의 바다가 떠올랐다. 바람이 부는 각도의 직각 방향으로 진행하는 완벽한 빔 리치 기술을 선보이며 청록빛 물살을 갈랐지만 타엥가섬의 입구를 찾는 것이 어려워 난감했었다. 다시 한 번 무역풍 바람으로 제노아와 메인세일을 가득 채우고 선체를 부드럽게 12도 기울여 바닷물을 가르며 타엥가로 향하고 싶었다.

* * *

마얄루가는 라로이아를 출발해 멋진 빔 리치로 타엥가로 향했다. 입구를 찾기 위해 쌍안경을 들고 네 시간이나 살폈다. 눈에 보이는 거라곤 산호초에 부딪히며 높이 부서지는 파도뿐이었다. 우리는 산호초와 일정한 거리를 유지한 채 둘레를 따라 배를 몰다 다시 방향을 바꿔 돌아오길 반복했다.

드디어 내 눈에 파도가 부서지는 곳 반대쪽으로 좁은 수로와 콘크리트 형체가 보였다. 눈을 가늘게 뜨자 단층의 건물과 형형색색의 물결, 분명 현지인들의 집인 파레가 보였다. 보통 환초섬의 마을은 석호를 중심으로 생겨나는데, 이곳은 섬의 입구를 따라 마을이 있었다.

같은 자리를 세 번째 돌고 있을 즈음, 현지인 한 명이 알루미늄 소형 보트를 타고 나타났다. 주변을 빙글 돌며 따라오라는 손짓을 했다. 물결이 잠잠해질 때까지 기다리는 편이 좋을 것 같았지만, 한편으로는 착한 사마리아인의 선행을 받아들이고 싶었다. 엔진을 켜고 하얗게 부서지는 파도를 가르며 내심 불안했다.

"리처드, 괜찮을까?"

"태미, 안 될 것 같으면 따라오라고 하지도 않았을 거야. 걱정
마. 보기보다 위험하지 않을 거야."

그의 말처럼 불안한 마음을 지우려 했다.

높은 너울을 몇 번이나 넘고 나니 좁은 수로가 눈에 들어왔다.
쇄파에 가려져 있던 것이었다. 리처드가 액셀러레이터를 밟아
속도를 최대로 높였다. 그래야만 우리 쪽으로 곧장 다가오는 5노
트의 빠른 해류를 가를 수 있었다. 당장이라도 배를 반대편으로
밀려나게 할 수 있을 정도로 물살이 강했다.

우리를 이끄는 사내를 눈으로 좇았다. 섬의 입구를 찾는 것이
이렇게 위험했던 적은 처음이었다.

높은 쇄파를 지나 수로에 가까워지고 우리는 속도를 늦췄다.
콘크리트 부두로 다가가며 정박 로프와 방현재(선체 충격을 완화하
는 완충 설비 - 옮긴이)를 준비했다. 몇몇 현지인들이 정박을 도와주
었다.

한 남자가 마얄루가로 올라왔다. 마을의 지도자였다. 불어로
그에게 마을로 들어가도 되는지, 다른 모투스를 둘러봐도 되는
지 허락을 구했다. 모투스는 수중 산호섬으로 연결되어 원형 혹
은 말발굽 모양으로 자리한 여러 개의 작은 모래섬이다. 그는 우

리가 먼저 양해를 구한 것에 감사해하며 기꺼이 허락해주었다. 얼른 섬을 밟고 싶어 하는 우리의 의중을 눈치챈 듯 지도자가 배에서 내렸다. 그는 어느 쪽으로 가야 하는지 방향을 알려주었다. 감사 인사를 한 후 작은 마을을 부지런히 가로질렀다. 투아모투 제도에서는 남의 물건에 손을 대는 일이 절대 벌어지지 않는 만큼 마얄루가에 두고 온 소중한 소지품에 대해서는 걱정하지 않았다.

마을은 무척이나 깔끔했다. 부서진 산호초와 암석이 말끔하게 정리된 길을 따르자 현지인들이 사는 집들이 나왔다. 집 앞마다 좁지만 마을 입구와 마찬가지로 깨끗하게 정돈된 길이 나 있었고, 길 끝에는 거친 나무계단과 현관이 이어졌다. 산책하기 좋은 동네였다.

마얄루가로 돌아온 우리는 역풍으로 돛을 조정한 후 바람이 불어오는 방향으로 배를 몰았다.

라군을 반쯤 건넜을 무렵, 수면 위로 솟아 있는 산호 언덕이 보였다. 돛을 모두 내려 배가 표류하게 두고, 복잡한 생태계를 품고 있는 옥색의 바닷속을 스노클링 했다. 상사줄자돔이 이리저리 산호를 건드리고 지나갈 때마다 구멍이 숭숭 뚫린 표면에서 아작아작 소리가 났다. 산호를 먹이로 하는 생물 중 가장 큰 축에 속하는 60센티미터 크기의 레인보우 패럿 피시도 봤다. 그곳에서 내가 가장 좋아한 물고기는 펄리 레이저 피시였다. 우윳빛과 자주색이 은은하게 어우러져 청록색 바다에서 빛나는 모습이 정말 멋졌다.

수영을 마치고 나온 후, 마얄루가의 돛을 올려 거북이 등같이 생긴 모투로 향했다. 우리는 이 작은 섬에 '거북이 등 아일랜드'라는 이름을 붙이고 며칠 동안 머물렀다. 나는 하루에도 몇 시간이나 석호를 따라 조개껍데기를 주웠고 리처드는 윈드서핑을 했다. 매일 몇 번이나 물에 뛰어들어 함께 스노클링을 즐겼고, 물에 들어갈 때는 항상 소형 보트를 가까이 두었다. 수영복조차 걸치지 않고 놀 때가 많았다. 세상에 오로지 우리 두 사람만 존재하는 것 같았다.

매일같이 섬을 거닐며 아름다운 보초(산호초가 바다에 의해 나뉜 지형의 일종의 하나 - 옮긴이)를 감상했다. 발목 높이로 찰랑대는 바닷물을 느끼며 발바닥이 따끔해지는 꺼칠한 산호초 섬을 산책할 때면 늘 긴 칼을 소지한 채 곰치가 튀어나오지 않을까 경계했다.

산호초에 파도가 부딪치며 생긴 하얀 거품이 순식간에 우리의 발을 삼켰다가 뒤로 물러나 바다로 돌아갔다. 파도가 밀려나면 울퉁불퉁한 산호초 틈새로 공기가 들어가 분수처럼 해수를 토해냈다. 자연이 만들어낸 천연 분수가 장관을 이뤘다.

바닷속 산호는 거대한 조각상처럼 솟아 있었다. 초저녁이 되면 붉게 물든 하늘 아래 비밀스런 실루엣이 어른거렸다. 호박색, 홍옥색 그림자가 수평선을 가득 채웠다. 우리는 경이롭게 물든 하늘을 바라보며 장승처럼 꼼짝 않고 서서 지상 낙원 같은 이곳에서 멋진 하루를 보냈음에 감사했다.

타엥가섬 입구의 파도가 잠잠한 시간에 맞춰 도착하기 위해 거북이 등 아일랜드를 떠나 약 다섯 시간 후 타엥가 옆 마케모 환초섬의 라군에 도착했다. 얼마 지나지 않아 아이들이 재잘대는 소리와 함께 물장구를 튀기며 마얄루가로 다가왔다. 다섯 살에서 열두 살쯤의 아이들 스무 명가량이 웃으며 선헤엄을 친 채 우리를 에워쌌다. 배 위로 손짓하자 아이들은 선체 옆 작은 사다리로 올라왔다. 아이들에게서 수줍음이나 망설임을 찾아볼 수 없었다. 아이들은 신나게 웃고 떠들며 갑판 위를 뛰어다녔다. 서너 명씩 짝을 지어 마얄루가의 내부를 보여주었다. 우리에게는 파히, 즉 보트가 곧 집이라고 아이들에게 설명했다. 아이들이 마얄루가에서 내려 수영을 시작하자 우리는 소형 보트를 타고 아이들의 뒤를 따랐고, 리처드는 괜히 열심히 노를 젓는 척했다. 이 짧은 경주는 아이들의 승리로 끝이 났다.

아이들의 도움으로 우리는 해변가에 '누이'라고 부르는 코코 넛나무에 소형 보트를 묶었다.

그중 나이가 좀 있는 아이가 우리를 진주 양식장으로 안내해 주겠다고 나섰다. 길을 걸으며 화려한 타히티 꽃무늬 커튼이 창 문마다 걸려 있는, 이국적인 분위기의 형형색색의 집을 감탄하 며 바라봤다. 집집마다 주변에 꽃이 가득한 풍경도 인상적이었 다. 마케모는 우리가 방문했던 어느 환초섬보다 나무와 꽃이 많 았다.

진주 양식장은 콘크리트 슬래브로 된 필로티 구조의 단층 건 물이었다. 가까이 가니 한 동양 남자가 하얀색 가운을 입고 현미 경으로 커다란 나카, 흑색 조개를 들여다보고 있었다. 양쪽 손에 는 길고 가느다란 숟가락 같은 도구를 들고 있었다. 하나는 모래 처럼 보이는 무언가를 뜨는 데 썼고, 또 다른 하나는 끈적끈적하 고 투명한 활성제에만 쓰는 도구였다. 나카 안에 두 가지를 넣으 면 아름다운 폴리네시아산 흑진주가 탄생했다. 또 다른 남자는 진주 핵을 품은 조개를 수거해 라군 어딘가에 마련된 보관 장소 로 가져갔다.

마케모에서 맑고 청명한 밤을 보냈다. 그날 저녁, 조종석에 앉 아 평온하고 행복한 기분을 만끽했다. 반달보다 조금 더 차오른

203

달 주변으로 수많은 별들이 반짝였다. 오른손을 들어 달의 오른쪽 얼굴을 부드럽게 감쌌다. 진짜였다. 왼손 안에 달이 들어오면 차오른다는 의미였다.

"타히티에서 한 달이면 충분할까?"

"글쎄, 나도 그 생각 중이었어."

리처드가 답했다.

"프랑스 혁명기념일이 20일 남았어."

"파리의 바스티유 감옥이 철거된 날을 기념하는 타히티 축제를 놓치는 것도 싫지만, 더 싫은 건 카누 레이스를 못 보는 거야. 선착장에 자리가 없겠지?"

"응."

리처드의 물음에 답했다.

"배가 그렇게 많이 들어올까?"

"근처에 있는 선원들은 전부 혁명기념일 축제에 참여하니까."

그에게 설명했다. 리처드는 오른손을 들어 달을 가리켰다.

"일주일 내로 보름달이 되겠다. 내일 파페에테로 떠나는 게 좋을 것 같은데."

"대도시를 경험할 준비가 되었나?"

짓궂게 그를 놀렸다.

"양질의 스테이크와 콩팥 파이를 먹을 준비는 되었어."

"파페에테에서 두 가지를 같이 하는 곳을 찾을 수 있을까 모르겠어."

"재료는 찾을 수 있을 테니 안 되면 만들어 먹자."

"찾을 수 있을 거야. 그리고 당신이 생각하는 것 이상으로 파페에테에서 많은 것을 보게 될걸."

나는 웃으며 말했다.

"기대되는군. 그럼 내일 출발할까?"

"드디어 내일이야."

15.
한낮에 일어난 일

사고 후 34일째, 하와이섬까지 약 386킬로미터가량 남았다. 하나 남은 정어리 통조림을 맛있게 먹고 있던 그 순간, 불현듯 배 한 척이 눈앞에 나타났다. 통조림을 던지듯 내려놓고는 조명탄을 가지러 달려갔다. 얼마나 정신없이 움직였는지 조종석에 발을 헛디뎌 크게 넘어졌다. 까닥 잘못하면 다리가 부러질 뻔했다. 발을 절며 조명탄 총과 조명탄이 있는 방수 보관함으로 가서 황급히 조명탄의 포장지를 벗겼다. 장전한 총을 높이 들고 "빵!" 하늘을 향해 높이 쐈다.

"이제 집에 갈 수 있어! 집에 갈 수 있다고. 맙소사, 뭐라고 설명하지? 미국배일까?"

횡설수설하는 와중에 조명탄을 한 번 더 장전한 후 다시 발사했다.

진정해. 아직 집에 도착한 게 아니라고.

빵! 또 한 번 방아쇠를 당겼다.

"아니긴 뭐가 아니야. 저기 봐! 보여? 저 배도 날 봤어."

배가 방향을 틀고 내 쪽으로 다가오는 것 같았다. 타륜으로 달려가 파레오를 집어 얼른 입었다. 조명탄 보관함과 빨간색 티셔츠를 묶은 노를 챙긴 뒤, 미친 듯이 노를 흔들며 춤을 췄다.

"오늘 밤이면 하와이에 도착한다. 행복한 하와이로. 깨끗이 씻고 말끔히 단장해야지. 악몽은 끝났다고."

나는 곧 비명을 질렀다.

"거기 서!"

노를 내려놓고 다시 한 번 조명탄을 쏘아 올렸다. 이번에는 낙하산 조명탄을 두 번 발사했다.

"이대로 가면 어떡해. 왜 그냥 가는 거야?"

저 멀리 형체만 보이는 배에 대고 소리쳤다.

"어떻게 하지? 저 배를 멈춰야 하는데."

나는 미즌마스트 나침함에 넣어둔 거울을 발견하고는 햇빛을 반사해 신호를 보냈다.

배는 돌아오지 않았다. 착시 현상이거나 구조를 간절히 꿈꾸던 탓에 환영을 본 것일까. 당장 할 수 있는 거라고는 갑판 위를 쿵쿵거리며 욕지거리를 내뱉는 것이었다.

"젠장! 말도 안 돼. 해가 쨍쨍한 낮에 나를 어떻게 못 볼 수가 있어. 멍청한 배 같으니라고! 망할 조명탄도 안 보였냐고."

나는 윈치핸들로 붐을 내려치기 시작했다. 힘이 다 빠질 때까지. 윈치핸들을 던지고는 갑판에 떨어진 반 정도 남은 정어리 통조림을 바다로 던졌다. 조종석에 쓰러져 울었다.

"이건 미친 짓이야. 난 미친 것 같아."

미친 게 아냐.

"미쳤다고."

하늘에 대고 소리를 질렀다.

너무 앞서간 것뿐이야.

"그 배도 나를 본 줄 알았다고."

그럼, 알아, 당연히 널 봤어야 말이 되는데. 조금만 참아, 테미. 거의 다 왔어.

항상 생각했지만 감히 입 밖으로 내지 못한 말이 있었다. 그랬다면 목소리가 나를 무섭게 다그칠 것 같았다. 타히티를 떠나지 않았다면 좋았을걸, 항상 바랐다. 지난 일을 떠올려봤자 아무것도 달라질 건 없지만, 도저히 이 생각을 지울 수가 없었다. 바닷물의 염분이 가득한 습한 공기 때문에 코끝이 얼얼했다. 언제쯤 다시 깊고 진한 흙냄새를 맡을 수 있을까? 리처드와 처음으로 소시에테제도의 화산섬을 본 후 타히티로 이동하던 때가 생각났다. 섬에 가까워질수록 바람에서 싱그러운 땅의 냄새가 났다.

*　*　*

"리처드, 흙냄새가 나는데. 안 그래?"

허공에 코를 대고 크게 숨을 들이마신 후 리처드가 미소를 지었다.

"그러네, 태미. 화산섬에서 이렇게 향긋하고 비옥한 냄새가 나는 줄 몰랐는데."

"꽃향기야. 프랜지파니랑 치자나무는 습도가 높은 곳에서 잘 자라거든. 둘 다 사랑의 꽃이지. 도착하면 꽃목걸이를 걸어줄게."

"꽃목걸이 좋지."

외딴 곳에서 오래 지내다 보니 타히티의 시끌벅적한 분위기를 상상하는 것만으로도 짜릿했다. 우체국에 들르고 햄버거와 프렌치프라이를 먹는 등 섬에 도착해 할 수 있는 일이 몇 가지 떠올라 안달이 날 정도였다. 집에 전화를 하는 것도 큰 즐거움이었다. 누가 누구와 뭘 했는지 최신 가십을 듣고 사람들이 우리를 얼마나 그리워했는지 인사를 나누는 순간을 고대했다. 하지만 가장 먼저 입항 수속을 해야 했다. 석 달 전에 히바오아섬에서 수속을 마쳤지만 그것과는 별개였다. 타히티는 마르키즈제도도, 투아모투제도도 아닌, 소시에테제도 내 윈드워드제도에 속했다. 프랑스령 폴리네시아는 이 세 개의 제도로 구성되었다.

파페에테항에 들어서자, 세상이 한순간에 뒤바뀌었다. 가스와 디젤 매연으로 공기가 무거웠다. 어디에 시선을 돌려도 활기가 가득했다. 모터로 항해하며 주변을 둘러본 후 소형 보트로 옮겨 탔다. 선착장에 마땅한 자리가 있는지 살핀 뒤, 다시 마얄루가로 돌아와 다른 보트에 맞춰 평행하게 정박시켰다.

"안녕하세요, 마얄루가. 여행은 어땠어요?"

선착장에서 활기찬 인사가 들렸다.

"굉장히 멋졌죠."

장 피에르의 인사에 리처드가 답했다. 그는 강철 슬루프인 라샤바의 주인으로, 우리는 마르키즈에서 그의 가족 넷과 이미 만났었다.

선내 전력을 차단하고, 세일 장비도 모두 정리했다. 여권과 선박 관련 서류를 챙긴 뒤 선미줄을 부두에 고정시키고 섬으로 향했다.

부둣가를 따라 아스팔트로 포장된 폼프 대로가 뻗어 있었다. 빠르게 달리는 자동차, 초경량 오토바이, 사람들의 소음에 움츠러들면서도 한편 신이 나기도 했다.

"세상에, 꼭 동물원 같군."

리처드가 입을 떼었다.

세관은 그리 멀지 않은 곳에 있었다. 사무실 안으로 들어가 무뚝뚝해 보이는 직원에게 여권을 건넸다. 서류를 통해 우리가 이미 히바오아섬에서 보증금을 지불했고, 입항에 아무런 문제가 없음이 증빙되었다. 수속은 금방 끝났다. 일을 마치자 참을 수 없는 허기가 몰려왔다.

거리를 따라 레 홀레트, 푸드 트럭과 같은 작은 트럭들이 줄지어 서 있었다. 우리는 거리를 건너며 무엇부터 먹을지 고민했다. 크레페, 볶음면, 치킨볶음밥, 아이스크림, 햄버거, 스테이크와 프렌치프라이, 시시케밥 등 메뉴가 수없이 많았다.

"와, 냄새가 너무 좋다. 난 브로셰트부터 먹을래"

리처드에게 말했다.

"브로셰트가 뭐야?"

"시시케밥."

"맛있어 보이지만, 나는 스테이크가 먹고프네."

리처드가 웃으며 입맛을 다셨다.

나는 시시케밥과 크레페, 민트 초코 아이스크림 더블 콘을 먹었다. 리처드는 나의 두 배를 해치웠다. 둘 다 배가 불러 꼼짝도 할 수 없었다.

우체국으로 가서는 마케모에서 파페에테로 오는 동안 써둔 편지를 부치고, 유치 우편으로 보관 중이던 편지 여덟 통을 받았다. 쌓인 편지를 보고 신이 난 우리는 편지를 먼저 읽고 집에 전화를 하기로 했다. 우선은 마얄루가로 돌아가 마음 편히 편지를 읽고 내일 집으로 전화할 것이다.

수퍼마켓에 들러 참깨 크래커와 길고 긴 치즈 진열대에서 브리 치즈를 골랐고, 리처드는 내가 좋아할 메를로 와인을 집었다. 보트로 돌아가는 길에 시장에 들러 토마토와 적양파, 사과를 샀다.

조종석에 편히 앉아 과일 향이 풍부하고 부드러운 메를로 와인을 홀짝이며 날짜순으로 가장 먼저 도착한 엄마 편지 두 통을 집었다. 엄마는 지인을 통해 브라이언이라는 남자를 만났고, 이 남자도 보트 관련 일을 하는 만큼 둘 사이에 공통점이 많다고 적혀 있었다. 브라이언은 좀 더 기술적인 전기 설비 수리를 하는 사람이었다. 또한 내가 떠나며 엄마에게 넘긴 선박 광택 사업 역시 잘되고 있다고 전했다.

두 번째 편지는 첫 번째 편지를 보내고 2주 후에 보낸 것이었다. 두 사람은 카타리나섬으로 여행을 떠날 계획이라고 했다.

"이 남자인 것 같아."

엄마는 이렇게 적었다. 잘됐어요, 엄마. 마음속으로 축하 인사를 건넸다.

리처드는 누나 수지와 아버지에게서 온 편지를 열었다. 누나는 그에게 잘 지내길 바라고, 사랑에 너무 정신이 팔려 바다에서 사고가 나지 않도록 조심하라고 주의를 주었다! 그의 아버지는 매일 지도를 보며 마얄루가가 어디쯤일지 확인한다고 적었다. 항상 순풍이 함께 하고, 무풍지대에 너무 오래 갇히지 않길 바란다고 덧붙였다. 타히티에 도착하면 바로 전화를 해달라는 부탁도 있었다. 리처드는 미소를 지으며 편지를 다시 접어 갈무리했다.

아빠는 편지에 남동생이 하루가 다르게 쭉쭉 크고 있고, 새엄마 캐롤린은 남동생 때문에 정신없는 일상을 보낸다고 적었다. 요즘 파도가 좋아 소방서를 쉬는 날이면 바다에 서핑을 나간다고 했다.

조부모님의 편지는 봉투에 적힌 할머니의 아름다운 필체로 한눈에 알아봤다. 미국 중서부의 여러 회사들이 캘리포니아에 방문했고, 날씨가 좋아 사람들이 전부 만족해했다고 적혀 있었다. 두 분은 우리가 별 탈 없이 무사히 항해하길 바라며 기회가 있을 때 수신자부담으로 전화를 달라고 했다. 할머니는 추신으로 리처드에게도 안부를 전했다.

샌프란시스코로 요트 배달을 같이했던 댄과 그의 아내 사라도 편지를 보내왔다. 리처드가 댄의 편지를 열었다. 부부는 자신들도 샌디에이고가 아니라 프랑스령 폴리네시아에 있고 싶다며 부러움을 전했다. 두 사람은 사막 지역으로 거처를 옮길 거라고 적었다.

"사막?"

편지를 읽어주는 리처드를 향해 물었다.

"그렇게 적혀 있는데. 선글라스 가게를 열 거래."

우리는 웃음을 터뜨렸다. 사막에서는 선글라스가 필요할 테니 말이 된다.

다음 날에는 집에 전화를 걸었다. 우리 목소리를 들은 가족들이 무척 반가워했고, 우리도 마찬가지였다. 가족만큼 마음을 따뜻하게 해주는 존재는 없었다. 할머니는 할아버지를 위해 초콜릿 브레드 푸딩을 만드는 중이라고 했고, 나는 할머니에게 전화 너머로 초콜릿 냄새가 진동한다고 농담했다.

부두에서 다른 요트들과 빔을 나란히 한 채 며칠을 머물렀다. 매일같이 우체국에 가 우편물을 확인하고 편지를 부쳤다. 시장을 한참이나 둘러보며 신선한 과일과 채소를 사기도 했다. 시장에 있는 음식을 모두 맛보는 게 불가능할 정도로 식재료가 가득했다. 마얄루가 응접실 테이블에 놓을 꽃을 사기도 했다.

가장 신나는 것은 얼음을 구해 차가운 우유와 함께 설탕이 듬뿍 들어간 콘플레이크를 아침 식사로 먹는 것이었다. 아이스박스를 열 때마다 코끝에 전해지는 냉기와 얼음 냄새가 좋았다. 냉장고가 없는 뱃사람에게 얼음은 굉장한 호사이자 횡재였다!

마르키즈에서 만난 보트 몇 척이 부두에 정박되어 있었다. 앤과 로널드 팰코너의 플뢰르 데코스, 필과 페티 페리시의 스카이라크였다. 마음이 내킬 때마다 다 함께 모여 포트럭 파티(각자 음식을 한두 가지씩 가져와 나누는 파티 - 옮긴이)를 열었다. 자주 맛보기 힘든 진수성찬이 잔뜩 등장했다. 맛있는 음식과 함께 허풍이 더해진 항해 경험담이 오갔다.

매일 저녁마다 바다에서는 혁명기념일에 열린 큰 대회를 준비하는 카누 연습이 이어졌다. 남성팀, 여성팀, 릴레이팀이 연습에 참여했다. 카누에는 열두 개의 페달이 있다. 조종석에 앉아 연습하는 카누를 바라보던 중 어느 날인가 리처드가 카누에 한 자리가 비면 자신이 잠깐 해봐도 되겠냐고 내게 물었다. 마침 한 명을 더 태울 수 있는 카누가 있어 함께 바다로 나가더니, 완전히 기진맥진한 상태로 돌아왔다.

"저 사람들은 짐승이야, 태미. 정말 한 번도 본 적 없는 엄청난 지구력을 갖췄다고."

혁명기념일을 앞둔 며칠 전부터 타히티에는 전운이 감돌았다. 프랑스령 폴리네시아의 카누 경기 참가자들이 속속들이 도착했고, 현지 음식을 파는 음식 부스들이 하나둘씩 거리를 수놓았다.

당일 해가 뜨자 음악이 울려 퍼졌다. 예술가들과 상인들이 자리를 잡고 앉아 핸드메이드 퀼트와 그림, 조각품, 타파로 만든 의류, 바구니, 보석, 음식을 판매했다.

경기장에서는 포대자루에 들어가 두 발로 콩콩 뛰는 거니색 대회와 경마 대회가 열렸다. 전통 폴리네시아 춤 경연도 온종일 이어졌다. 리처드와 나는 입장표를 구매해 스탠드에 앉아 전 세계에서 모인 댄서들의 무대를 감상했다. 종려나무 잎을 엮어 만든 치마, 반짝이는 술이 달린 치마와 머리 장식, 비키니 상의와 조개와 비즈로 복잡하게 장식된 허리 장식까지 하나같이 의상이 화려했다. 조개 왕관을 쓰고 비키니 상의에 꽃목걸이를 걸고 머리에도 꽃 장식을 한 댄서도 보였다. 댄서들은 섹시하고도 우아한 몸짓으로 춤을 추며 사람들의 애를 태우는 손동작으로 열기를 더했다. 타히티의 춤인 타마리는 특히나 관능적인 몸짓이 돋보였는데, 남성들은 거칠게 무릎을 움직였고 여성 댄서들은 점차 거리를 좁히며 엉덩이를 앞뒤로 흔들었다.

이후 해안가에서 카누 경기를 지켜봤다. 수천 명의 사람들이 각자 팀을 응원하는 소리가 가득했고, 우리는 그곳에 합류해 리처드에게 자리를 내어줬던 카누 팀을 응원했다.

우리는 온종일 바닷가에 앉아 친구들과 어울렸다. 맥주를 나누며 그곳에 모인 수많은 사람들을 구경했다. 술자리는 다음 날 아침까지 이어졌다. 혁명기념일이 끝난 이후에도 며칠간은 파티가 계속되었다. 타히티 사람들은 축제를 제대로 즐길 줄 아는 사람들이었다.

* * *

타히티 추억에서 깨어나 깊이 숨을 들이마시며 공기 냄새를 맡았다. 미처 나를 보지 못한 배가 이미 오래전에 사라진 수평선 저 너머로 시선을 돌렸다. 내가 기대심에 너무 앞서갔다는 목소리의 말은 신경 쓰지 않기로 했다. 자리에서 일어나 미치광이처럼 고래고래 소리를 질렀다.

"우리는 타히티에 있어야 했어. 내 목소리 들려, 리처드? 우리는, 섬을, 떠나서는, 안, 되었다고!"

네, 속이, 시원해졌다면, 그걸로, 됐어.

목소리가 비아냥대며 말했다.

16.
샌디에이고에서 만나요

도저히 마음을 진정하기가 어려웠다. 타히티에서 보낸 혁명기념일과 즐거웠던 추억을 떠올리니 이곳 하자나라는 우리에 갇힌 동물이 된 것 같았다. 갑판을 계속 거니는 것 외에는 할 일도, 갈 곳도 없었다. 심호흡을 하며 마음을 가다듬으려고 했다. 그 순간 바다에 깔린 옅은 안개에서 이상한 냄새가 풍겼고 속이 메슥거렸다. 내게는 1노트도 못 되는 속도로 이 광활한 바다를 항해하며 평온하다고 느낄 마음의 여유가 전혀 없었다.

태미, 솔직히 리처드와 너는 축제가 끝나길 바랐잖아.

"나는 끝내고 싶지 않았어. 그저 평온하고 조용한 곳이 필요했던 거지. 이건 너무하다고."

혁명기념일 행사가 끝난 뒤에도 부둣가에 계속되는 소음과 몰려든 차량들이 조금씩 견디기 어려워졌다. 파티를 충분히 즐겼던 우리는 둘만의 시간이 필요했다. 부둣가에서 "안녕, 마얄루가." 하고 소리를 치거나, 노를 저어 다가와 선체를 두들기며 '배를 구경해도 되는지' 묻는 사람들이 너무 많았다.

우리는 마에바 해변의 조용한 선착장을 찾아 나섰다. 대형 호텔이 있었지만 부둣가보다는 한적해 보였다.

그곳에 도착했을 때 열 대의 보트가 이미 정박해 있었다. 우리는 닻을 내리고, 몸을 휘감는 적막함에 안도의 숨을 내쉬었다.

마에바 해변에 발을 디딘 지 얼마 지나지 않아 누군가 리처드에게 다가와 보트 수리를 요청했다. 마얄루가처럼 페로시멘트로 만든 보트라고 했다. 보트 수리라면 좋아하는 일이기도 했고, 기회가 될 때마다 여행 경비를 모으던 그는 선뜻 요청에 응했다. 리처드가 수리를 하는 동안 나는 마얄루가 내부에 페인트칠을 하고 표면 이곳저곳을 광택제로 닦았다.

그러던 어느 날, 작업할 배로 노를 저어가던 중 리처드는 새로운 배 한 척을 보았다. 영국 국기를 올린 배 하나였다. 리처드는 노를 저어 다가가 "탤리-호(사냥 때 외치던 소리였으나 친근한 인사로 쓰인다 - 옮긴이)." 하고 외쳤다. 리처드는 하자나 선주에게 자신이 이 해변의 또 다른 영국 보트 마얄루가를 몰고 있다고 자기를 소개했다. 하자나의 주인 피터 크롬프턴과 크리스틴은 영국 사우샘프턴에서 왔는데, 알고 보니 콘월에 있는 리처드의 가족과 한때 이웃으로 지냈던 분들이었다.

크롬프턴 부부는 그날 오후 차를 함께 마시자며 우리를 초대했다. 하자나를 가까이서 본 나는 아름다운 선체와 그 크기에 놀라움을 감출 수 없었다. 13미터가 넘는 트린텔라 보트 하자나는 네덜란드 유명 요트 디자이너인 판 데 스타트가 디자인한 케치(돛대가 두 개인 범선)로, 네덜란드의 아네 베버르가 만들었다. 리처드는 피터와 크리스틴에게 나를 소개했고, 부부의 안내로 하자나의 내부를 둘러봤다. 마얄루가에 비하면 5성급 호텔같이 화려했다. 50대 중반의 크롬프턴 부부는 허세나 가식은 결코 찾아볼 수 없는 매력적이고 친절했다. 피터가 음료를 준비했고 우리는 널찍한 조종석에 앉아 크리스틴이 준비한 오르되브르(에피타이저)를 즐겼다. 리처드와 부부 사이에 겹치는 몇몇 지인이 있었다. 우리는 굉장히 즐거운 시간을 보냈다.

며칠 후 크롬프턴 부부가 저녁 식사에 우리를 초대했다. 크리스틴이 손수 만든 망코 처트니와 함께 폴리네시아 음식에 영국식 느낌을 더해 내오자 리처드가 특히나 좋아했다. 저녁 식사 후 크리스틴은 부친이 편찮아 영국으로 돌아가야 할 것 같다고 털어놓았다. 피터는 하자나를 캘리포니아로 옮겨줄 선원을 찾을 수 있을지 모르겠다고 했다. 크리스틴의 아버지를 보러 가기 위해서는 미국에서 영국을 오가는 게 훨씬 편하기 때문이었다. 부부는 우리에게 일을 맡아줄 수 있는지 넌지시 묻고 있었다. 우리는 각자의 항해 경력과 둘이 함께 이곳까지 온 경로도 설명해주었다. 부부는 8만 킬로미터가 넘는 우리의 항해 경력에 크게 감탄했다.

마얄루가로 돌아온 후 리처드는 하자나를 배달하는 일을 어떻게 생각하는지 내게 물었다. 처음에는 별로 내키지 않았다. 미국을 떠난 지 몇 달밖에 되지 않아 아직은 돌아가고 싶은 마음이 없었다. 뉴질랜드까지 여행을 마치고 싶었다.

하지만 리처드는 피터에게 가서 비용을 충분히 준다면 샌디에이고까지 하자나를 몰고 가겠다고 답했다.

리처드와 피터는 다시 만나 캘리포니아주 샌디에이고까지 하자나를 배달하는 조건을 논의했다. 자리를 파하고 돌아온 리처드는 1만 달러와 샌디에이고에서 유럽까지의 왕복 항공권과 타히티 항공권까지 받을 수 있다고 했다. 괜찮은 제안에 나는 확

끌렸다. 놓치기 아까운 기회였다. 1만 달러를 받으며 장거리 항해를 할 수 있다니. 유럽에 한 번도 가보지 못한 나는 영국에서 보낼 크리스마스도 기대되었다. 크롬프턴 부부도 하자나를 크리스마스에 다시 만나는 일정에 만족했다. 우리가 영국으로 떠나면 뒤이어 부부가 미국으로 오는 셈이라 하자나가 바닷가에 홀로 방치될 일도 없었다. 우리는 영국에서 머물다 샌디에이고로 돌아와 비행기를 타고 타히티에 도착해 마얄루가를 타고 예정대로 뉴질랜드 여행을 시작하면 되었다. 우리 인생에 4개월쯤 늦어진다 해서 문제가 있을까? 우리는 하자나를 샌디에이고까지 옮기기로 결정했다.

피터와 크리스틴은 영국행 비행기표를 예약했다. 두 사람이 떠나기 며칠 전 우리는 함께 하자나를 다시 둘러봤다. 크리스틴은 내게 조리실을 설명하고 조리 도구와 식재료가 보관된 장소를 보여주었다. 피터는 엔진 룸으로 리처드를 데리고 가 하자나의 특징과 더불어 엔진과 전자장비를 다루는 법을 설명했다.

다음 날 우리는 하자나의 갑판 위 장비와 돛 등을 점검했다. 롤러 펄링 헤드세일과 셀프 테일링 윈치(클리트 없이 로프가 고정되는 윈치 - 옮긴이), 조종석에서 세일을 조종할 수 있는 전동 윈치, 유압식 붐뱅(거센 바람에 대비해 붐의 바닥에서 돛대 가까이의 갑판까지 연결하는 장치 - 옮긴이)까지 장착된 정교한 보트였다. 나는 점점 이 배를 타고 북쪽으로 항해하는 것에 들뜨기 시작했다. 하자나는 A급 보트였다.

피터는 하자나의 열쇠를 주며 진심을 담아 리처드와 악수를 나눴다.

"즐거운 항해가 되길 바라요. 조심해요."

"걱정 마세요. 저희 배처럼 조심히 다루겠습니다."

리처드가 웃으며 피터를 안심시켰다.

크롬프턴 부부는 모든 준비를 마치고 좌석 보관함 위에 여행 가방을 줄지어 올려두었다. 리처드는 피터를 도와 부부의 소형 모터보트에 짐을 실었고, 그 뒤로 우리는 소형 보트로 노를 저어 따라갔다. 해안가에서 우리는 포옹과 인사를 나누며 약속했다.

"샌디에이고에서 만나요."

크롬프턴 부부는 공항으로 떠났다.

우리는 두 대의 소형 보트를 묶어둔 바닷가로 돌아갔다. 리처드의 손이 닿기 전에 내가 먼저 크롬프턴 부부의 모터보트를 묶은 로프에 손을 뻗었다. 리처드 얼굴에 실망감이 스쳤다.

"장난이야."

나는 그에게 로프를 건넸다. 그가 15마력 선외기 엔진을 장착한 고무보트를 타볼 생각에 들뜬 것을 이미 알고 있었다.

우리가 샌디에이고로 하자나를 배달할 동안 친구 앙투아네트와 하이패드가 마얄루가를 돌봐주기로 했다. 내가 처음 남태평양을 여행할 당시 알게 된 커플이었다. 하이패드는 자기 집과 가까운 마타이에아 해변에 마얄루가를 보관하자고 제안했다. 보트 두어 대 정도만 머물 수 있는 좁은 곳이라 마얄루가의 정박지로는 훨씬 안전했다.

마타이에아의 조류가 잠잠해지는 때를 계산해 리처드가 항로를 계획했다. 지그재그로 배를 몰아 좁은 수로를 통과해 마타이에아에 도착했다.

리처드는 유독 조심스럽게 배를 정박했다. 우리는 마얄루가의 돛을 모두 떼어내 아래 선실에 보관했다. 리처드는 청수 펌프와 펌프 헤드의 물기를 제거한 뒤 선체의 모든 밸브를 차단했다.

나는 소형 보트에 앉아 리처드가 마얄루가의 해치를 닫는 모습을 지켜봤다. 그는 해치를 두어 번 두드렸다.

"금방 돌아올게."

리처드가 소형 보트에 오른 후 묶어둔 줄을 풀고 노를 저어 해안가로 향했다.

하자나로 짐을 옮기는데 마치 힐튼 호텔의 허니문 스위트에 입

성하는 기분이었다. 샤워용 온수가 나오고 화장실은 두 개나 있었다. 넓직한 선실 조리실은 마치 일류 요리사의 주방 같았다. 최첨단 전기 시설은 물론이고 앞 갑판과 조종석이 운동장만 했다.

우리는 샌디에이고까지의 30일간 항해에 앞서 타히티에 머물며 채비를 했다. 일전에 마얄루가에 구비해둔 것은 물론 크롬프턴 부부가 남겨둔 식재료도 많았다. 그렇지만 하자나에는 냉장고가 있으니까 우리는 여분의 식량을 준비했다.

그날 오후 리처드는 화려하게 포장된 커다란 타원형 박스를 손에 들고 나타났다.

"이게 뭐야?"

호기심에 가득 찬 눈으로 그에게 물었다. 그는 별말 없이 활짝 웃으며 박스를 내밀었다.

"직접 열어봐."

"오늘 내 생일 아닌데?"

"알아."

"기념일인가?"

혹시 몰라 급히 머릿속을 뒤지며 민망한 듯 물었다.

"아니야."

진홍색 리본을 풀자 상자 뚜껑이 살짝 들썩였다. 열어보니 얇은 아이보리 종이 포장지 아래로 황록색이 얼비쳤다. 포장지를 펼쳐 몸의 곡선을 드러내는 소재에 가느다란 어깨끈이 달린 원피스를 꺼냈다.

"내 거야?"

"마음에 들어?"

"너무 예쁘다."

자리에서 일어나 원피스를 몸에 대보며 톤을 높여 말했다. 에메랄드색 실크 소재 원피스는 허리가 살짝 들어가고 무릎 바로 위까지 떨어졌다.

"그런데, 왜 주는 거야?"

"당신이니까."

더는 설명이 없었다. 나는 얼떨떨한 표정으로 그를 바라보았다.

"가게 마네킹에 걸려 있는데, 허리까지 오는 금발에 잔디 같은 푸른 눈, 아름다운 몸매까지 마네킹이 당신과 무척 닮았더라고. 당신 옷이다 싶었어."

나는 얼굴이 붉어졌다.

"당신이란 남자는 정말······."

그의 목에 두 팔을 두르고 깊게 입을 맞췄다.

"자 이제 준비하자. 르 벨베데르에 저녁 식사를 예약했어. 걸을까, 택시를 탈까?"

"르 벨베데르라니, 신난다. 걷자. 새 옷 입고 자랑 좀 하고 싶거든."

늦은 오후의 열기가 지면에서 피어올랐다. 우리는 되도록 그늘을 찾아 걸으며 살갗에 부드럽게 스치는 바람을 즐겼다. 새 원피스를 입은 내 모습이 예뻐 보였다. 세상에 있는 온갖 종류의 초록색은 다 모인 듯한 싱그러운 녹음이 우거진 협곡과 계곡을 따라 걸었다.

레스토랑에 마련된, 지붕이 있는 너른 테라스에서는 이국적인 나무와 관목, 꽃들이 무성한 협곡이 한눈에 내려다보였다. 저 멀리 하얀 포말이 가득한 바다가 눈에 들어왔다.

음식 또한 환상적이었다. 코코넛 크림과 버터가 많이 들어가 풍미가 좋았다. 빈 접시가 정리된 후 리처드가 테이블 위로 손을 뻗어 내 손을 잡았다. 나는 그가 내 손가락을 부드럽게 어루만지는 걸 지켜보다가 나를 뜨겁게 바라보는 파란 눈을 마주 응시했다.

"당신을 진심으로 사랑해, 태미. 영원히 함께하고 싶어."

"나도 그러고 싶어."

그의 갑작스런 고백이 무슨 의미인지 의아하기도 하고 조금 쑥스럽기도 해 웃으며 말했다.

"나와 결혼해줄래?"

불쑥 말한 그는 하얀색 꼬임실로 복잡하게 매듭을 지어 만든 반지를 손가락에 끼워주었다.

"너무 예쁘다. 직접 만든 거야?"

"응. 미국에 도착하면 진짜 반지를 사줄게. 당신이 원하는 걸로."

나는 고개를 저었다.

"이보다 멋진 반지는 세상에 없을 거야."

눈가에 눈물이 맺혔다.

"왜 울어? 나랑 결혼하기 싫은 거야?"

"아냐, 아냐. 당신과 결혼할게. 지금 당장 하고 싶어."

"맙소사, 태미, 당신이 거절하는 줄 알았어."

"뭐? 내가 왜 그러겠어. 거절하는 게 이상하지."

하자나로 돌아오는 길에서 몇 번이나 길고 긴 키스를 나누느라 걸음이 늦어졌다. 리처드 샤프 부인이라는 나의 새 이름이 어떤지 그에게 물었다. 아니면 태미 샤프. 리처드 앤드 태미 샤프.

"다 좋은데."

리처드는 대답했다.

하자나로 돌아온 우리는 느린 음악을 틀고 서로의 품에 기대어 춤을 추었다. 더 이상 소녀가 아니라 진짜 여자가 된 것만 같았다. 곧 한 사람의 아내가 될 여자. 사랑이 가득한 밤이었다.

* * *

하자나가 출항 준비를 마쳤고 우리도 떠날 준비가 되었다. 더 이상 남은 일은 없었기에 캘리포니아행 항해를 위해 예정보다 타히티를 일찍 떠나는 걸 고려했다. 일기예보도 꼼꼼하게 분석했다. 폭풍 소식이 없어 날씨만큼은 걱정하지 않아도 된다는 확신이 있었다. 남반구에서 북반구까지 금방 도착할 수 있을 것 같았다. 허리케인이 한창인 시즌도 지났고, 이맘때쯤에는 폭풍 발생 빈도도 통계상으로 낮아 우리는 진행을 결정했다. 아무것도 두렵지 않았고, 무엇도 우리를 무너뜨릴 수 없었다. 사랑으로 모든 것을 이겨낼 거라 믿었다.

우리는 무레아를 떠나 파페에테로 와서 배에 연료와 물, 프로판가스 탱크를 가득 채웠다. 9월 22일 13시 30분, 파페에테에서 출항했다. 마얄루가가 타히티에 남아 있고, 넉 달 후 다시 돌아올 예정이었기 때문에 예치금도 빼지 않고 그대로 두었다. 그렇게 우리는 미국으로 출발했다.

17.
그곳에 땅이 있었다

35일째. 하와이까지 약 233킬로미터가 남은 것 같다. 플라스틱 음료병, 해진 방수포, 슬리퍼, 스티로폼 등 물 위에 떠다니는 생활의 흔적들이 떠다니기 시작했다.

타륜의 나침함에 있는 나침반과 조종석 칸막이벽에 있는 나침반, 이 두 개의 나침반에 불을 밝히기 위해 저녁에만 배터리를 사용했다. 하자나에 설치된 배터리 두 개 중 하나가 사고 당시 플렉시 유리 보관함이 깨질 때 떨어져 나갔지만 정말 다행히도 파손 없이 똑바로 떨어졌다. 만약 조금이라도 다르게 떨어졌다면 나는 의식을 회복하기 전에 전지의 산성 액체가 물에 스며 들어 큰 화상을 입거나 목숨을 잃었을 수도 있다. 다른 하나 역시 멀쩡히 보관함에 있었다.

배터리 하나가 수명을 다한 후 두 번째 배터리로 교체하며 어쩌면 안전한 곳에 도착하기 전까지 버티지 못할 수도 있겠다는 생각이 들었다. 배터리를 아끼기 위해 선실을 청소하다 찾은 야광봉을 사용하기로 했다.

그날 저녁 첫 번째 야광봉을 뚝 부러뜨렸다. 손으로 마법을 부린 것처럼 형광 불빛이 번졌다. 어린 시절 밤바다에서 은빛 긴 몸체를 자랑하는 그루니온 낚시를 했던 기억이 떠올랐다. 파도에 밀려 해안가로 몰려든 그루니온을 쫓아 해적이 칼을 휘두르듯 야광봉을 흔들며 젖은 모래를 이리저리 뛰어다녔다.

가끔씩 친구들 몰래 부두로 가서 모래사장에 두 발을 깊이 숨긴 채 못 빠져나오는 척을 했다. 그러다 보면 모래게의 딱딱한 집게발이 발끝에 스치기도 했다. 화들짝 놀란 나는 힘껏 도망쳤다.

"모래게가 쫓아온다. 모래게가 쫓아온다고."

목청껏 소리를 지르며 친구들을 지나쳐 빠른 속도로 내달리는 날 보고 아이들도 소리를 지르며 도망쳤다.

별이 뜨지 않은 밤하늘 위로 야광봉을 높이 들고 리처드의 이름을 몇 번이나 써내려갔다. 첫 글자 R부터 마지막 D까지 밤하늘에 휘갈겨 썼다.

뱃머리를 마주하고 마법의 야광봉을 앞으로 향하며 주문을 외웠다.

"리처드, 내게 돌아와."

천천히 야광봉을 가슴으로 가져갔다. 가슴에 댄 채로 우현 쪽으로 몸을 돌려 다시 한 번 반복했다.

"내게 돌아와줘."

왼쪽 뺨으로 상쾌한 바람이 닿았고 나침반을 확인한 후 항로를 1도 변경했다. 이번엔 180도로 몸을 돌려 선미를 마주하고 낮은 목소리로 말했다.

"리처드, 당신의 영혼을 불러줘."

조심스럽게 좌현으로 몸을 돌리고 오른팔을 멀리 뻗은 후 천천히 가슴 쪽으로 팔을 가져오며 주문을 외웠다.

"이제 나타나."

야광봉을 나침함 위에 올려놓았다. 정면을 살피고는 타륜을 몇 도 더 움직였다. 전능한 존재가 된 것 같은 기분에 취해 주문을 더 했다.

"당장 눈앞에 밀크셰이크가 나타나라. 베스킨 라빈스, 서른한 가지 맛 아이스크림이 있는 그곳의 밀크셰이크여야 하고, 민트 초코칩이어야 한다."

밀크셰이크를 향한 갈망이 밀려와 감흥이 깨지고 말았다.

"당장 밀크셰이크를 먹을 수만 있다면 뭐든 할 수 있는데."

이제 그만해. 바보같이 굴지 마. 밀크셰이크를 당장 구할 수 없다는 거 잘 알잖아.

"밀크셰이크가 먹고 싶었던 적도 없나 보지?"

물론, 있지. 하지만 상상해봤자 무슨 의미가 있어.

"상상력이 너무 부족한 분이네."

헛된 희망으로 스스로를 괴롭히지 않는 거지.

목소리에게서 유머라고는 찾아볼 수 없었다. 나는 민트 초코칩 밀크셰이크를 마시는 시늉을 했다.

"음. 살 것 같아. 민트 맛이 얼마나 좋은지 제대로 표현조차 할 수 없을 정도야."

상쾌해?

"엄청 상쾌해."

목소리는 잠시 망설이듯 물었다.

나도 좀 먹어봐도 될까?

"미안, 다 먹어버렸네."

컵을 배 밖으로 던지는 시늉을 했다.

아, 이런······.

"다음부터는 상상하는 재미도 좀 느껴보라고."

* * *

이후 며칠 내내 바람이 변덕스러웠다. 악마에게 저주를 퍼부었다.

가능하면 악마는 떠올리지 마, 태미.

"악마가 두려운가 봐?"

아둔한 자만이 악마가 무서운 줄 모르는 법이지.

약간 소름이 끼쳤다.

"그럼 뭘 떠올려야 하는데?"

목적지를 생각해.

38일째, 이글거리는 태양이 떠오르자 더 이상 담요를 덮을 수가 없었다. 몸이 타는 듯했다. 밤에는 운전을 하거나 목적지를 생각하며 주로 깨어 있었다. 늦잠을 자고 침대에서 아침을 먹으며 하루를 시작할 수만 있다면.

자리에 앉아 스트레칭을 했다. 돛과 장비를 확인하기 위해 선수로 가던 중 주변을 둘러보다 우뚝 걸음을 멈췄다.

"그럴 리가…… 설마?"

눈을 가늘게 뜨며 앞에 보이는 물체에 집중했다.

"맞아, 맞다고."

수평선에 구름 모양의 무언가가 보였다. 동이 틀 무렵에는 낮게 깔린 뭉게구름인 줄 알았다. 그러나 정오가 되자 화강암 색을 띠었다. 하와이일까? 타륜을 잡고 한 시간 동안 점차 선명하게 드러나는 섬을 향해 배를 몰며 설마 내가 잘못 본 걸까 봐 두려웠다. 부풀어오는 기대감에 심장이 방망이질하듯 뛰었다. 얼마 후 눈앞에 보이는 것이 육지이고 섬이라는 것을 확신했다. 내가 생각했던 바로 그곳에 하와이가 있었다. 엄청난 안도감이 밀려왔다. 손에 얼굴을 묻고 눈물을 흘리며 척추가 녹아내리는 것만 같은 기분이었다.

얼마 후 마음을 가라앉힌 나는 압도적인 경외감을 느꼈다. 하지만 무엇에 대한 경외감일까? 육지에 도착한다는 것? 사람을 만나는 것? 집에 갈 수 있어서? 이제부터 펼쳐질 일들? 모두 다였다. 내가 바랐던 모든 것이 눈앞에 있었다. 아, 모든 것은 아니지……. 이내 굉장한 흥분이 들끓었고, 나는 크게 소리쳤다.

"땅이다, 땅!"

나는 전사처럼 춤을 추기 시작했지만 얼마 가지 못해 기진맥

진하고 말았다.

"축하를 해야 할 순간이야. 맥주! 이때를 위해 아껴둔 내 마지막 맥주. 그리고 시가도. 야호!"

선실로 가서 급하게 맥주와 시가를 찾았다. 갑판으로 올라온 나는 붐으로 올라가 시가에 불을 붙이고 맥주를 땄다.

"맙소사, 신이 나 미칠 것 같아. 너무 다행이다. 정말, 정말 감사합니다. 고맙습니다. 마우루루. 감사합니다. 아멘."

지난 한 달간 감사함을 느낄 일이 없었다. 뭐, 고작해야 물, 시가, 맥주, 로션이 다였다. 실로 오랜만에 온몸이 쭈뼛 서는 흥분과 기대감이었다.

"엄마가 데리러 올 거야. 부모님이 다 해결해줄 거야."

하지만 뭘 해결해줄 수 있을까? 내 손을 잡아주는 거? 사람들에게 무슨 일이 벌어졌는지, 왜 사고가 발생했는지 상황을 설명하는 것은 오로지 내 몫이었다. 즐거웠던 마음이 사그라졌다.

"리처드 가족에게는 뭐라고 말해야 하지? 어떻게 말해야 할까?"

순간 두려움이 찾아왔다. 나도 모르게 고개를 가로저었다.

"리처드에게 무슨 일이 있었는지 내가 말할 수 있을까?"

감정이 북받쳐 목이 메었다.

"크롬프턴 부부에게도 두 사람의 멋진 배가 어떻게 되었는지 알려야 하는데."

하자나, 가련한 하자나, 내 목숨을 구해준 하자나. 크롬프턴 부부도 큰 상실감을 느끼겠지.

"죄송합니다."

두 사람을 생각하자 슬픔이 더욱 몰려왔다.

"우리는 최선을 다했어요. 정말이에요."

그들이 내 말을 믿어주어야 할 텐데. 눈물이 얼굴을 타고 뚝뚝 떨어졌다.

"나도 최선을 다했어. 할 수 있는 것은 다했어."

미지근한 맥주와 함께 눈물을 삼켰다.

"세상에, 사람들이 날 보고 뭐라고 할까? 내 꼴 좀 봐. 완전 만신창이잖아. 살도 너무 많이 빠졌고, 머리도 엉망이야. 누구라도 날 이상하게 쳐다보면 완전히 무너질 것 같아. 너무나 위태로운데. 어쩌지, 너무 두려워."

갑자기 속이 메슥거렸다. 다시 사람들을 만나고 사회의 일원으로 돌아가는 것이 두려웠다. 왜 이런 생각이 드는 걸까? 고립된 생활에 익숙해진 걸까? 표류하다 영영 사라지기를 내심 바랐던 걸까? 나는 살아남았고 리처드는 바다 저 깊은 곳에 잠들어 있다고 말하는 것보다는 그 편이 나은 것 같기도 했다. 리처드의 부모님은 마지막까지 타륜을 잡고 있었던 사람이 그가 아니라 나였길 바라겠지. 우리 부모님은 슬프겠지만 그래도 내가 갑판에 남지 않아 다행이라고 생각하겠지. 차라리 우리 둘 다 죽는 게 나았을 거라는 걸 누가 이해할까?

다시 예전으로 돌아가고 있잖아. 당신은 죽을 운명이 아니었어. 몇 번이나 말해줘야 해. 리처드의 시간이 다 되었고, 너는 아니었다고. 사람들은 네가 안전하게 돌아왔다고 기뻐할 거야.

목소리는 내 어깨를 감싸는 따뜻한 담요 같았다. 목소리가 하는 말을 믿고 싶었다. 믿어야 했다.

"너무 무서워."

알아. 당연히 그럴 만해.

"당신이라면 두려워하지 않았을 텐데."

그랬을지도 모르지. 어쨌든 확실한 건 더 이상 혼자 있지 않아도 되니 기뻐할 일이라는 거야.

"알아. 정말 기뻐. 진짜로."

행복해 보이지 않는데. 자 이제 눈물을 멈춰. 자 어서.

"이제 나를 떠나려는 거지?"

절대로 너를 떠나지 않아. 네가 필요할 때면 언제나 곁에 있을 거야.

"어디에 있는데?"

너의 영혼과 함께.

"소울메이트처럼? 수호천사처럼?"

뭐 그런 셈이야.

목소리와 나는 한동안 말이 없었다. 마음에 온전한 평화가 찾아왔다. 얼마 후 나는 한숨을 내쉬었다.

"바람이 너무 없어 굳이 운전을 할 필요도 없네. 정리나 해야겠다."

나는 나만의 쉼터인 붐에서 내려와 선실로 향했다.

18.
자신을 믿어, 태미

선실은 정리를 했다고 볼 수 없는 지경이었지만 그래도 내가 할 수 있는 최선이었다. 해도대에 앉아 로그 북을 썼다. 섬을 보며 안도감을 느끼는 짜릿한 순간을 리처드가 함께했다면 얼마나 좋았을까 라고 적는데, 그 순간 엔진 굉음이 들렸다.

"무슨 소리지……."

나는 부리나케 위로 올라갔다.

이마에 손을 올려 햇볕을 가리고 주변을 둘러봤다. 하늘에서 들리는 소리였다. 비행기였다. 군용기. 군용기 한 대가 낮게 날아가고 있었다! 손을 급히 움직여 조명탄 네 개를 쐈다. 빨간 티셔츠가 달린 노를 흔들고 또 흔들었다. 하지만 군용기는 아랑곳하지 않았다. 멍했다. 어떻게 나를 못 볼 수가 있지? 잠깐, 섬이 어디 갔지? 갑자기 섬이 있던 자리는 텅 비어 있었다.

"망할 놈의 섬이 어디로 갔지?"

손바닥을 내려다보다 뒤집어 손등도 확인했다. 진짜 내 손이 맞았다. 손바닥을 뺨에 대고 얼굴을 만져봤다. 얼굴이 느껴졌다. 혀로 오른 손가락을 살짝 맛보고, 엄지손가락으로 나머지 손가락들을 쓸었다. 축축하고 끈적했다. 순간 내 뺨을 내리쳤다. 오른손으로 오른뺨을, 왼손으로 왼뺨을. 계속 얼굴을 내리치다 미친 사람처럼 소리쳤다.

"아아아아아아아아! 난 죽은 거야. 이미 죽었다고. 다 가짜였어! 오래전에 죽은 거야."

무릎이 꺾여 좌석 보관함에 주저앉았다.

"지옥이야. 여긴 지옥이야. 아니 중간 세계에 갇혔나? 악마의 장난에 놀아난 건가? 현실과 상상을 구분하지 못하게 만드는 장난? 난 진짜가 아니었어. 아무도 날 못 보잖아. 아무도 날 구하지 못해. 영원히 이곳에 갇힌 거야. 내가 뭘 그렇게 잘못한 거지? 리처드가 시킨 대로 선실에 내려갔을 뿐인데. 내 잘못이 아니라고."

자리에서 일어나 하늘을 향해 주먹을 흔들었다.

"듣고 있어요? 내 잘못이 아니라고요. 죄책감에 시달리는 짓, 더 이상 못하겠어요. 허리케인은 당신이 만들었잖아. 리처드를 죽인 것도 당신이잖아. 나를 살려낸 것도. 어떻게 그럴 수가 있어? 리처드를 죽이고 나를 이 지옥에 밀어 넣었는데 당신이 자비롭다고? 잘 들어. 내 손으로 이곳을 벗어날 거야. 총으로 머리를 쏴버릴 거야. 그러면 더 이상 골치 썩을 필요도 없어. 악몽도, 당신도 다 꺼져버리라고!"

신경질적으로 선실로 내려가 로커를 마구잡이로 뒤져 라이플을 찾았다. 라이플을 감싼 수건을 털어 쿠션에 총을 떨어뜨렸다. 총알이 담긴 박스도 툭 떨어졌다. 선장실 벽에 기대어 장전한 총을 입 안으로 밀어 넣었다. 차가운 금속이 치아에 계속 부딪혔다.

"아야. 젠장."

앉아 있으면 손이 덜 떨릴 테니 낫겠지, 소파로 다시 자리를 옮겼다.

태미, 자살은 안 돼. 잘 알잖아.

"왜 안 되는데?"

총으로 바닥을 내려쳤다.

"난 죽었다고. 이미 죽었어! 내 넋만 살아있을 뿐이야. 망상이 계속되고 있다고. 뭘 더 기대하고 싶지 않아! 이제는 버틸 수 없어."

태미, 다 왔어. 정말 다 왔어. 네 자신을 믿어. 당신의 바다는 너무도 광대하고, 제 보트는 너무도 미약하다는 기도, 네가 항상 했잖아. 태미, 보트가 너무 작아. 눈에 잘 띄지 않을 거야. 알잖아. 총을 내려놔. 네 자신을 믿어야 해. 배를 포기해선 안 돼. 나가서 밖을 봐봐. 한 번만. 어서. 내 말을 믿어도 좋아. 섬이 진짜 가깝다고. 망상이 아니야. 하와이가 맞아. 거의 다 왔어. 진짜야. 제발, 어서 올라가서 봐.

자포자기한 상태로 총을 바닥에 내려두고 갑판에 올랐다. 진짜 섬이 보였다. 분명하게 보였다.

"세상에, 도대체 내가 뭘 하려고 했던 거지?"

몸이 자꾸 떨려와 붐을 꼭 끌어안았다.

포기하려고 했다. 죽으려고 했다. 너무 지치고 외로웠던 나머지 정신이 이상해졌다.

붐에서 내려와 조종석으로 향했다. 바닷물을 담아둔 양동이에서 양손 가득 차가운 물을 떠 얼굴에 끼얹었다.

"아."

기분이 좋았다. 시원한 물의 촉감이 생생했다. 다시 한 번 얼굴에 찬물을 끼얹었었다. 그러고는 양팔을 높게 뻗었다가 내리며 사자처럼 포효했다.

"아아아아아아아!"

섬을 바라보며 마음을 다잡았다. 네 자신을 믿어, 태미. 목소리를 믿어. 지금껏 잘 버텼잖아. 너를 구해줄 무언가를 기다릴 필요 없어. 믿음을 갖고, 목소리를 신뢰하고, 네가 살아남은 이유가 있다는 걸 믿어.

마음이 진정될 때까지 잠시 가만히 앉아 있었다. 한 가지 깨달음이 찾아왔다.

"나를 구할 수 있는 것은 나뿐이었어."

19.
조금만 더 버텨

그날 밤 폭우와 강풍에 잠이 깼다. 나침반 바늘이 마구 흔들렸다. 타륜을 밧줄로 단단히 고정시키고 방수포로 조종석을 덮은 후 다시 잠이 드는 것 외에는 달리 할 수 있는 일이 없었다. 너무도 지쳐 있었다.

* * *

다음 날 아침 관측으로 배가 북쪽으로 40킬로미터가량 밀려난 걸 알게 되었다. 한 시간에 2노트 속도로 항해하고 있으므로

40킬로미터는 약 열두 시간 거리였다. 열두 시간을 잃어버린 셈이었다!

더 이상 섬이 보이지 않았다. 이제부터 잠을 자지 않고 배를 몰기로 결심했다. 그날 밤 잠을 쫓아낼 무언가를 찾기 위해 주방으로 내려갔다. 차가운 코코아 커피 음료가 최선이었다. 보온병에 담아 조종석으로 갖고 올라왔다.

홀로 바다에서 버틴 지 41일째, 몇 킬로미터 앞에 힐로항 입구가 보였다. 새벽 2시 30분, 해안가의 불빛이 내게 손짓했지만 바다 아래 넓게 뻗은 거대한 산호초 때문에 가까이 갈 수 없었다. 나는 야광봉을 켜고 오래된 항해 가이드 책을 보며 힐로항에 대해 연구했다. '항해에는 적합하지 않음'이란 글귀가 눈에 띄었다. 이 경고문을 무시하고 저 불빛을 향해 곧장 나아가고 싶었다. 진짜 음식, 진짜 사람, 샤워, 제대로 된 잠자리가 그리웠다. 하지만 한밤에 위험한 섬의 입구로 배를 모는 것은 아둔한 자나 이 지역을 정확히 꿰고 있는 베테랑 선원만이 할 수 있었다. 결국 암초에 부딪히는 결말을 맞이하자고 지금껏 버틴 것이 아니라고 나자신에게 끊임없이 상기시켰다.

다음 날 이른 아침 산호초가 잠복해 있는 입구를 피하기 위해 지그재그로 배의 방향을 바꾸며 나아갔다. 섬은 눈앞에 뻔히 보일 만큼 가까웠지만 고통스러울 정도로 멀게 느껴졌다. 그냥 진입하면 안 될까 싶다가도 곧 너무 위험하다는 자각이 찾아왔다. 혼란스러웠다. 난 이제 달라졌다. 더 이상 순수하고 쾌활했던 소녀가 아니다. 사람들이 사는 세계가 고작 몇 킬로미터 앞에 있으니 두려운 한편 들뜨기도 했다. 눈물이 흘러내렸다.

"왜, 왜 눈물이 나는 거지?"

나는 목소리에게 물었다.

슬퍼서 우는 게 아냐, 태미. 기쁨의 눈물이야.

"하지만 기쁨을 느끼다니 잘못된 것 같아. 난 지금 슬퍼야 한다고. 여전히 슬퍼. 리처드가 무척 그리워."

앞으로도 계속 리처드를 그리워하고 또 영원히 사랑할 거야. 하지만 삶은 계속 되어야 해, 태미. 너 자신을 믿어야 해. 리처드의 시간은 다했지만 넌 아직 아냐. 너라서 살아남은 거야. 아무나 버틸 수 있는 일은 아니었어. 마음껏 기뻐해. 넌 충분히 자격이 있어. 곧 너를 사랑하는 사람들을 만나 네가 그토록 그리워했던 따뜻한 사랑을 듬뿍 느낄 수 있을 거야.

"하지만 예전과 다를 거야."

생각하기 나름이야. 네가 준비가 되었을 때 새로운 누군가가 찾아와 리처드만큼 널 아끼고 사랑해줄 거야.

"하지만, 내가 리처드를 사랑했던 것만큼 다른 누군가를 사랑할 수 있을까?"

물론이지. 시간이 지나면 마음을 열고 다시 사랑에 빠지고 싶어질 거야. 스스로를 믿고, 네 마음의 소리를 믿어.

"네가 그리울 거야."

난 항상 네 곁에 있어. 너의 일부니까.

"하느님의 목소리였어?"

목소리는 끝내 대답하지 않았다. 대답은 없었다.

* * *

밤하늘의 장막이 더디게 걷히고 있었다. 바다에서의, 나 혼자만의 시간이 이제 얼마 남지 않았음을 직감했다. 처음 만나게 될 배가 무엇일지 궁금했다. 어선? 아니면 개인 요트?

항구를 바라보니 하와이, 힐로의 산비탈을 따라 늘어선 파스텔 불빛이 하나둘씩 꺼지고 있었다. 조금만 더 버텨, 태미. 조금만 더.

이미 백만 번 쯤 자문했던 질문이 또 다시 밀려들었다. 왜 몰랐을까? 우리 둘 중 하나라도, 아니 우리 둘 다 바다에서 목숨을 잃을 수 있다는 것을, 그토록 나약한 인간이라는 것을 왜 몰랐을까?

내 안의 무언가가 해명하듯 소리쳤다. 난 두려움을 몰랐으니까. 리처드는 용감했으니까. 열대 섬, 백사장, 따뜻한 바다, 완벽한 파도, 이국적인 항구, 그리고 사랑을 항상 동경해왔으니까.

결국 그 무엇도 바다에 대한 내 열정을 막을 수 없었음을 인정해야 했다.

하늘을 올려다보며 길고 지루한 여행길에 나를 즐겁게 해주고 이끌어준 별들에게 하나씩 작별 인사를 고했다. 하늘 위 W는 물이기도 하지만, 여전히 내게는 '신비롭다Wondrous'는 의미였다. 신비롭고 경이로운 리처드. 신비롭고 경이롭게 지금껏 버텨온 나. 육지에서 올려다보는 별은 결코 바다에서 보는 별 만큼 아름다울 수 없을 것이다.

리처드의 꽃무늬 셔츠를 가슴에 대고 간절히 되뇌었다.

"사랑해. 사랑해. 진심으로 사랑해."

달리 할 말이 없었다. 선명하게 파란 바다를 보면 그의 두 눈을 떠올리지 않을 수 없었다. 차마 그에게는 마지막 작별 인사를 할 수 없었다. 옷 안으로 그의 셔츠를 넣어 가슴께에 묻어두고, 리처드가 내 손에 끼워준 반지를 손가락으로 만지작거리며 빙글 빙글 돌리고 또 돌렸다.

* * *

아침 태양이 하늘을 정처 없이 거닐며 물들이기 시작해 나는
크게 심호흡을 한 뒤 입항 준비를 했다.

선수에 있는 로커에서 닻과 체인을 모두 갑판 위로 끌어 올렸
다. 하자나가 산호초나 해안가와 너무 가까워질 때를 대비해 닻
을 바로 내릴 준비를 했다.

격식을 갖추기 위해 임시로 세워둔 닻의 왼쪽 슈라우드에 성
조기를 달고, 검역이 필요하다는 신호인 노란색 검역기를 걸었
다. 배를 타는 사람이라면 공해를 가로질러 새로운 항구에 입항
할 때 노란색 검역기를 올려야 한다. 아래층 선실을 뒤져 하자나
의 모국인 영국 국기를 찾았다. 국기를 펼쳐 흰 곰팡이와 주름을
털어냈다. 성조기와 마찬가지로 빨간색, 하얀색, 파란색의 위엄
이 느껴졌다. 열십자와 엑스자로 난 빨간색 선이 파란색 부분을
여덟 조각으로 나눈 국기 모양이 예뻤다. 선미 난간에 설치된 거
치대에 영국 국기를 꽂으며 리처드가 그의 조국을 얼마나 사랑
했는지 떠올렸다.

타륜을 잡고 항구 입구를 향해 항로를 변경했다. 그 순간, 출항하는 거대한 배 한 척을 맞닥뜨렸다. 나는 조명탄 총을 쥐고 급히 발사했다.

배가 잠시 멈춘 듯했다.

두어 차례 발포한 후 노를 흔들었다. 노에 묶인 티셔츠는 어느새 바래 있었다. 아무런 성과 없이 무작정 흔들기만 했던 과거와는 달리 침착하게 노를 앞뒤로 움직였다.

그 순간 선박은 항해등을 켜고 침로를 변경했다.

세상에, 날 본 거야. 정말 날 봤다. 뭘 어찌해야 좋을지 몰랐다. 뭔가를 해야 할 것 같은데, 뭘 해야 하지? 배는 빠른 속도로 다가왔다. 무슨 말을 하지?

"안녕하세요. 저는 태미 올드햄이고, 이 배는 세일링 요트 하자나예요. 이 상태로 오랫동안 표류했어요······."

항해등을 켠 배가 엔진을 역회전시키며 속도를 줄였다. 선미에 하얀 물거품을 일으키며 배가 다가오자 하자나가 크게 흔들렸다. 두 배가 충돌할까 두려웠다. 60미터는 되어 보이는 거대한 선박이었다. 하자나 위로 어두운 그림자가 드리워졌다. 동양인, 폴리네시아인, 미국인 남성과 여성들이 난간 아래로 얼굴을 내밀고 나를 바라보고 있었다. 혼자 발가벗은 채 서 있는 기분이었다. 그때 한 선원이 확성기를 들고 내게 소리쳤다. 중립 기어 상태에서 굉음을 내는 엔진 소리 때문에 그가 하는 말이 전혀 들리지 않았다.

"괜찮으세요?"

그가 소리쳤다.

괜찮다는 의미로 고개를 끄덕였지만 울음이 터지고 말았다. 눈물 사이로 나를 가엾게 바라보는 사람들의 눈빛이 느껴졌다. 소란스러운 고함에 위를 올려다보니 사람들이 힘내라는 듯 미소 지으며 힘차게 고개를 끄덕이고 있었다.

"이제 안심하세요. 도와줄게요. 다 괜찮아질 겁니다."

선원이 다시 외쳤다. 조금 기운을 차린 내게 그가 물었다.

"사망자가 있습니까?"

나는 고개를 끄덕였다.

"저기 보이는 게 사체입니까?"

좌현 선미에 둥글게 말아 밧줄로 묶어 놓은 고무보트를 가리키며 선원이 물었다. 그의 질문에 당황한 나는 고개를 저었다.

"해안경비대에 보고했습니다. 지금 필요한 물건이 있습니까?"

전부 다, 전부 다 필요했지만 무엇보다 리처드가 가장 필요했다. 나는 부정의 의미로 고개를 가로서있다. 선바이 일으키는 물

살 때문에 하자나가 크게 흔들렸고, 바다로 떨어질 것만 같아 선수 난간을 잡은 손에 힘을 줬다.

곧이어 배 갑판에서 누군가 유리 용기를 로프에 묶어 내게 건넸다. 고개를 끄덕여 감사 인사를 전했다. 힘도 부족했고 긴장한 탓인지 로프를 푸는 것이 무척 힘들었다. 따뜻한 커피 향이 코끝에 전해졌다. 용기를 한쪽에 내려놓고 누군가 내게 던진 사과를 받았다. 사과를 먹어본 것이 기억나지 않을 만큼 까마득했다. 한 입 베어 물자 달콤한 과즙이 뺨으로 흘러내렸다. 기억보다 훨씬 달콤한 사과 맛에 또 한 번 눈물이 터졌다.

이렇게 큰 배가 하자나를 위협할 정도로 가깝지도, 하지만 너무 멀지도 않게 거리를 유지하기 위해 기어를 계속 조정하는 일은 상당히 까다롭다. 해안경비대를 기다리며 이 배가 자리를 지킨 지 영겁의 시간이 흐른 것 같았다.

"로프를 던져줄게요."

갑자기 누군가 알려왔다.

위쪽에서 큰 외침과 함께 '원숭이 주먹(줄을 던지기 위해 끝을 동그란 공 모양으로 묶은 매듭)'이 날아왔다. 손을 쭉 뻗어 줄을 꽉 잡은 후 젖 먹던 힘까지 다해 잡아당기니 줄에 연결된 굵은 로프가 보였다. 지름이 5센티미터나 되는 로프였다. 가까스로 갑판 위에 올렸다. 엄청나게 무거웠다. 날렵한 요트가 아니라 거대한 선박을 견인할 때 쓰는 로프였다. 이 거대한 물건을 어디에 걸어야 할지 판단이 서지 않았다. 결국 양묘기에 감아 고정했다. 단단히 고정된 것을 확인했다.

"천천히, 천천히 움직이세요!"

나는 배를 향해 출발 수신호를 보냈다.

배의 엔진이 크게 웅웅거리기 시작해 나는 손에 힘을 주었다. 하자나가 끌려가기 시작했다. 양묘기의 섬유유리 커버가 부서졌지만 양묘기 몸체는 볼트 두 개로 잘 고정되어 있었다. 곧이어 배가 속력을 높이며 질주하기 시작했다. 배의 최저 속도가 아마도 하자나의 최고 속도보다 높을 것 같았다. 눈 깜짝할 사이에 10노트 이상의 속도에 도달했다. 빠른 속도로 끌려가는 하자나를 운전하는 데 상당한 에너지와 집중력이 필요했다. 사람들의 시선이 느껴졌다. 집중해야 한다, 지금은 패닉에 빠질 때가 아니다.

산호초로 진입하자 하자나를 끌고 가던 배가 멈췄다. 물살 때문에 하자나가 자꾸 뒤로 밀려났다. 얼마 지나지 않아 해안경비보조대가 8미터쯤 되는 보트를 끌고 나타났다. 배와 연결한 로프를 풀고 해안경비대원이 던져준 로프를 하자나에 단단히 묶었다. 이제 하자나는 해안경비보조대의 소형 보트 측면 난간에 연

배에 연결된 토우라인(견인 줄)을 푸는 모습

결되었다.

라디오만에는 콘크리트 선착장이 있었다. 해안경비보조대가 하자나를 선착장으로 이끌었고, 이어 다른 해안경비대 보트 한 척이 등장해 로프를 던졌다. 선체에 로프를 연결하자 두 보트가 하자나를 선착장에 정박시켰다. 이후 경비대원 두 명이 하자나에 올랐다. 그중 한 명은 로덴허스트 하사관이었다. 나는 눈물을 쏟느라 제대로 말도 하지 못했다. 그는 유난히 내게 친절했다. 당시 나는 쇼크 상태에 빠져 있었다.

하와이 힐로의 라디오만 선착장으로 견인되는 하자나

옆에는 파란색 선체의 슬루프 타마리가 정박하고 있었다. 리처드와 내가 마르키즈에서 본 적 있는 배였다. 배 주인인 헬가는 해안경비대가 내 배를 견인하는 광경을 지켜보고 있었다. 그녀는 내게 소리쳤다.

"도착하면, 내 보트로 와요."

로덴허스트 하사관은 내가 원한다면 샤워를 할 수 있는 장소를 제공하겠다고 정중하게 몇 번이나 제안했다. 샤워를 하고 싶었지만 혼자 있고 싶지 않았다. 사람들과 함께 있고 싶었다.

당장이라도 타마리에 가서 반가운 사람들과 이야기를 하며, 나와 리처드를 알고 있는 사람들과 연결되어 있음을 느끼고 싶었다. 해안경비대원에게 어떤 일이 있었는지 간략하게 사건을 설명한 뒤 구급차를 타거나 병원에 입원해야 할 필요는 없다고 밝혔다. 대원들은 내게 조금 후에 진술서를 작성해야 하지만, 우선은 친구들과 인사를 나누라고 말했다.

타마리에 오르자 성대한 만찬이 나를 기다리고 있었다. 달걀과 햄, 로스트비프, 치즈, 감자 샐러드, 송아지 췌장요리, 우유, 주스, 커피까지 다양했다. 자리에 앉아 그간의 이야기를 모두 털어놓았다. 음식을 먹다가 눈물을 흘렸고, 울다가 또 먹다가 한두 번 웃기까지 했다. 독일인 커플은 내 이야기에 푹 빠져들었다. 중간중간 질문이 나올 때마다 대답을 하며 대화가 오래 이어졌다. 두 사람은 내게 담배와 브랜디를 권했다. 따뜻한 보살핌 덕분에 마음이 한결 진정되었고, 이제야 내가 속해 있던 세상에 돌아온 것 같았다.

두어 시간 후 로덴허스트 하사관이 선체를 두드렸다.

"태미, 아까 말했던 진술서를 작성해야 합니다. 괜찮겠어요?"

타마리를 떠나며 한바탕 눈물을 쏟았지만 마음이 한결 단단해졌다.

"갈아입을 옷을 챙겨 샤워를 하면 어떻겠습니까?"

로덴허스트가 물었다.

"네, 그렇게 할게요……."

등줄기를 따라 따뜻한 물이 흐르고 나서야 하사관이 왜 그토록 샤워를 권했는지 절절히 깨달았다. 바다에 표류하며 보냈던 날들이 한 꺼풀씩 씻겨 나가는 것 같았다. 머리카락은 모두 뒤엉킨 채 딱딱하게 굳어버려 아무리 빗어도 풀리지 않았다. 다리에 깊이 베인 상처는 그대로였지만 이마에 난 상처는 거의 아물었다. 몸에 난 상처들은 거의 다 나아도, 마음에 새겨진 상처는 그대로였다. 몸은 뼈가 드러날 정도로 앙상하게 말랐다. 나답지 않을 정도로 깡말라 있었다.

세면대에서 오랫동안 양치질을 했다. 시가가 치아에 얼룩져 있었다. 눈 아래 깊은 다크 서클과 이마에 날카롭게 자리 잡은 흉터를 바라보며 칫솔질하는 손을 부지런히 놀렸다. 치아가 조금씩 원래의 밝은 색으로 돌아오고 있었다.

경비대 사무실로 들어가자 그들이 나를 바라보는 눈빛을 읽을 수 있었다. 나는 짓밟힌 여성 피해자가 아니라 살아 돌아온 여성 생존자였다.

진술서 작성을 마친 뒤 로덴허스트 하사관은 자신을 크리스라

고 부르라며, 자신의 신혼집에 아내와 딸이 함께 있는데 여분의
방이 있으니 괜찮다면 그곳에서 하룻밤을 머무를 것을 제안했다.

"감사합니다. 그렇게 할게요."

깨끗하게 씻고 육지에 발을 디딘 이상 하자나에서 또 밤을 지
내고 싶지 않았다.

20.
바다 위에서 41일 동안

크리스의 아내, 페리 로덴허스트는 여섯 살 난 딸 섀넌을 데리고 사무실에 들러 나를 집으로 데려갔다. 20대 중반의 페리는 어깨까지 오는 금발에 날씬하고 매력적이었고 내게 굉장히 친절했다.

단출한 집에 들어서자 페리는 작은 방으로 나를 안내한 후 접이식 소파를 펼쳐 침대를 준비했다. 내 집처럼 편하게 지내달라고 말한 후 전화기를 가리켰다. 방문을 닫으며 걱정하지 말고 가족들에게 편히 연락하라는 말도 남겼다.

나는 침대 끝자락에 앉아 아늑한 방을 둘러봤다. 책상 하나에 가족사진을 넣어둔 액자들과 책이 보였다. 지극히 평범하고 일상적인 풍경이었다. 심호흡을 한 뒤 수화기를 들어 교환원을 통해 수신자부담으로 엄마에게 전화를 걸었다. 이곳보다 두 시간이 빠른 캘리포니아는 이른 저녁이었다. 엄마는 통화 중이었다. 아빠에게 전화를 걸었다. 받지 않았다. 다시 엄마에게 걸었으나 여전히 통화 중이었다.

인내심이 바닥나고 있었다. 지금 간절히 엄마를 찾고 있는데 엄마는 느낄 수 없는 걸까? 교환원에게 긴급전화 연결을 해달라고 할 생각조차 하지 못할 만큼 이성적 판단이 어려웠다.

조부모님은 집에 계실 시간이었지만 만약 안 계시면 어떡하지? 그때는 정말 이성의 끈을 놓칠 것 같았다. 지금 당장 누군가와 이야기를 나눠야만 했다.

통화연결음이 네 번 울린 후 할아버지가 전화를 받았다.

"여보세요."

"할아버지, 저예요. 잘 지내세요?"

"나 잘 지내냐고? 너는 어떠니?"

"할아버지, 전 좀 상황이 안 좋아요."

수화기를 붙잡고 엉엉 울었다.

"리처드가 죽었어요."

이 말을 시작으로 감정이 봇물 터지듯 올라왔다.

상황이 심각해지자 할머니가 전화를 넘겨받았다. 리처드를 잃은 슬픔이 내 입을 막아 계속 같은 말만 반복했다. 지쳤고 혼란스러웠으며 여전히 두려웠다. 이제는 어떻게 하지? 앞으로는 어떻게 해야 하지? 계속 이 생각만 내 머리를 괴롭혔다. 말도 안 되는 이상한 소리만 늘어놨던 것 같다. 당시 나란 사람이 말도 안 되는 이상한 상태였다. 전화선으로 빨려 들어가 몸을 웅크린 채 할아버지 무릎에 고개를 묻고 싶은 마음뿐이었다.

조부모님과 통화 후 엄마에게 다시 전화를 걸었다. 여전히 연결되지 않았다. 영국에 있는 리처드의 누나 수지에게 전화를 걸어야겠다는 생각이 들었다. 그곳이 몇 시인지는 생각할 겨를도 없었다. 수지의 남편인 저릭이 전화를 받아 수지가 다른 지역에 있다는 말을 전해주었다. 그는 한동안 연락이 되지 않아 걱정하던 차에 내 목소리를 들으니 마음이 놓인다고 말했다. 그 말을 듣자 흐느낌이 새어 나왔지만 간신히 마음을 추스르고 그간에 있었던 일들을 상세하게 설명했다. 이야기를 하는 나도 듣는 그도 큰 슬픔에 빠져 눈물을 쏟은 뒤, 그는 어렸을 때부터 알고 지낸 리처드가 자신에게 단순한 처남 이상이라고 했다. 큰 충격에 빠진 듯했지만 이내 그는 리처드의 부모님께 자신이 직접 연락하겠다고 알렸다. 나는 다시 연락하겠노라 말하고는 전화를 끊었다.

시작한 김에 하자나 선주인 크롬프턴 부부에게 전화를 걸어 마음의 짐을 덜고 싶었다. 덜덜 떨리는 손으로 번호를 하나씩 눌렀다. 피터가 전화를 받았다.

"피터? 끔찍한 사고가 있었어요."

횡설수설하며 이야기를 이어갔다.

"아, 저, 저는 태미예요. 기억하죠……. 허리케인을 만났어요. 리처드가 바다로 떨어졌어요. 리처드는 죽었어요."

숨도 쉬지 않은 채 급하게 말을 주워섬겼다.

"하자나 돛대가 모두 부러지고 배가 난파되었어요. 물에 뜨긴 하지만."

"이런, 세상에. 이런……."

리처드는 이 말만 반복했다.

이미 몇 번이나 같은 이야기를 했던 터라 나는 감정을 배제하고 제법 차분하게 사고 소식을 전할 수 있었다.

"하자나는 아마 폐선해야 될 것 같아요. 보험회사에 연락하시는 게 좋겠어요. 네? 아, 전 지금 힐로예요. 하와이 힐로요."

리처드 소식을 들어 마음이 아프고, 그를 많이 아꼈다는 이야기를 하는 피터의 목소리에서 참담함이 느껴졌다. 피터는 나를 배려해 하자나의 상태에 대해 자세히 묻지 않았다. 크리스틴과 함께 지금 바로 하와이로 출발하겠다는 말만 덧붙였다.

드디어 엄마와 연결되었다. 수화기 너머로 엄마 목소리를 들으니 주체할 수 없이 마음이 무너졌다. 말조차 제대로 나오지 않았다.

"엄마……."

"태미? 세상에, 도대체 어디 있었던 거야?"

엄마의 핀잔이 반가울 지경이었다.

"너 때문에 걱정돼서 죽는 줄 알았다고. 해안경비대에 두 번이나 다녀왔어. 지금 어디야?"

"엄마……."

"왜, 왜 그러니? 괜찮은 거야?"

"엄마……."

10분 넘게 울기만 하는 나를 엄마는 다 이해한다는 듯 따뜻한 말로 진정시켰다. 엄마는 몇 번이나 리처드의 죽음도, 하자나가 망가진 것도 내 잘못이 아니라고 위로했다. 내가 가장 듣고 싶었던 말이었다.

마음이 한결 편안해졌다. 엄마는 내게 노넨허스트 집 번호를 달

라고 했다. 공항에 연락해 당장 비행기를 예약한 후 다시 전화를
하겠다고 했다. 침대에 누워 엄마의 전화를 기다렸다.

"사랑한다, 태미."

엄마의 목소리가 계속 귓가에 울렸다.

얼마 지나지 않아 전화가 울렸다. 열한 시간 후 도착한다는 엄
마의 전화였다. 그때까지 괜찮겠냐고, 뭐 필요한 것은 없냐고 물
어오는 엄마에게 대충 대답을 했다. 엄마는 페리와 통화하고 싶어
했다.

"그냥 나한테 말해요."

이후로도 우리의 통화는 계속 이어지다 이제 좀 쉬는 게 좋겠
다는 엄마의 말에 전화를 끊었다.

* * *

침대에 누워 새하얀 천장을 응시했다. 평평했던 천장이 이내
부드럽게 파도를 일으키는 바다로 변해 사진이 걸려 있는 벽으
로 흘렀다. 내 몸은 굳은 채 앞뒤로 흔들렸다. 작은 노크 소리가
나를 놀래켰다. 고개를 들어 문쪽을 바라보니 페리가 살짝 문을
열어 나를 살피고 있었다. 나는 잠들지 못했다. 자고 싶었지만 불

안이 사라지지 않았다. 그녀는 내게 저녁을 함께 하자고 말했다.

샌넌은 아무것도 묻지 말라는 당부를 들은 것 같았다. 그렇지만 머리를 만지작거리며 나를 바라보는 샌넌의 눈빛으로 내게 물어보고 싶은 것들이 아주 많다는 것을 직감했다.

가벼운 저녁 식사 이후 우리는 TV 앞에 앉아 영화 〈에어플레인〉을 함께 시청했다. 망망대해에서 표류 중이던 내가 하룻밤 새 편안한 빈백 의자에 몸을 기대고 앉아 재난 코미디 영화를 보고 있는 현실이 이상했다. 왠지 모든 게 이해가 되지 않는 상황이었다.

영화에 집중하기가 어려워 양해를 구하고 침대에 누웠지만 여전히 잠을 잘 수가 없었다. 자리에서 일어나 아빠에게 전화를 걸었다. 수신자부담 전화를 수락한 아빠가 전화를 받았다.

"아빠?"

"태미! 마침 전화 잘 했다. 막 집에 들어온 참이거든."

"아빠……."

"얘야, 무슨 일이니? 괜찮은 거냐? 지금 어디니? 네 전화를 기다렸어."

"아빠……."

다시 울음이 터졌다.

"리처드가 떠났어요."

"리처드가 떠나다니, 무슨 말이야?"

"죽었다고요! 배가 난파되고 리처드는 안전줄이 끊어져 바다로 휩쓸렸어요."

"맙소사!"

"그게 리처드의 마지막 말이었어요. 그러고는 배가 전복되었어요. 정신이 들어보니 리처드를 찾을 수 없었어요."

"세상에, 태미, 지금 어디에 있는 거니?"

"하와이 힐로요. 조금 전에 도착했어요."

"바로 가마. 지금 출발하마……."

"아뇨, 괜찮아요. 엄마가 오고 있어요."

한 시간 쯤 통화가 이어졌다. 다시금 그때 상황을 돌이키는 것이 지치고 힘들었지만 한편으로는 치유가 되는 듯했다.

전화를 끊은 후 녹초가 되었다. 옷장에 붙은 거울로 내 얼굴이 비쳤고, 머리를 쓸어 넘기려고 했지만 엉켜 붙은 머리는 손가락조차 들어가지 않았다. 포기했다. 밤새 이리저리 뒤척대며 자다 깼다. 리처드가 필요했고, 당장 날이 밝기만을 바랐다. 한시라도 빨리 엄마가 도착해 나를 집으로 데려갔으면, 이 모든 것에서 멀리 달아나버렸으면, 그럼에도 결국 벗어나지 못할 터였다. 이

268

모든 것을 뒤로하고 내 삶을 되찾고 싶었지만 내가 먼저 해야 할 일들이 있었다. 피할 수는 없었다.

벽과 천장에 진주색으로 반사되는 달빛을 바라보며 밤을 지새웠다. 바다 위 보트에서보다 도리어 이 작은 집에서 더욱 갇힌 기분이었다.

* * *

다음 날 아침 하자나에 돌아가고 싶다는 충동이 강하게 일었다. 배가 그리웠다. 크리스는 이미 출근한 뒤였다. 페리는 내 기분이 조금이라도 나아지길 바라는 마음에 내게 원피스를 빌려주었고, 예쁜 스카프 두 개를 두건 삼아 내 머리를 가려주었다. 여자 친구와 어울리는 이 시간이 낯설었다. 그녀는 자신의 옷이 내게 더 잘 어울린다며 칭찬했고, 내 눈에는 이상하고 어색했지만 고맙다는 인사를 전했다. 그녀가 내 안에 자신감을 심어주려 한 칭찬이라는 것을 알기에 기꺼이 받아들였다.

페리와 함께 섀넌을 학교로 데려다주었다. 차 안에서 어린 아이들이 장난치고, 웃고, 뛰어가는 모습을 보니 눈물이 맺혔다. 이 아이들은 앞으로 어떤 일이 벌어질지, 인생이 얼마나 끔찍하게 변할 수 있는지 모를 것이다. 나는 고개를 저었다. 페리는 내게 괜찮냐고 물었다. 나는 괜찮다고 고개를 끄덕였고, 우리는 해안 경비대 사무실로 향했다. 사무실에 들어가자 크리스는 내게 바깥에 있는 기자들을 봤냐고 물었다. 나는 불안한 눈빛으로 대답했다.

"아뇨."

뉴스 프로그램, 신문, 잡지 기자들이 선착장에 죽 늘어서 내가 나오길 기다리고 있었다. 인터뷰를 하는 동안 크리스가 내 곁을 지켜주었다. 기자들은 사진과 영상 촬영을 위해 나를 이쪽저쪽으로 이끌었다. 수많은 관심에 정신을 차릴 수가 없었고, 한 시간 반 넘게 미디어가 원하는 모습을 보여주자니 힘에 부쳤다. 미소, 미소, 이제는 모든 것이 다 완벽하게 괜찮아졌다는 듯 환한 미소. 무척이나 건강하고 밝은 모습으로. 내 시련이 이렇게 큰 파문을 일으킬 줄 몰랐다.

기자들이 모두 떠난 뒤 나는 하자나 안으로 피신했다. 다시금 이 난장판을 둘러보며 나는 혼자 가슴 깊이 맺혀 있던 눈물을 마음껏 토해냈다. 이제 뭘 해야 하지? 무엇을 할지도, 어디로 가야 할지도, 어디서부터 시작해야 할지 도저히 알 수 없었다.

드디어 엄마를 만나기 위해 택시를 타고 공항으로 향했다. 게

이트 앞에 서 있던 나는 입국장 문을 가장 먼저 나선 엄마를 보며 그리 놀라지 않았다. 급히 달려 나온 엄마는 나를 꼭 껴안았다. 두 팔에 힘을 꽉 주어 나를 세게 안으며 울었다. 오랫동안 나를 안고 이리저리 흔들며 눈물을 흘리는 엄마의 품에서 나는 마음껏 눈물을 쏟았다. 사람들이 하나둘씩 우리 쪽을 바라보기 시작했다. 사람들은 이 만남이 얼마나 기적 같은 일인지 몰랐다.

엄마의 남자 친구 브라이언은 인파 속에서 우리를 안전하게 데리고 나갔고, 우리 둘 다 진정이 된 후 엄마가 내게 그를 소개했다. 우리는 가볍게 포옹하며 인사를 나눴다. 브라이언의 파란 눈에서 연민 어린 눈물이 고였다. 파란 눈, 나는 시선을 돌렸다.

공항에서 택시를 타고 선착장에서 그리 멀지 않은 멋진 호텔에 짐을 풀었다. 점심 식사를 하고 대화와 눈물이 한바탕 이어진 후 엄마는 내게 머리부터 어떻게 해야겠다고 말했다. 호텔 미용실 여성 직원이 스카프를 푼 내 머리를 보고는 충격을 받았다.

"이 머리는 제가 손을 댈 수가 없네요."

직원은 이렇게 말하고는 허둥지둥 미용실 뒤편으로 사라졌다. 어안이 벙벙한 채 멀뚱히 서 있는 내게 엄마는 이렇게 말했다.

"가자. 저 여자 실력이 별로라서 그래."

호텔 밖을 나서자 기자 두 명이 다가와 본인을 소개했다. 인

271

터뷰를 하고 사진을 몇 장 찍고 싶은데 가능한지 물어왔다. 지금 당장 미용실이 급했던 엄마는 단호하게 거절했다. 기자들은 그럼 뒤따라가도 될지 물었다.

"그럼요, 부지런히 쫓아올 수 있다면요."

엄마는 빙긋 웃으며 팔꿈치를 나를 쿡 찔렀다.

다른 미용실에 들렀지만 미용사들은 태연하게 내 머리를 미는 방법밖에 없다고 말했다. 와락 눈물이 나왔다. 절대로 삭발하고 싶지 않았다. 이미 나란 사람이 산산조각 나버렸고, 너무 많은 것을 잃었다. 머리카락까지 잃고 싶지 않았다. 기자들은 다행히도 사진을 찍지 않았지만 그 미용실을 나와 다른 곳을 찾아 헤매는 동안 내내 우리 뒤를 따르긴 했다. 여러 상점이 모여 있는 곳에서 '신장개업 — 하우스 오브 란츠'라고 크게 적힌 가게가 눈에 띄었다. 가게 안으로 들어가자 엄마는 미용사에게 그간 내게 어떤 일이 있었고, 언론의 관심을 많이 받고 있는 상태라 우리를 도와주면 가게에도 큰 홍보가 될 거라고 했다. 미용사는 해보겠다고 나섰다. 뒤로 젖히는 의자에 편안히 등을 기대자 미용사들이 다가와 컨디셔너와 엉킨 머리를 푸는 에센스를 잔뜩 바르기 시작했다. 미용사 셋이 아주 조심스럽게 엉킨 머리에 빗질을 하는 네 시간 동안 나는 머리가 뜯기는 고통을 참고 앉아 있었다.

두피에 통증이 너무 심했다. 내가 더 이상 견딜 수 없어 일단 멈추기로 했다. 다음 날, 다시 미용실에 가자 이번에는 반대쪽 머리를 풀기 시작했다. 머리카락을 자꾸 잡아당기느라 두피가 아팠지만 멈출 수는 없었다. 네 시간 후 거울 속에는 긴 생머리를 늘어뜨린 여자가 앉아 있었다. 엄마가 내 볼에 손을 댄 채 눈을 바라보았다.

"내 예쁜 딸이 돌아왔네."

비로소 내 모습을 되찾은 것 같았다. 하우스 오브 란츠 미용실에 얼마나 고마운지 몰랐다. 이후 이들은 지역 신문에 대문짝만하게 소개되었다.

* * *

크롬프턴 부부가 다음 날 하와이에 도착했다. 나는 입국장 앞에서 초조하게 서성거렸다. 부부는 곧 모습을 드러냈고 우리는 꼭 껴안으며 인사를 나누었다. 나는 눈물을 쏟기 시작했다. 우리는 곧장 하자나로 향했다.

하자나에 점차 가까워지자 크리스틴의 입에서 탄식이 계속 터져 나왔다.

세 미용사가 엉킨 머리를 푸는 모습

"세상에나, 세상에나."

피터는 아무 말이 없었다. 직접 하자나를 보고도 도무지 눈앞에 펼쳐진 광경을 믿지 못하겠다는 눈치였다.

"하자나가 침몰하지 않은 게 이상할 정도군요."

피터가 나를 돌아보며 내가 무사히 살아남았다는 사실에 크게 놀란 듯 말했다.

우리는 조종석에 자리를 잡았고, 나는 바다에서 있었던 일을 모두 설명했다. 부부가 궁금해하는 것들에 대해서는 성실하게 답변했다. 비교적 분명하게 상황을 설명하는 순간도 있었지만 어떤 때는 그만 중심을 잃고 무너져 울기도 했다. 피터는 카메라로 하자나 사진을 잔뜩 찍었다. 크리스틴은 무척 상심한 듯 보였다. 감정을 통제하는 능력을 완전히 상실한 나는 가만히 앉아 계속 눈물만 떨궜다.

하자나로 들어선 엄마에게 크롬프턴 부부를 소개했다. 격앙된 감정에 잔뜩 소진된 나를 본 엄마는 '딸을 지키는 보호자'로 분해 호텔로 돌아가서 쉬어야 한다고 재촉했다. 하자나에 닥친 비극을 받아들이고 안타까운 마음을 마음껏 표현할 수 있도록 두 사람을 남겨둔 채 나는 엄마와 호텔로 돌아갔다.

크롬프턴 부부는 영국으로 가져갈 물품을 정리했다. 부부는 내가 괜찮다면 리처드의 유품을 리처드의 가족에게 직접 전달해주겠다고 했다. 하자나에서 내 짐은 거의 꺼낸 뒤였지만 리처드의 물건을 정리할 생각만으로도 마음이 들끓었다. 리처드의 옷가지를 정리하며 그가 입었던 모습을 떠올리지 않으려고 애썼다. 자꾸만 그의 물건을 정리해서 뭘 하나 하는 생각이 들었지만, 가족에게는 소중한 유품일 만큼 그냥 내버려둘 수는 없었다.

타히티항을 떠난 것은 두 명인데 흰 명만 하와이로 입항한 기록을 확인하기 위해 경찰이 출동했다. 리처드는 공해상에서 실종된 영국 시민이었으므로 조사가 필요했다. 경찰관들은 친절한 태도로 전후 사정을 꼼꼼하게 물었지만 자꾸 이상한 생각이 들었다. 허리케인 레이먼드와 하자나가 충돌한 상황과 그 이후 벌어진 일들이 뭔가 어긋난 것 같았다. 다시 상황을 재현하고 해도를 확인하는 과정에서 경찰관들은 내가 진술한 세 시간이 아니라 스물일곱 시간 후에 깨어난 것 같다고 추측했다. 생각지도 못한 이야기에 정신이 혼미해졌다. 스물일곱 시간이라니! 정신을 차린 후에 바다가 그토록 잠잠하고 하늘이 평온했던 이유를 그제야 알았다. 그 시간 동안 나는 어떻게 된 거고, 리처드는 어디로 사라졌던 걸까? 스물일곱 시간이라면 내가 리처드를 구하는 것은 애초에 불가능했다. 그렇다면 무려 날짜를 만 하루나 착각하고도 신의 은총 덕분인지, 목소리 덕분인지, 혹은 내 자신에 대한 믿음 덕분이었는지 배의 위치를 파악해 하와이까지 항해해 왔다는 소리였다. 목소리의 말처럼 내가 살아남을 운명이었다는 증거가 또 한 번 드러난 셈이었다. 도대체 왜 목소리는 내게 스물일곱 시간이 지났다는 말을 해주지 않은 걸까? 그나저나 목소리는 어디로 사라져버린 걸까?

＊＊＊

하자나에서 엄마와 함께 리처드의 유품을 마지막으로 정리하던 중, 바다에서 나를 구해준 일본 해양조사선 호쿠세이 마루의 선원이 선체를 두드렸다. 그는 그날 저녁 배에서 열리는 연회 초대장을 내게 건네주며 인사가 늦어서 미안하다는 말과 함께 나를 찾는 데 시간이 좀 걸렸다고 전했다.

그날 오후, 엄마와 나, 브라이언은 호쿠세이 마루가 정박되어 있는 대규모 상업 부두에 도착했다. 배에 가까이 다가가자 하얀색 해군 유니폼을 입은 남성들과 멋진 드레스를 차려입은 여성들이 서로 인사를 나누는 모습이 눈에 들어왔다. 우리가 차림새를 걱정하며 머뭇거릴 때 한 여성이 다가와 무슨 일로 왔는지 물었다. 나는 초대장을 내밀었다.

"저는 태미라고 하는데요……."

"아, 태미, 태미!"

그는 이름표를 건네주며 들뜬 모습을 보였다.

"차림이 이래서 미안해요, 우리는……."

"전혀요. 보기 좋으신데요. 이쪽으로 오세요."

한 남성이 배로 올라가는 건널판으로 우리를 안내했다. 후미

277

갑판을 따라 음식이 가득 차려진 테이블이 줄지어 있었고, 단상과 마이크가 준비된 무대도 보였다. 사람들은 음악에 맞춰 춤을 추고 있었다.

안내를 따라 오픈 바로 향하자 호기심 어린 시선이 쏟아졌다. 이곳저곳에서 내 이름을 언급하는 소리가 들렸고, 몇몇 장교와 동행자들이 내 쪽으로 다가왔다. 그제야 며칠 전 구해준 꼴이 엉망이었던 그 여자가 나라는 것을 눈치챈 것 같았다. 많은 사람들이 다가와 내게 안부를 물었고, 엄마와 브라이언과도 인사를 나눴다. 나는 작은 우산과 빨간색 체리가 꽂혀 있는 하와이안 칵테일에 흠뻑 빠져 있었다. 통조림에 들어 있던 반쪽짜리 체리가 아니라 진짜 체리였다. 하자나 내부를 둘러보다 찾은 후르츠칵테일 속에서 체리만 따로 모아두던 것이 생각났다. 겨우 몇 주 전 일이었다. 그때만 해도 고여서 흐르지 않는 것 같았던 시간이 이제는 너무 빨리 흐르고 있었다. 엄마와 브라이언이 함께 춤을 추는 동안 나는 배에 오른 거의 모든 사람들과 악수를 나눴다.

음악이 멈추고 일등항해사가 마이크를 톡톡 두드려 사람들의 시선을 집중시켰다. 그는 연회에 참석해줘 고맙다는 인사를 전했다. 일본과 하와이 대학생들의 성공적인 합동 연구를 기념하는 자리라고 영어와 일본어로 동시에 설명했다. 이 여행을 더욱

특별하게 만든 것은 동틀 무렵 돛대 없는 배에서 쏘아 올린 조명
탄을 발견하고, 그 배에 탄 선원— 예, 그 여성분이 맞습니다 —
에게 도움의 손길을 내민 경험을 얻은 것이라고 밝혔다. 사람들
이 크게 박수를 쳤고, 미소를 띤 얼굴로 나를 바라봤다. 나는 시
선을 내리고 본능적으로 주변을 살폈다. 어느 쪽으로 도망쳐야
할까?

엄마가 내 팔을 잡았다.

"웃으렴. 괜찮아."

선장이 마이크를 잡고 일어로 말을 이어가자 항해사가 옆에서
통역해주었다. 그는 항해 경력 동안 난파선의 선원을 도운 것이
처음이었다고 설명했다. 자신의 배와 선원들이 누군가에게 큰
도움을 줄 수 있어서 영광스러웠다고 밝히며 나를 위해 준비한
선물이 있다고 말했다. 전혀 예상치 못한 전개였다. 엄마가 나를
슬쩍 밀었다. 무대로 나가며 고개를 떨구지 않으려 애를 썼다.
선장이 허리를 굽혀 인사를 했고 나도 그를 따라했다. 그가 다시
꾸벅 고개를 숙였고, 나도 고개를 또 한 번 숙였다. 그가 정중한
몸짓으로 내 목에 진주 목걸이를 걸어주었다. 그에게 감사 인사
로 뺨에 짧게 입을 맞추며 눈물이, 정말 시도 때도 없이 터지는
눈물이 쇄골로 떨어졌다.

"마우루루."

일본어로 고맙다는 말을 할 줄 몰라 이렇게 말했다. 선장은 밝은 목소리로 내게 만년의 행운이 함께하길 기원하며 만세 건배를 제안했다.

마이크 앞에 선 나는 널뛰는 감정 속에서 이상한 말만 장황하게 늘어놨다. 이곳에서 나는 살아남았다는 이유로 많은 사람들의 찬사를 받지만, 바다 위에서 내가 삶을 얼마나 포기하고 싶었는지 감히 짐작이라도 할 수 있을까? 엄마를 제외하고 리처드의 운명에 대해 내가 얼마나 큰 비통함과 죄책감을 느끼는지 아는 사람이 있을까? 내가 멀쩡히 살았다는 것에 괴로워할 필요가 없다는 것을 결국 받아들여야겠지만, 그렇다고 해서 만년의 행운까지 받아도 되는 걸까?

처음 이 배를 발견하고 나를 응원하는 선원들의 얼굴을 보며 당시 내가 어떤 심정이었는지 선장과 일등항해사에게 자세하게 말하고 싶었다. 하지만 내 상태로는 그저 펜던트를 손가락으로 만지작거리며 도와줘서 고맙다는 말만 겨우 했다. 엇박으로 이어지는 박수는 허리케인의 포효처럼 나를 불안하게 만들어 항해사가 다가와 배를 구경시켜주겠다고 제안했을 때 냉큼 수락했다.

조타실로 올라가며 나는 숨을 골랐다. 주변을 둘러보니 그제야 내가 굉장히 크고 높은 배 위에 있다는 실감이 났다. 아래를 내려다보면서 항해사와 학생들 눈에 내가 얼마나 작게 보였을지, 하자나가 얼마나 처량해 보였을지 새삼 생각했다.

* * *

힐로에서의 마지막 밤을 뒤척이던 나는 하늘에 어둠이 걷히는 기적이 반가웠다. 침대에서 몸을 일으켜 타히티에서 리처드가 프러포즈할 당시 내게 선물했던 원피스를 입었다. 친구와 가족들이 보내온 아름다운 꽃다발 속에서 유독 눈에 띄는 꽃이 있었다. 진홍색 장미였다. 꽃봉오리가 만개해 꽃잎이 내 쪽으로 활짝 열려 있었다. 장미꽃 한 송이의 의미는 사랑이었다. 장미 향이 행복했던 추억과 더불어 삶은 계속되어야 한다는 씁쓸한 깨우침을 남겼다. 코를 가까이 가져대자 쌀쌀한 날 따뜻하게 데운 브랜디를 마신 것처럼 온 감각이 어지러워졌다. 바로 이 꽃이 리처드를 위한 꽃이었다.

나는 조용히 호텔 방 밖으로 나왔다. 하늘을 보며 조금씩 초조해졌다. 동틀 녘 옅은 안개와 막 붉게 물들어가는 하늘이 뜨거운 태양에 삼켜지고 나면 내가 원하는 분위기는 모두 사라질 것이다. 떠오르는 태양과 나의 대결이었다. 나는 달리기 시작했다.

숨을 헐떡이며 바닷가에 도착했다. 수평선을 바라보니 태양이 유연한 물개처럼 수면 위로 떠오르기 시작했다. 너울이 방파제에 부딪히자 바닷가의 암석마다 하얀 포말이 일었고, 놀란 새들이 하늘로 날아갔다. 장미의 아릿한 향을 다시 한 번 깊이 맡은 후 방파제를 따라 걸음을 옮겼다. 하루 중 이 시간을 얼마나 사랑했는지 다시금 절절히 깨달았다. 하자나에서 눈을 떠 타륜을 잡거나 눈물을 쏟거나 선수에 자리를 펴고 앉아 명상을 하던 그 아침을. 그 아침들로 나는 구원받을 수 있었다. 그 시간이 그리웠다. 이 모든 것을 잊고 리처드도 잃은 채 집에 돌아갈 수 있을까? 그가 없이 어떻게 살아갈 수 있을까? 내 삶은 엉망이 되었다. 하지만 살아남았다. 나는 살아남았다.

거친 바위를 지나 평평한 돌 위에 치마를 걷고 양반다리를 한 채 바다에서 겨우 몇 걸음 떨어진 곳에 앉았다. 연자주빛 바닷물이 쓰다듬고 지나가는 화강암의 윤곽을 눈으로 쫓았다. 바다는 너무도 잔잔했다. 리처드의 영혼은 평온한 바다를, 전 세계를 마음껏 여행하는 자유를 누리고 있을 터였다. 붉은 빛이 바다의 한쪽 뺨을 물들였다. 나를 향해 웃고 있는 리처드일까? 리처드……내 영혼도 당신과 함께 천국을, 지구를, 바다를 여행할 수 있다면, 할 수만 있다면 기꺼이 그렇게 할 거야. 내 마음 이해하지? 바다 위에서 41일 동안 내게, 그리고 우리에게 벌어진 일을 매일같이 이해하려고 노력했어. 내가 이해할 수 있는 것은 단 하나, 우리가 서로를 사랑했다는 것뿐이었어. 그게 전부였어. 우리에게 벌어진 일은 우리가 지독히도 열정적으로 서로에게 빠져들었다는 것, 그뿐이었어. 당신에게 다시는 그 누구와도 사랑에 빠지지 않겠다고 약속하고 싶지만 난 너무도 나약해. 약한 인간이야, 리처드. 난 혼자 있고 싶지 않아. 혼자 있는 것이 싫어. 일출을 지켜보고, 함께 춤을 출 수 있는 사람이 없다면 나는…… 언젠가 엄마가 그리고 할머니가 되고 싶어. 정원을 가꾸고, 아기 강아지와 나이 든 고양이를 돌보고, 친구들과 크리스마스 캐럴을 부르고 싶어. 당신과 함께했던 삶을 사랑했듯 내 삶을 사랑하고 싶어. 그게 가능하다면 말이야. 이젠 놓아줘야 해. 이제는 당신을 놓아줘야 해.

'수평선과의 입맞춤을 끝내고 하늘로 떠오른 태양과 함께 나도 자리에서 일어났다. 리처드가 준 반지를 손가락에서 뺀 후 입을 맞췄다.

"리처드를 영원히 사랑할 것을 맹세합니다."

울음을 삼키며 완벽하게 피어난 장미 줄기에 반지를 끼웠다.

조심히 장미 줄기에 있는 잎을 바깥으로 접어 사랑의 서약인 반지가 떨어지지 않도록 고정시켰다. 마지막으로 한 번 더 장미 향을 맡은 후 바다로 꽃을 던졌다. 파도를 따라 둥둥 떠가는 꽃을 지켜봤다. 장미와 반지는 리처드를 찾아야 할 임무가 생겼다. 그를 향한 내 선물이 바다 위로 떠올랐다 다시 수면 아래로 사라지는 모습을 바라보다 내게도 임무가 있다는 것을 깨달았다. 이제는 집으로 돌아가야 했다.

21.
마침내 집으로

하자나와는 제대로 작별 인사를 하지 못했다. 하자나는 스페인어로 '위업, 공적, 뛰어난 솜씨'란 뜻이었는데, 되돌아보니 섬뜩할 정도로 어울리는 이름이었다. 하자나가 구조적으로 견고하게 지어지지 않았다면 배도, 그리고 나도 바닷속으로 침몰하고 말았을 것이다. 하자나에 대한 경의와 애정, 그리고 아네 베버르와 네덜란드에 있는 그의 조선소에서 배를 지은 조선공들을 향한 존경심은 말로 이루 표현할 수 없었다.

이후 정신없는 나날의 연속이었다. 어느새 나는 미국으로 향하는 비행기 안이었다. 나는 장밧을, 이떻게든 섬에 닿기 위해

집으로 돌아온 후

느리게 나아갔던 바다를 바라보지 않았다. 엄마와 브라이언에게
서 두 좌석 떨어진 곳에 담요를 덮고 몸을 웅크린 채 불안함을
벗 삼아 잠이 들었다.

　샌디에이고공항에 도착한 후 비행기에서 내린 나는 수많은 인
파와 플래시 불빛, 카메라와 마주했다. 아빠는 눈물 젖은 얼굴로
인파를 뚫고 달려와 나를 안고, 안고 또 안았다. 아빠를 따라 할
아버지와 할머니가 서 계신 곳으로 갔다. 두 분은 언제나 그렇듯

내가 듣고 싶어 하는 말을 잘 알고 있었다. 수많은 가족과 친구들이 내 성공을, 내 생존을 축하하기 위해 와주었다. 이들이 전해준 따뜻한 사랑과 응원 외에는 사실 그날 공항에서 어떤 일이 벌어졌는지 잘 기억이 나지 않는다. 목소리가 내게 알려준 그대로였다. 첫날은 조부모님 집에 있는 내 예전 방에서 머무르고 이튿날 엄마 집으로 갔다.

이후 몇 달 간, 내 삶을 재건하려 할수록 내게는 제대로 된 삶이 없었음을 깨달았다. 나는 미치광이처럼 허우적대고 이곳저곳으로 도망 다니며 내 상처와 고민에서 벗어나려 했다. 추수감사절과 크리스마스를 보내면서 리처드의 가족을 찾아가 그간의 일에 대해 직접 말씀드려야 한다는 강한 충동에 시달렸다. 내가 그들에게 할 수 있는 최소한의 일이었다. 1월 초 나는 영국으로 향했다.

런던에 도착한 나는 크롬프턴 부부가 살고 있는 사우샘프턴행 기차를 탔다. 차창 밖에는 남태평양의 우거진 자연과 다르게 말쑥하게 정돈된 풍경이 펼쳐졌다.

크롬프턴 부부의 집은 상당히 멋졌다. 부부는 정중하고 예의 바른 호스트로 나를 살뜰히 챙겼다. 피터는 내게 와이트섬에서 열리는 보트 경기에 부부의 친구들과 함께 갈 생각이 있는지 물었다. 내가 마지막으로 탄 보트는 히지나였다. 보험회사는 하자나를 하와이의 누군가에게 판매했다. 부부에게는 지역 경주 대회나 주말 크루즈용으로 타고 있는 11미터 슬루프가 남았다. 피터의 제안을 하루 동안 고민해야 했지만 이상할 정도로 바다의 광활한 존재감이 그리웠고, 결국 나는 함께 가겠다고 답했다. 우리가 탄 배가 1등을 하진 못했지만 그렇다고 꼴등으로 들어온 것도 아니었다. 즐거운 시간이었지만 보트에 오르니 내 안에 숨어 있던 리처드와의 행복했던 항해가 떠올랐다. 과거가 아닌 현재의 시간에 충실하자고 되뇌었다. 모두 다 아는 눈치였지만 크롬프턴 부부의 친구들 중 누구도 내 앞에서 하자나의 이름을 입에 올리거나 사고에 대해 말하지 않았다.

하루 빨리 콘월의 리처드 가족을 방문하고 싶은 마음에 크롬프턴 부부의 집에서는 그리 오래 머무르지 않았다. 인정 많고 따뜻한 부부는 내가 여전히 고통 속에 허덕이고 있다는 것을 알고 있었다.

사우샘프턴에서 콘월행 기차를 탔다. 나는 리처드의 누나, 수지의 집으로 찾아갔다. 우리는 한바탕 눈물을 쏟았다. 서로 각별한 사이였던 만큼 리처드가 죽었다는 사실을 수지는 받아들이기 힘들어했다. 웃다가도 한순간 눈물을 떨구는 나를 보며 내가 정서적으로 많이 불안하다는 것을 수지도 잘 알고 있었다. 우리는 함께 산책을 하고 대화를 하며 많은 이야기를 나눴다.

리처드의 아버지 샤프 씨는 내가 도착하고 며칠 후 수지의 집으로 왔다. 식당 문을 지나 거실로 들어오는 그를 보고는 어쩔 줄 몰라 멍하니 서 있었다. 포옹을 해야 할까, 악수를 청해야 할까? 그의 얼굴에서 리처드의 흔적을 찾으려고 했지만 닮은 곳이 없었다. 나는 울음을 터뜨리며 나조차도 깜짝 놀랄 소리를 했다.

"포옹이 좋겠어요."

그는 나를 안고 등을 토닥여주었다. 얼마 후 수지가 점심 식사를 권하며 어색한 분위기를 풀었다. 식사를 하는 동안에는 가벼운 이야기가 오갔다. 우리 중 누구도 리처드에 대해 언급하지 않았다. 나는 리처드에 대한 이야기를 나누면서 가족의 질문에 답하고 싶었지만 거부라는 단단한 벽이 내 앞을 가로막는 것 같아 잠자코 있었다.

다음 날에는 리처드의 아버지 집에서 저녁을 함께 했다. 역시 멋진 집이었다. 세심하게 메뉴를 골라 정성스럽게 요리한 음식이었지만 나는 긴장한 채로 음식을 깨작댔다. 가족들 앞에서 어떤 이야기를 해야 할지 생각하느라 위가 조여오는 느낌이었다.

저녁을 마친 후 모두 거실로 자리를 옮기고 나서야 나는 끔찍했던 사고에 대해 가능한 한 상세하게 털어놓을 수 있었다. 허리케인을 피하려고 했지만 그러지 못했고, 리처드가 하자나와 나를 지키기 위해 용감하게 맞섰다고 전했다. 가족들은 가만히 앉아 내 이야기를 듣기만 했다. 어떤 질문도 하지 않았다. 어쩌면 침묵은 비극을 받아들이는 그들 나름의 방식이었을지도 모른다. 어쨌든 리처드를 위해 반드시 영국에 와서 가족을 만나야 했다. 리처드는 자신이 얼마나 당당히 죽음을 맞이했는지 내가 직접 가족들에게 전하길 바랐을 것이다. 가족들이 느낄 고통은 나만큼이나 깊을 거라는 것을 잘 알고 있었다. 하지만 나보다 더 고통스러울 수 없는 것도 알고 있었다. 그의 가족을 통해 리처드의 일부가 아직 이 세상에 존재한다는 것을 간절히 느끼고 싶었다. 하지만 이들에게서 리처드의 흔적을 찾을 수 없다는 사실을 마주하는 것이 힘들었고, 그로 인해 그가 얼마나 특별했던 사람이었는지 다시 한 번 절감했다.

이틀 후 나는 리처드의 가족과 함께 리처드를 어렸을 때부터 봐온 지인의 집에서 저녁 식사를 했다. 그녀는 나를 옆에 앉히고 눈물을 떨구며 자신이 얼마나 리처드를 아끼고 사랑했는지 털어놨다. 리처드가 자신의 꿈을 좇아 떠나는 모습을 남편과 함께 굉장히 자랑스러워 했다고 말했다. 그녀 역시도 너무 젊은 나이로 안타까운 죽음을 맞이한 리처드의 소식을 듣고 도무지 믿을 수 없었다고 말했다. 속 이야기를 털어놓으며 나를 허물없이 대하는 그녀에게 나는 큰 위로를 받았다.

가족 변호사는 내게 리처드가 유언장에 마얄루가 상속자로 매형인 저릭을 지정했다고 알려주었다. 다음 날 나는 저릭에게 마얄루가를 팔 생각이 있다면 내가 구매하고 싶다고 밝혔다. 리처드와 내가 계획했던 것처럼 마얄루가로 온 세계를 항해하고 싶다고 덧붙였다. 저릭은 천천히 생각해보고 다시 이야기를 나누자고 했다.

리처드의 아버지는 물론 새어머니 역시 내 앞에서 절대 눈물을 보이지 않았다. 사망 소식이 전해진 지 약 두 달이 흐른 시점이었다. 어쩌면 조금씩 나아지고 있는 가족 앞에 나타나 이들의 시간을 되돌리고 있는 것인지도 몰랐다. 결국 나는 가족들이 내 상처를 치유할 수 없는 것처럼 나 역시도 리처드 가족의 상처를 치유할 수 없다는 사실만 확인했다.

2주 후 샌디에이고로 돌아와 리처드와 함께 타히티에서 만났던 피터 디스와 앤의 메시지를 받았다. 두 사람이 호텔을 운영하고 있는 서인도제도의 안티구아로 전화를 걸었다. 두 사람은 CBS 뉴스에서 내가 다이앤 소여와 인터뷰를 나눈 모습을 보고 연락했다고 전하며, 리처드의 죽음에 대해 진심 어린 애도를 표했다. 부부는 내게 타히티로 돌아갈 계획이 있는지 물었다. 나는 그렇다고 답하며, 리처드와 내가 타히티를 떠나기 전 약속했던 것처럼 부부의 보트 페트라나에 광택 작업도 해줄 생각이라고 덧붙였다. 두 사람이 여전히 원한다면 말이다. 부부는 그렇게 해 달라고 말했다.

갑자기 할 일이 생긴 기분이었다. 부모님은 타히티에 돌아가고 싶어 하는 내 마음을 이해해주었다. 내 모든 것이 그곳에 있었고, 무엇보다 마얄루가가 나를 기다리고 있었으니까.

* * *

파페에테로 향하는 비행기 안에서 뭉클한 마음을 주체할 수가 없었다. 반짝이는 푸른 바다를 내려다보는 동안 리처드와 함께 했던 소중한 순간이 하나도 빠짐없이 떠올랐다. 서둘러 좌석 위 짐칸에서 가방을 꺼내 비행기에서 내렸고, 빠른 걸음으로 공항을 빠져나와 택시를 잡았다. 마얄루가를 한시라도 빨리 만나고 싶었다. 택시를 타고 마타이에아로 향했다. 앙투아네트와 하이패드 둘 다 집에 없었다. 나는 홀로 해변가를 거닐다 우뚝 걸음을 멈췄다. 리처드가 선수부터 선미까지 직접 만든 아름다운 슬루프, 마얄루가가 물 위에 떠 있었다. 눈물이 흘러내렸다. 함께 타던 소형 보트 안에 가방을 던지고는 물가로 끌고 가 마얄루가를 향해 정신없이 노를 저었다.

승강구 해치를 열자 안도의 한숨과도 같은 따뜻한 숨결이 내 얼굴을 스쳤다. 사다리를 따라 몇 걸음 내려간 나는 주저앉아 더 이상은 나오지 않을 것 같던 울음을 쏟았다. 어떻게 여기에 리처드가 없을 수 있지? 기적처럼 그를 이곳에서 찾을 수 있다고 믿었던 걸까? 다시금 완벽히 혼자가 된 외로움을 느꼈다.

그렇게 두 시간이 흘렀다. 조종석에 앉아 토파 가족이 집에 들어오는 소리를 들었다. 잠시 그들을 바라보다 어서 인사를 나눠야겠다는 생각이 들었다. 소형 보트를 타고 노를 저어 해안가로 가자 그들이 내게 달려왔다. 반갑기도 하고 슬프기도 했다. 이들 역시 리처드의 소식을 이미 알고 있었다. 그동안 마얄루가를 잘 돌봐줘서 고맙다는 인사와 함께 리처드와 나의 꿈이었던 세계 일주를 시작하기 위해 돌아왔다고 설명했다. 배에 머물겠다고 말했지만 부부는 내가 혼자서 그것도 집이 바로 코앞에 있는데 굳이 그러지 말라고 나를 설득했다. 앙투아네트는 당분간은 해변에 머물며 자신의 가족과 함께 지내자고 나를 설득했다. 그녀의 말이 맞았다. 시금은 사람들과 함께 지내는 편이 나았다.

* * *

매일 아침 풍경은 기차와 비슷했다. 칙칙 소리를 내며 조금씩 예열된 바퀴가 바삐 속도를 높이며 질주하는 모습이었다. 일터로 가는 어른들과 학교에 가는 아이들이 자동차에 급히 올라탔다. 가장 먼저 시내로 나가 하이패드가 가장 좋아하는 식당에서 양념에 절인 생선요리 푸와송 크뤼와 크로와상으로 아침을 해결했다. 이후 선박수리소에 나를 내려주었다. 그곳에서 나는 보트 페트라나에 광택 작업을 했다.

페트라나는 약 15미터의 체오이 리 케치였다. 선체 표면을 벗기고 표백한 후 정교하게 사포질을 마친 뒤 광택제를 열 번 칠하는 작업이었다. 뜨거운 열대지방의 볕 아래에 있는 줄도 모르고 작업에 너무 집중한 나머지 나는 열사병으로 쓰러졌다. 다른 보트에서 작업 중이던 한 남성이 내가 쓰러지는 것을 보고 의료센터로 데려갔다. 의료진은 내게 찬물을 먹이고 눕힌 후 차가운 천을 이마에 올려주었다. 이후 어지러움을 또 한 번 느꼈지만 이때는 열사병의 전조임을 알고 그 즉시 작업을 중단했다. 예전만큼 몸이 회복되지 않은 것 같았다.

페트라나를 깔끔하게 손질하는 일은 당시 내게 큰 의미였다.

일에 매달린 덕분에 내가 제대로 기능할 수 있었고, 어디를 돌아 봐도 리처드가 생각나는 이곳에서 우울증에 빠지지 않을 수 있었다. 디스 부부가 도착해 깔끔해진 페트라나를 보고 놀라움을 금치 못했다. 부부는 곧장 배를 타고 나갔고, 이후 며칠 동안 우리는 조종석에 앉아 밤마다 대화를 나누었다. 리처드를 알고 있는 지인과 우리가 함께 나눴던 추억을 곱씹는 시간이 너무도 즐거웠다.

나는 저릭과 마얄루가를 협상하기 위해 편지를 썼다. 안타깝게도 서로가 생각하는 금액이 달랐다. 그는 마얄루가를 넘기기 어려울 것 같다고 밝혔다. 한편 나를 진심으로 아끼는 사람들은 내게 하나같이 마얄루가에 얽힌 감정과 별개로 지나치게 많은 돈을 지불해서는 안 된다고 단호하게 조언했다. 슬프고, 혼란스러우며, 우울한 시간이었다.

저릭은 배로 일주한 경험이 있는 한 남성을 고용했고, 그가 타히티로 가서 마얄루가를 직접 운전해 영국으로 가져올 거라고 알려왔다. 버림받은 기분이었다. 배에 있는 내 짐을 정리할 시간이 얼마간 주어졌다. 마얄루가에서, 나와 리처드의 마얄루가에서 쫓겨나는 셈이었다. 리처드의 영혼이 울고 있는 것만 같았다.

모드도 없고 딱히 갈 곳도 없는 처지가 되자 디스 부부는 내게 보라보라에서 만나 함께 피지를 여행하자고 제안했다. 나는 당장 그 제안을 받아들였다. 짐을 모두 비운 마얄루가를 토파스에 정박시킨 후, 내 짐 가운데 팔 것과 배편으로 집에 부칠 물품을 나눴다. 내가 모아두었던 예쁜 조개와, 우리가 마르키즈에서 구매했던 타파 천, 사진과 편지, 그 외 차마 떠나보낼 수 없는 물건들은 집으로 보냈다. 마지막 물건까지 모두 소형 보트에 실은 뒤 나는 마얄루가 선실로 내려가 침대 앞에 무릎을 꿇었다. 침대에 턱을 기댄 채 쿠션에 팔을 걸쳤다. 내가 진정한 사랑의 의미를 깨달은 곳이었다. 오, 리처드. 리처드. 리처드. 리처드.

비통한 심정으로 보라보라행 비행기에 오르며 나는 결코 뒤를 돌아보지 않았다.

* * *

타히티에서 보라보라까지, 디스 부부는 가족들과 페트라나를 타고 왔다. 디스 부부의 가족이 떠난 후에 내가 보라보라에 도착했고, 우리는 페트라나를 타고 소시에테제도의 모펠리아 환초섬으로 향했다.

모펠리아는 환상적인 섬이었다. 물이 맑은 라군에서 수영을 하고 백사장을 거닐었다. 점차 마음이 치유되고 있었다. 산호초에 셀 수 없이 널려 있는 제비갈매기 알을 줍기도 했다. 요리하는 동안 진한 주황색으로 변하는 건 익숙해지기 힘들었지만 맛은 상당히 좋았다.

모래사장을 따라 몇 시간이나 조개를 주우며 이런저런 생각을 했다. 대부분 리처드에 대한 생각, 우리가 함께 조개를 줍던 소중한 추억이었다. 아직까지도 텅 빈 듯 외롭고 혼란스러웠지만, 지금처럼 바다로 돌아와 내가 그토록 사랑했던 일상을 다시 누리는 건 옳은 선택이었다고 확신했다.

우리는 위대한 은둔자 탐 닐(뉴질랜드의 오지 생존 전문가로 평생을 홀로 섬에서 머물렀다 - 옮긴이)이 머물렀던 곳을 방문하기 위해 모펠리아에서 수와로우라는 환초섬으로 이동했다. 그곳에 도착했을 때 정박 중인 플뢰르 데코스를 만났다. 선주는 앤과 로널드 팰코너로 예전에 마르키즈 여행 중에 만난 적이 있었다.

해변을 지나 부서진 산호가 깔린 길을 따라 닐의 오두막에 도착했다. 커다란 석판이 세워져 있었다. 1959-1977 탐 닐은 이 섬에서 자신의 꿈을 펼쳤다.

방이 두 개인 이 오두막에는 현재 앤과 로널드 부부가 살고 있었다. 첫 아이 출산이 임박해 다른 곳으로 섣불리 갈 생각을 하지 못하고 있었다. 닭 여러 마리가 뛰어다녔고, 탐 닐의 작은 정원은 각종 채소와 열대 식물로 가득했다. 펠코너 부부는 나와 디스 부부를 반겼다. 오두막으로 들어가자 이 섬을 방문한 선원들이 이름을 남긴 로그 북을 보여주었다. 수와로우를 탐험하기 위해 먼 길을 온 선원들이 이렇게 많다니 놀라웠다. 산호초에 요트가 좌초된 생존자들도 구조될 때까지 이 오두막에서 묵기도 했다.

우리는 수와로우에서 약 사흘간 머문 뒤 아메리칸 사모아로 향했다. 그곳에서 피지로 갈 준비를 할 계획이었다. 파고파고항은 지저분하고 참치 공장이 늘어서 있는 곳이었지만, 하루 동안 산을 넘어 섬의 반대편에 이르면 새하얀 모래가 있는 멋진 해변이 펼쳐졌다.

배에 식량을 가득 채운 우리는 통가 왕국의 바바우제도로 향했고, 그곳에서 디스 부부의 아들과 합류했다. 그는 30미터쯤 되는 요트 카탈리나를 소유한 젊은 선장이었다. 배에는 여섯 명의 선원 외에도 누구나 탐낼 만한 놀거리가 가득했다. 레이저 보트, 윈드서퍼, 패스트 시가렛 보트(폭이 좁고 속도가 빠른 보트 - 옮긴이) 등 다양했다. 우리는 바닷가에서 시간을 보내고, 고급 음식을 즐기고, 다양한 놀거리를 맘껏 즐겼다.

아쉽게도 디스 가족의 휴가가 끝나가고 있었다. 나는 전화로 엄마가 곧 브라이언과 결혼을 할 예정이라는 소식을 듣고 미국으로 돌아가기로 결정했다. 내가 들러리가 되어주었으면 좋겠다는 엄마의 말에 기뻤다. 디스 부부는 페트라나를 정박해둘 안전한 장소와 관리인을 구했다. 두 사람은 떠나고 나는 약속한 대로 보트 내부에 페인트 작업을 하기 위해 남았다. 작업을 마치고 결혼식에 참석하기 위해 샌디에이고로 출발했다.

집으로 돌아가는 비행기 안에서 궁금해졌다. 외딴 곳에 머물다 도시로 돌아가는 생활에 언제쯤 익숙해질까. 지난 6개월간 얼마나 많은 곳을 다녔던가? 내가 바란 건 그저 리처드와 평생 바다를 항해하는 것뿐이었다.

사랑에 빠진 엄마의 모습이 보기 좋았다. 두 사람은 브라이언의 부모님 집에서, 태평양이 내려다보이는 캘리포니아 포인트로마의 선셋 클리프에서 결혼식을 치렀다. 나는 극락조가 그려진 와인색 랩스커트를 입었다. 허리 아래까지 꽃 그림이 이어진 스커트는 블라우스와도 잘 어울렸다. 엄마가 입은 아이보리색 레이스 드레스는 멋진 체형을 돋보이게 했다. 무척 아름다운 신부였다. 엄마가 자랑스러웠고, 행복한 엄마를 보며 나도 행복해졌다.

* * *

새아빠가 된 브라이언은 100톤 이상 상선용 해기사 자격증을 따기 위해 샌디에이고의 한 항해훈련소에 입학했다. 엄마는 내게도 훈련소 입학을 제안했다. 나쁘지 않을 것 같았다. 당시 신혼부부를 방해하고 싶지 않았던 나는 친구의 요트에서 생활하며 앞으로 어떻게 살아야 할지 고민 중이었다. 내 나이 스물네 살이었다.

오래전 소피아에서 선원 생활할 때 알게 된 친구 에반은 현재 대서양에서 32미터의 돛대 세 개가 있는 스쿠너, 램블러의 선장으로 일하고 있었다. 그가 소속된 해양리서치 및 교육협회ORES에서 자격증을 갖춘 항해사를 찾고 있었는데, 내게 100톤 이상 상선용 해기사 자격증을 취득한다면 입사할 수 있다고 알려주었다. 그래서 나도 항해훈련소에 등록했다.

한 반에 열다섯 명 쯤 되는 남자들 사이에서 나는 유일한 여자였다. 8주 동안 일주일에 사흘, 한 번에 세 시간씩 밤마다 수업을 받았다. 공부는 어려웠다. 좀처럼 집중하기가 힘들었다. 브라이언과 함께 공부하며 많은 도움을 받았다.

우리 둘 다 무사히 해기사 시험을 통과했다. 3주 후 나는 해양

조사선 램블러의 이등항해사로 승선했다. 램블러는 도미니카공화국에서 북동쪽으로 200마일가량 떨어진 곳에 위치한 바닷속 산호초가 있는 실버 뱅크에서 과학 연구를 하는 배였다.

무언가 할 일이 생겼다는 것에 마음이 편안해졌다. 도미니카 공화국에서 램블러의 소속 항인 메사추세츠주 글로스터까지 3개월간 배를 탔다.

이후 일등항해사로 글로스터에서 캐나다의 래브라도 지방을 갔다가 다시 돌아오는 6개월 일정으로 다시 배에 올랐다. 빙산 사이로 항해하는 건 짜릿했다. 이러한 모험은 얼어붙은 내 마음을 녹여주었다. 6개월의 대장정을 마치니, 이제 다음 단계로 넘어갈 시기였다.

* * *

샌디에이고로 돌아온 나는 이후 1년 동안 엄마와 브라이언을 도와 요트 관리 사업에 참여했고, 트라이머랜(3동선, 선체 세 개가 평행하게 있는 범선)인 컨티넨탈 I호에 고객을 태워 운항했다. 하지만 오랜 여행과 탐험에 지친 나는 여유롭고 고즈넉한 환경이 그리웠다. 콘크리트로 둘러싸인 도시가 아니라 맑은 공기와 자연이 함께하는 곳으로 가고 싶었다.

그해 나는 친구 로라를 만나기 위해 워싱턴주 북서쪽 끝에 위치한 산후안섬으로 여행을 떠났다. 문단속도 하지 않고, 아무런 두려움 없이 숲속에서 장시간 산책을 하는 로라를 보며 나는 큰 충격을 받았다. 그녀는 만나는 사람들마다 손을 흔들며 인사했고, 사람들도 모두 그녀를 향해 웃으며 손을 흔들었다. 그곳에서 나는 사슴과 야생 칠면조, 독수리, 수달, 고래를 만났다. 마음이 편안해졌다. 고향에 돌아온 것만 같았다. 결코 멀리 떨어져서는 살 수 없는 바다와 내가 사랑해 마지않는 푸른 자연이 한곳에 있었다.

샌디에이고로 돌아온 후에도 태평양 연안 북서부가 머릿속에서 떠나지 않았고, 밤이면 그곳을 그리며 잠이 들었다. 바다까지 구불구불 이어지던 에메랄드빛 빽빽한 숲을 떠올렸다. 내게 손짓하는 듯했다.

몇 달 후 나는 워싱턴주 산후안섬으로 거처를 옮겼다. 이제야 비로소 진짜 집에 온 듯했다.

마운트 영이나 사우스 비치 혹은 워싱턴대학연구소로 긴 시간 산책을 한 뒤 마무리는 항상 바다의 멋진 풍경을 바라보며 휴식을 취했다. 눈물 대신 리처드와의 아름다운 추억을 떠올리며 미소를 지을 때가 더 많았다.

해안가에 있던 어느 날 나는 또 다른 나와 마주했다. 바닷물에 비친 내 얼굴은 일렁이는 물결에 따라 흔들렸다.

"네 모습 좀 봐."

소리 내어 나에게 말했다.

"좋아 보여. 때가 된 것 같아. 마음의 빗장을 열 때가 되었어. 다른 사람을 받아들여도 돼. 다른 사람을 사랑해도 돼. 괜찮아. 리처드도 그걸 바랄 거야."

라로이아에서 상어를 만났을 때 뒤로 넘어졌던 것처럼 몸을 뒤로 뉘였다.

조금 전에 말했던 것은 목소리였을까 아니면 나였을까? 끓던 열이 내린 것처럼 형언할 수 없을 만큼의 안도감이 온몸을 휘감았다. 나는 몸을 일으켜 외딴 숲속으로 달리기 시작했다. 압도적인 장관이 눈앞에 펼쳐진 곳에서 발을 멈추었다. 폭발하는 화산처럼 나는 하늘 높이 두 팔을 쫙 펼치고 고개를 뒤로 젖혀 이제막 자유를 허락받은 동물처럼 포효했다. 내 안에 남은 모든 슬픔을 완벽히 떨쳐냈다.

22.
유일한 메시지

요즘 나는 요트 클럽에 초청되는 일이 많다. 사람들은 '허리케인 생존자'의 이야기를 직접 듣고 싶어 한다. 이런 자리에 서면 내 이야기를 시작하기에 앞서 이렇게 밝힌다. 장차 항해사가 될 사람들에게 두려움을 심어주는 게 아니라 항해의 꿈을 지닌 사람들에게 용기와 꿈을 전해주기 위해 왔다고. 배 위에서의 삶은 완벽 그 자체이다. 모험과 배움, 자유와 즐거움을 모두 얻을 수 있다. 내 이야기를 통해 나는 바다로 나가는 사람이라면 남성이든 여성이든 누구나 선장의 역할을 맡을 준비가 되어야 한다고 강조한다. 배를 조작하고 항해법을 익히는 것은 남녀 구분 없이 반드시 알아야 하는 지식이자 책임이다. 해도를 읽고, GPS 좌표를 이해하고, 해상에서 배의 위치를 파악하는 등 필수적인 지식을 익히는 것이 중요하다. 최첨단 전자 장비로 인해 요즘에는 육분의를 쓰는 경우가 거의 없다. 그러나 바다를 건넌다는 굉장한 도전 앞에 얼마나 준비되었느냐가 바로 생사를 가른다. 결국 내 생명을 구한 장비는 배터리가 필요치 않은 것들이었다.

"모든 걸 다시 겪게 된다면 무엇을 다르게 하겠습니까?"

강연 중 가장 많이 듣는 질문이다.

가장 먼저 드는 생각은 리처드에게 보트 배달 따위는 접어두고 우리가 세운 계획대로 하자고 말하고 싶다는 것이다. 하지만 지나고 나서야 드는 후회일 뿐이다. 이 질문을 받으면 허리케인 시즌이 조금이라도 맞물린 시기에 장거리 항해를 떠나 대자연을 노하게 하는 일은 없도록 하겠다고 답한다. 청중에게 대자연은 그 어떤 인간보다 강한 존재라고 강조하고, 안전한 시기에 항해하는 것이 중요하다고 거듭 말한다.

두 번째로 받는 질문은 이렇다.

"바다 위에서 다시 그런 상황이 생긴다면(제발, 이런 일은 없었으면 좋겠다), 이번에는 어떻게 하겠습니까? 배를 돌리거나, 드로그(선미에 다는 수형 낙하산으로 악천후 속 보트의 속도를 늦추고 중심을 잡는 데

도움이 된다)를 설치하실 건지요? 아니면 두 사람 다 선실로 피하
겠습니까?"

답변하기 까다로운 질문이라 고개를 가로젓게 된다. 명확한
답은 없다. 리처드가 나와 함께 선실로 내려갔다면 좋겠지만 타
륜을 포기하는 것은 어려운 일이다. 더욱이 최악의 상황을 지나
어느 정도 안정되었다는 생각이 들 때는 더욱 그렇다. 우리는 당
시 할 수 있는 최선을 다했다. 때문에 그 상황에서 달리 뭘 할 수
있을지 떠올리기는 어렵다.

리처드가 나를 선실로 내려보내 내 목숨을 살렸다는 사실 외
에는 그가 왜 죽어야 했고, 나는 왜 살아남은 건지 그 비밀은 영
원히 이해할 수 없을 것이다. 그는 너무도 이른 나이에 생을 마
감했지만 내 인생에 그토록 소중한 사람으로 남았고, 평범한 일
상에 견인줄을 단단히 고정시키고, 모험을 찾아 자유로이 항해
하는 법을 내게 일깨워주었다. 리처드는 언제까지나 내 영웅이
자 내가 영원히 사랑할 사람이다. 그 덕분에 내가 살아있다는 것
에 감사하고, 그가 내게 가르쳐주었던 것처럼 하루하루를 열정
적으로 살고, 바다를 사랑하며, 가장 어두운 시간에도 빛을 찾기
위해 끊임없이 노력할 것이다.

내 이야기가 당신에게 영감과 용기를 전해줄 수 있기를 바란

다. 내가 무사할 수 있었던 것은 내 운명이자 신의 뜻이었다고 믿는다. 내 시간이 다하지 않았던 것이다. 41일간 홀로 표류하며 신이, 혹은 절대자가, 어쩌면 우주가, 혹은 목소리가 내게 끊임없이 전해준 유일한 메시지는 우리 모두 각자의 운명이 있다는 것이다. 신의 뜻은 우리가 감히 "헤아릴 수 없다". 이것이 내 신념이자 인생이란 바다를 항해하는 나의 나침반이다.

나는 워싱턴주 산후안섬의 프라이데이항에서 사업 두 개를 성공적으로 운영하며 행복하고 균형 잡힌 삶을 살고 있다. 사업을 경영하며 느끼는 성취감뿐 아니라 내 속도에 따라 업무를 하고, 직접 결정권을 갖고, 만족하는 고객들과 함께하는 것이 좋다.

1992년 나는 재능 넘치는 남자, 에드 애쉬크래프트를 만나 사랑에 빠졌고, 우리는 1994년에 결혼했다. 어느 금요일 저녁 한 회관에서 그는 내게 함께 춤을 추자며 손을 내밀었다. 내 허리를 감싼 그의 팔과 내 손을 잡은 그의 손에서 안전하고 든든한 느낌을 받았다. 그가 내 눈을 응시하며 미소 지었는데, 그 미소가 얼마나 따뜻한지 온몸이 녹아내릴 것 같았다. 그의 눈도 파란빛이 었지만 리처드처럼 선명한 파란색은 아니었다. 그보다 조금 더 가볍고 부드러운, 화창한 날 구름 한 점 없는 하늘처럼 청명한 색이었다. 한 번의 춤이 두 번이 되고 세 번이 되었다. 우리는 마치 한 몸처럼 움직이며 춤을 추었다.

고객의 요청에 따라 집을 짓는 에드는 우리가 살 집도 직접 지었다. 그는 매순간 나를 여왕처럼 대한다. 나를 진심으로 사랑하고, 우리는 같은 꿈과 목표를 갖고 있다. 우리는 연인이자 친구로 서로를 웃게 해준다.

허리케인에서 살아남은 이후에 내가 해낸 위대한 일이라면 두 딸을 낳은 것이다. 1995년 첫째 딸인 켈리가, 1997년 브룩이 태어났다.

우리 가족은 모두 배를 타고 바다에 나가는 것을 좋아하는데, 그중 가장 기억에 남는 날은 8미터에 중량 250킬로그램의 블론디를 탄 날이다. 켈리를 내 무릎에 앉히고 우현 쪽 조종석에 앉아 항해를 하던 때였다. 빔 리치로 항해하던 중 켈리가 티크와 가문비나무로 만든 틸러(방향타인 러더에 연결된 봉)에 자꾸 손을 뻗었다.

"엄마 운전하는 거 도와주고 싶니, 켈리?"

켈리의 작은 손을 활처럼 휜 매끄러운 목재 봉으로 이끌었다.

"업윈드(바람을 정면에서 받는 것 - 옮긴이)일 때는 이렇게 하는 거야."

틸러를 우리 쪽으로 당기며 설명했다.

"업윈드."

켈리가 내 말을 따라했다.

"다운윈드(바람을 뒤에서 받는 것 - 옮긴이)는 이렇게."

이번엔 작은 한숨과 함께 틸러를 멀리 밀었다. 내 목소리가 조금 달라진 것을 느낀 켈리가 고개를 들어 아빠를 닮은 크고 파란 눈으로 나를 바라봤다. 어쩌면 내 목소리에 담긴 회한을 느꼈는지도 모른다. 아이의 순수한 눈을 들여다보며 너의 삶이 항상 평온할 거라고 이야기해주고 싶었지만 사실대로 말해야 했다. 아이의 보드라운 이마에 입을 맞추며 솔직히 털어놨다.

"인생은 바다를 항해하는 것과 같단다. 업윈드일 때도 있고 다운윈드일 때도 있어."

웃고 있는 아이를 마주 보며 웃었다. 남편이 시트를 푼 뒤 낮잠에서 깬 브룩을 살피러 선실로 내려갔다.

브룩은 음력 8월 15일, 보름달이 예정된 날 오후 12시 45분에 양막에 싸인 채 태어났다.

행복한 한때

"굉장히 드문 일이네요. 혹시 양막에 관련된 이야기 들어봤어
요?"

산파 멜린다가 우리에게 물었다.

"아뇨."

우리가 대답했다.

"미신이지만 양막에 싸여 태어난 아이는 절대로 물에 빠지거
나 비디에서 길을 잃지 않는다고 해요."

숨이 턱 막혔다. 멜린다는 내가 어떤 일을 겪었는지 전혀 모르고 있었다. 갓 태어난 브룩을 두 팔에 안고 얼굴 이곳저곳을 살폈다. 주름지고 축축한 얼굴을 찡그리며 울어댔다. 남편과 켈리, 나와 같은 금발이었다. 아이에게 젖을 물리고 아이를 꼭 안았다.

신이여, 감사합니다. 이 아이는 결코 바다에서 길을 잃지 않을 것이다. 우리 엄마가 내게 말했던 것처럼 아이에게 약속했다.

"태미, 네가 바다에서 길을 잃는대도 엄마는 절대로, 절대로 너를 포기하지 않고 계속 찾을 거란다."